I0597865

AU SECOURS DE BAILEY

AU SECOURS DE BAILEY (ACE SÉCURITÉ, TOME 3)

SUSAN STOKER

DU MÊME AUTEUR

<u>Autres livres de Susan Stoker</u>

<u>Ace Sécurité</u>

Au Secours de Grace

Au Secours d'Alexis

Au Secours de Bailey

Au Secours de Felicity

Au Secours de Sarah

<u>Mercenaires Rebelles</u>

Un Défenseur pour Allye

Un Défenseur pour Chloé

Un Défenseur pour Morgan

Un Défenseur pour Harlow

Un Défenseur pour Everly

Un Défenseur pour Zara

Un Défenseur pour Raven

<u>Forces Très Spéciales Series</u>

Un Protecteur Pour Caroline

Un Protecteur Pour Alabama

Un Protecteur Pour Fiona

Un Mari Pour Caroline

Un Protecteur Pour Summer

Un Protecteur Pour Cheyenne

Un Protecteur Pour Jessyka

Un Protecteur Pour Julie

Un Protecteur Pour Melody

Un Protecteur pour l'avenir

Un Protecteur Pour Les Enfants de Alabama

Un Protecteur Pour Kiera

Un Protecteur Pour Dakota

Delta Force Heroes Series

Un héros pour Rayne

Un héros pour Emily

Un héros pour Harley

Un mari pour Emily

Un héros pour Kassie

Un héros pour Bryn

Un héros pour Casey

Un héros pour Wendy

Un héros pour Mary

Un héros pour Macie

Un héros pour Sadie

<h1 style="text-align:center">CHAPITRE 1</h1>

Dégoûté, Nathan Anderson secoua la tête et lança un regard noir au volant de sa Ford Focus. Logan et Blake, ses frères, lui répétaient sans cesse que sa voiture allait bientôt rendre l'âme, mais il les avait ignorés. Marilyn, du nom de l'icône du cinéma, était vieille, mais c'était la première chose qu'il avait achetée en quittant la maison après son bac, et il ne supportait pas l'idée de se séparer d'elle. La peinture noire s'écaillait depuis longtemps, elle était rouillée par endroit, et ce n'était que grâce à une corde que le coffre restait fermé.

Cela faisait plusieurs matinées déjà que Marilyn démarrait à peine quand Nathan tournait la clé. Il semblerait qu'elle en ait finalement eu assez. Il n'aurait jamais cru qu'elle lui ferait ce coup-là devant le supermarché, alors qu'il venait de faire les courses.

Il prit son portable et cliqua sur le numéro de Logan, mais tomba directement sur le répondeur. Il raccrocha sans laisser de message inutile et tenta de joindre Blake, cependant, il eut autant de succès. Frustré, il coupa la communication. Il envisagea un instant d'essayer de contacter Grace ou

Alexis, mais elles devaient être avec ses frères, puisqu'ils étaient rarement loin les uns des autres.

Felicity et Cole, ses amis, n'étaient pas disponibles non plus. Felicity rentrerait dans la soirée d'un mystérieux voyage à Chicago dont elle avait refusé de donner des détails, tandis que Cole était à Denver pour glaner quelques idées afin de faire la promotion de la salle de sport qu'il possédait avec Felicity.

Nathan soupira et tapota le volant avec son index en réfléchissant à qui appeler.

Il n'était pas du genre à se faire facilement des amis ; il était bien plus à l'aise avec son ordinateur et ses chiffres qu'avec les êtres humains. Au fil du temps, il avait réalisé qu'il n'aimait pas la plupart des gens, en fait. Ils mentaient, étaient impolis et ne s'intéressaient qu'à eux-mêmes, se moquant royalement des autres. Cela se vérifiait dans presque toutes les situations... dans la queue au supermarché, sur la route et au travail. Ils faisaient généralement passer leurs propres désirs et besoins en premier. Alexis essayait de le convaincre qu'il n'avait simplement pas fréquenté les bonnes personnes – ce qui était sans doute vrai –, néanmoins, cela ne diminuait pas la justesse de ses sentiments sur le sujet.

Alexis et Grace étaient des exceptions. Nathan se souvenait vaguement de Grace autrefois. Bien qu'ils soient allés au même lycée, c'était seulement quand ses frères et lui étaient revenus à Castle Rock pour démarrer leur entreprise qu'il avait appris à connaître la jeune femme. Ils l'avaient sauvée de ses horribles parents, qui la maltraitaient psychologiquement depuis des années. Désormais, Logan et elle étaient mariés et attendaient des jumeaux d'un jour à l'autre – littéralement.

La famille d'Alexis avait aussi été victime des Mason. Au

début, Nathan avait été agacé par le fait que Blake lui ait proposé de travailler avec eux. Cependant, au fil du temps, il avait découvert qu'elle ne ressemblait pas à la plupart des filles qu'il avait rencontrées. Elle était calme et facile à vivre, et ne craignait pas de dire ce qu'elle pensait. Ils restaient parfois assis des heures ensemble au bureau sans qu'elle prononce un mot, une qualité qu'il appréciait chez elle.

L'endroit où se trouvaient ses frères à l'heure actuelle n'avait pas réellement d'importance. Ce qui comptait, c'était de faire démarrer Marilyn et de pouvoir rapporter ses courses.

Nathan déplia son mètre quatre-vingt-huit dégingandé pour s'extraire de sa petite auto, après avoir déclenché l'ouverture du capot. Il le souleva puis se pencha dessous. Il fixa le gros morceau de métal comme s'il savait ce qu'il faisait, espérant pouvoir découvrir comme par enchantement ce qui clochait. Il n'y connaissait absolument rien en voiture, mis à part le fait que le moteur démarrait quand on tournait la clé... Enfin, en règle générale.

Il lançait toujours un regard torve à ce bout de métal qui représentait le moteur de Marilyn quand une légère toux dans son dos lui fit faire brusquement volte-face, agacé d'avoir été pris par surprise. Il savait qu'il valait mieux ne pas se mettre en position de vulnérabilité, surtout depuis que les Inca Boys avaient tenté de tuer Alexis et avaient juré de se venger sur elle et sa famille.

Les Inca Boys étaient un gang de Denver qui se faisait engager en ligne pour n'importe quelle besogne non recommandable. Ses frères et lui avaient pratiquement réussi à leur faire fermer boutique, avec l'aide de la police. Cependant, Donovan, le chef du gang, était récemment sorti de prison, si bien que Nathan, Blake et Logan étaient en alerte maximum ; ils ignoraient ce que ferait cet homme, s'il essaierait de se venger d'eux pour avoir démantelé son groupe.

Stupéfait, Nathan observa la femme qui se tenait devant lui. La première chose qu'il remarqua à son sujet, ce fut sa taille. Elle devait bien faire trente centimètres de moins que lui ; le haut de son crâne lui arrivait à peine à l'épaule. Elle avait des tatouages de manche sur les deux bras, arborait un sourire ironique, et ses yeux brillaient avec humour. La brise du soir faisait voleter ses cheveux noirs ; les mèches paraissaient presque dotées d'une vie propre, quand elles s'enroulaient autour de sa tête. Elle possédait des pommettes hautes, un petit nez et des lèvres pleines qu'il eut soudain l'envie de voir sur son sexe.

Il fut ébahi par l'image qui jaillit dans son esprit, comme si elle tenait plus du souvenir que du fantasme : cette femme à genoux devant lui, avec ses tatouages ressortant parfaitement sur sa peau pâle, sa bouche autour de lui tandis qu'elle le suçait en profondeur, et ses mamelons, qui pointaient à travers ses mèches sombres.

Cette vision l'étonna ; il avait perdu sa virginité au lycée, lors du bal de promotion, au cours d'une expérience loin d'être géniale. Sa partenaire avait manifestement feint l'orgasme et avait semblé totalement désintéressée par ses tentatives pour lui donner du plaisir.

Il avait couché avec deux autres femmes au total au cours des dix dernières années. Il avait appris quelques astuces sur ce qu'aimaient les femmes et ce qui leur procurait des sensations agréables, cependant, il trouvait plus facile de se masturber plutôt que d'essayer de sortir avec quelqu'un juste pour prendre son pied. Ses trois expériences sexuelles lui avaient donné le sentiment de manquer quelque chose.

Il savait finalement de quoi il s'agissait. De passion.

Il la ressentait rien qu'en regardant cette petite jeune femme.

Désormais, elle avait les bras croisés et les yeux plissés, en attendant qu'il dise enfin quelque chose.

— Ma voiture ne veut pas démarrer.

Question phrase d'accroche séduisante, on faisait mieux, mais Nathan n'avait jamais été doué pour draguer.

— Ça fait quel bruit quand vous tournez la clé ?

Elle avait la voix rauque. D'après lui, elle le serait davantage après un orgasme… ou deux.

Il se racla la gorge et essaya de penser à des choses telles que les actifs immobilisés et circulants, ou encore l'état des résultats d'*Ace Sécurité*, sur lesquels il travaillait ce trimestre. Cela ne servit à rien, cependant ; son sexe s'était raidi dès qu'il avait entendu sa voix, et il refusait d'être négligé. Nathan se tourna vers le moteur pour tenter de cacher à la jeune femme sa réaction inappropriée.

— Pas « ça », mais « elle ». Elle s'appelle Marilyn. Elle ne fait rien quand je la démarre.

— Les hommes et leurs voitures, plaisanta l'inconnue.

Elle s'approcha de lui, s'appuya sur la voiture et se pencha sous le capot ; les muscles dansèrent sous sa peau, faisant joliment onduler ses tatouages. Il aurait voulu passer des heures à les examiner. Découvrir la signification de chacun à ses yeux à elle et la raison qui l'avait poussée à les inscrire sur son corps pour l'éternité.

— Je ne sais pas pourquoi les mecs croient toujours que les voitures sont des femmes, poursuivit-elle.

Heureusement, elle ignorait ses pensées.

— Pour moi, elles se comportent plus comme des hommes. Elles ne font que ce qu'elles veulent, malgré les bons soins reçus, et, à la fin, elles vous laissent tomber quand vous avez le plus besoin d'elles.

Elle avait parlé sans le regarder, sans quitter des yeux les fils et le métal composant le moteur de Marilyn. Sa déclaration l'attrista et lui donna envie de traquer tous les hommes qui l'avaient laissée tomber.

— Je ne suis pas d'accord, répliqua-t-il d'une voix douce en étudiant le visage de la jeune femme.

Il caressa l'aile avant de la voiture.

— Marilyn a peut-être l'air dure de l'extérieur, mais, quand on la traite bien, elle ronronne. En plus, c'est mon devoir de prendre soin d'elle et de la protéger. Je m'assure qu'elle reçoit ce dont elle a besoin pour être heureuse et en bonne santé, et en échange, elle reste à mes côtés, me soutient et m'aide à me rendre où j'en ai besoin. C'est du donnant-donnant.

La jeune femme tourna la tête.

— Parlons-nous toujours de voitures ?

Nathan haussa les épaules sans la quitter du regard, afin de mémoriser tout ce qu'il pouvait à son sujet. Elle portait beaucoup de maquillage, sombre sur ses paupières notamment, au-dessus de ses prunelles couleur chocolat qui croisèrent les siennes sans hésiter. Sa bouche était soulignée d'un rouge à lèvres noir, et sa longue chaîne d'oreille effleurait son épaule à chaque mouvement.

— Je vous expliquais simplement pourquoi je la considérais comme une femme.

Elle leva les yeux au ciel et reporta son attention sur le moteur, ce qui fit balancer ses chaînes d'oreille. Se penchant vers l'avant, elle se mit sur la pointe des pieds pour atteindre un câble. Ses bras s'étirèrent et, une nouvelle fois, l'esprit de Nathan vira vers le sud. Il serra les doigts sur le capot et se raidit pour s'empêcher de bouger.

Il n'avait couché que dans la position du missionnaire. Il savait évidemment qu'il en existait d'autres, mais il n'était jamais resté assez longtemps avec une femme pour les expérimenter. Pourtant, dans son esprit, il se voyait très bien se placer dans le dos de cette femme penchée sur sa voiture, à la tenir par les hanches pour la prendre par-derrière. Cette vision le stupéfia, lui qui se croyait immunisé contre les pensées salaces, contrairement à la plupart des hommes. Il avait réellement été persuadé que quelque chose clochait chez lui, néanmoins, cette fille menue lui prouvait que tout ce qu'il pensait savoir de lui-même et du sexe était faux.

— Voilà.

Simple, rapide et efficace. Elle se redressa et s'essuya les mains sur son jean.

— Quoi ?

— Ça devrait régler votre problème pour l'instant.

— Vous l'avez réparée ?

— Pour l'instant, oui, répéta-t-elle.

— Merde alors, souffla-t-il, impressionné.

— Quoi ? Vous ne pensiez pas qu'une femme avec mon apparence s'y connaîtrait en voiture ?

— Honnêtement ? Non.

— Vous croyiez que j'allais vous agresser ?

Elle venait de croiser les bras, et ses yeux lançaient des éclairs.

Nathan leva les mains en signe de capitulation.

— Cette idée ne m'a jamais effleuré l'esprit. Et il n'y a rien qui cloche dans votre apparence. J'ignore à quoi vous *pensez* ressembler, mais, croyez-moi, vous êtes la femme la plus féminine que j'ai vue depuis longtemps.

Une moue de dérision tordit ses lèvres.

— Pas la peine de mentir. J'ai déjà réparé votre voiture. Vous comptez réellement affirmer que mes tatouages ne vous rendent pas nerveux ?

Perplexe, il haussa les sourcils.

— Pourquoi devraient-ils m'inquiéter ?

Elle agita la main pour balayer leur conversation.

— Oubliez. Les fils de votre batterie sont totalement corrodés, la connexion ne se fait presque plus. Ça devrait tenir le temps que vous arriviez là où vous souhaitez aller, mais je vous recommande fortement de conduire ce tas de ferraille au garage. Souvenez-vous de ce que vous avez dit : si vous prenez soin d'elle, elle prendra soin de vous... C'est bien ça ?

Nathan hocha la tête distraitement, toujours concentré sur sa remarque concernant ses tatouages.

— Voulez-vous savoir à quoi j'ai pensé dès que je vous ai aperçue ?

Elle eut l'air surprise par sa question, néanmoins, elle haussa vaguement les épaules, comme si elle se fichait de la réponse.

— J'ai pensé que vous étiez la femme la plus sexy que j'ai vue de ma vie. Et que vous ne jouiez tellement pas dans la même cour que moi qu'il est impossible que vous me donniez une chance.

Elle le dévisagea un peu bouche bée, comme s'il avait subitement poussé des ailes à Nathan et qu'il s'apprêtait à prendre son envol.

— Vos tatouages sont sublimes, enchaîna-t-il sans lui laisser le temps de répondre. Ils vous vont bien. Je ne vous connais pas, mais ils semblent correspondre à la personnalité que je pense que vous avez. Vous êtes légèrement impulsive, passionnée, adepte du « tous les coups sont permis » et, quand vous trouvez ce que vous voulez, vous le pourchassez avec détermination sans laisser personne se mettre en travers de votre chemin.

— Oh, murmura-t-elle en détournant les yeux pour la première fois.

— Quant à moi, je suis un nerd, plus à l'aise derrière mes feuilles de calcul. Les femmes sexy ne m'accordent jamais un regard. Je ne cherche pas les compliments, je constate juste un fait. Donc, non, je ne pensais pas que vous vous y connaîtriez en voiture, quand je me suis tourné et que je vous ai vue. Et comme j'ai environ huit litres de glace dans une glacière, que je dois impérativement emporter à mon bureau pour que ma belle-sœur enceinte de neuf mois ne me fasse pas la peau, je suis très heureux que vous maîtrisiez la mécanique. Étant donné que, pour ma part, je sais juste que je dois tourner la clé pour démarrer Marilyn et faire le plein tous les trois cents kilomètres, sinon, elle me fait comprendre que je la néglige.

Nathan était conscient que ses paroles étaient remplies de sous-entendus, mais il n'avait pu s'empêcher de les prononcer.

La femme fascinante qui se tenait devant lui se lécha les lèvres, cependant, il n'avait pas le sentiment que c'était destiné à être lascif. Ce qui ne rendit le geste que plus sexy encore.

— Yo ! Frangine ! Tu viens ou quoi ?

Tournant la tête, Nathan découvrit un garçon aux cheveux noirs penché par la vitre d'une voiture de collection. Il n'avait aucune idée de la marque – il ne s'y connaissait pas du tout –, mais elle était racée, brillante et bien soignée, manifestement. L'enfant avait les mains posées sur le cadre de la fenêtre.

La jeune femme ne répondit pas, mais sortit une carte de la poche arrière de son pantalon.

— Votre voiture a vraiment besoin d'entretien. Je me ferais un plaisir de m'en charger. Je travaille à la carrosserie *Clayson* sur Wolfensberger Road. C'est un peu en dehors de la ville, mais si ça vous intéresse…

Nathan récupéra immédiatement la carte de visite.

— Ça m'intéresse. J'appellerai demain pour prendre rendez-vous.

Elle hocha la tête et lui fit un petit sourire. Ce n'était pas le rictus ironique qu'elle arborait plus tôt, destiné à maintenir les gens à distance. Celui-là était surtout sincère et ouvert.

— Je préviendrai mon patron de votre appel...

Sa voix s'éternisa sur le dernier mot, une façon évidente de lui demander son nom.

— Nathan. Nathan Anderson, répondit-il sans tarder.

— À plus tard, Nathan, répliqua-t-elle sans se présenter, contrairement à ce qu'il pensait.

Elle lui fit un signe de tête et se tourna vers sa voiture.

Il ouvrit la bouche, prêt à dire n'importe quoi pour prolonger leur conversation, cependant, elle s'approchait déjà de son véhicule d'une démarche confiante. Il prit quelques instants pour admirer ses fesses moulées dans son jean, puis la regarda s'installer côté conducteur et sortir du parking sans un regard en arrière.

À contrecœur, et plutôt perplexe, Nathan referma le capot de sa voiture et monta dedans. Cette fois-ci, Marilyn démarra sans problème, comme la jeune femme le lui avait assuré.

Nathan baissa les yeux vers la carte qu'il serrait dans sa main ; il aurait pu jurer pouvoir encore sentir la chaleur corporelle de l'inconnue dessus. *Carrosserie Clayson*. Sur l'avant se trouvait une image d'une voiture au capot ouvert, ainsi que l'adresse, le numéro de téléphone et l'adresse e-mail de l'entreprise. Il tourna distraitement la carte, et se figea.

Rapidement griffonné à l'arrière, un message disait « Dites-leur que c'est Bailey qui vous envoie. »

Manifestement, elle avait noté cela à l'avance, sur plusieurs cartes, mais ce n'était pas ce qui l'avait interpellé.

Bailey.

Était-ce une coïncidence que la femme qu'il cherchait depuis plusieurs mois s'appelle aussi Bailey ? Alexis et lui n'avaient pas trouvé la moindre trace de l'ex-copine de Donovan. Ce n'était pourtant pas faute d'avoir fouillé partout.

Était-ce possible que cette petite boule d'énergie qui l'avait mis sens dessus dessous et lui avait fait ressentir du désir pour la première fois de sa vie soit *la* Bailey qu'ils cherchaient ? Et qu'en était-il du petit garçon, alors ? Ses frères pensaient qu'il pouvait s'agir de l'enfant de Donovan, mais Nathan n'avait pas été convaincu au départ, et l'était encore moins maintenant qu'il l'avait vu.

Avec plus de questions que de réponses, il quitta le parking. Dès l'instant où elle lui avait remis sa carte, il avait su qu'il appellerait le garage à l'ouverture, rien que pour avoir une excuse pour la revoir. Cela dit, il avait aussi le sentiment qu'après avoir cherché pendant longtemps l'insaisissable Bailey, elle venait de lui tomber tout cuit dans le bec.

CHAPITRE 2

Bailey Hampton hocha la tête et répondit distraitement à son frère Joel alors qu'ils rentraient chez eux après le supermarché. Quand elle avait remarqué cet homme penché au-dessus de son moteur comme si celui-ci possédait la solution au grand mystère de l'univers, elle n'avait pas pu faire autrement que s'en mêler.

Même si elle tentait de se convaincre qu'elle n'y avait vu qu'une opportunité de faire venir un client au garage, elle savait que c'était plus que cela.

Quelque chose l'avait attirée chez cet homme, bien qu'il n'ait rien en commun avec les types qui lui plaisaient d'ordinaire. Il avait été honnête, quand il s'était décrit. Il avait un peu l'apparence d'un nerd, cependant, il y avait eu autre chose dans ses yeux. De la passion. Pas seulement sexuelle. Bailey savait, étonnamment, que lorsqu'il s'enthousiasmait pour un sujet – les maths, la nourriture, les amis, la famille ou une femme –, il s'impliquait à cent pour cent. Elle trouvait ce trait intriguant.

Ses choix en matière d'hommes avaient été désastreux – vraiment, *vraiment*, désastreux –, alors c'était sans doute une bonne chose que Nathan soit aussi différent des types avec lesquels elle était sortie que le jour et la nuit.

Bailey n'était pas une sainte. Elle s'était envoyé en l'air avec bien trop de mecs pour les dénombrer, y compris son prof d'anglais en terminale – le seul moyen de réussir dans cette matière.

Elle avait vécu dans le quartier le plus pauvre de Denver et avait obtenu son bac de justesse. Impliquée avec les Inca Boys dès l'âge de quatorze ans, elle avait couché avec la plupart des membres du gang au fil des ans. Au début, faire partie de l'organisation lui avait paru excitant ; le danger et les drogues étaient exaltants. Cependant, en grandissant, elle s'était rendu compte que les journées se ressemblaient toutes ; elle buvait, prenait de la drogue, entrait par effraction chez les gens, se tapait quiconque la voulait dès qu'il claquait des doigts. Elle s'était sentie de plus en plus insatisfaite.

Elle se demandait parfois si le décès de sa mère quand elle était enfant n'avait pas contribué à son besoin d'attention et d'affection de la part des hommes. Cependant, petit à petit, l'excitation et le sentiment d'avoir trouvé sa place, qu'elle éprouvait auprès des hommes dangereux, s'étaient mués en sensation d'impuissance et d'humiliation.

Elle n'était pas qu'une poupée sexuelle. Pas qu'une potiche juste bonne à se balader au bras du leader et d'être jolie. Elle désirait davantage, et elle se rendait peu à peu compte qu'elle le méritait.

C'était au collège qu'elle avait commencé à bricoler des moteurs. Elle traînait souvent après les cours au garage où travaillait son père et avait appris au fil du temps. Son père disait toujours qu'elle était capable de prendre n'importe quelle voiture à la décharge et de la rendre digne de rouler sur l'autoroute. Il avait raison. Lorsqu'il était décédé à ses vingt ans, elle s'était soudain retrouvée seule à s'occuper de son petit frère. Au début, elle avait été énervée. Elle était la copine du leader des Inca Boys, après tout, elle n'avait pas besoin d'un gamin dans les jambes.

Cependant, plus le temps passait, plus elle s'était attachée à Joel, à son côté facile à vivre et à sa personnalité. Il était ouvert et aimait tout le monde. Comme ce n'était pas évident de trouver à le faire garder, et qu'elle ne pouvait pas se le permettre, elle s'était mise à l'emmener quand elle se rendait chez Donovan et les Inca Boys. Ce fut la plus grosse erreur de sa vie... Or, elle en avait commis quelques énormes.

En moins de deux ans, Joel, de nature enjouée, était devenu renfermé et colérique. Bailey n'avait pas compris, au début. Jusqu'au jour où elle était entrée chez Donovan et l'avait découvert assis sur le canapé avec son frère, regardant un porno hard-core tandis que Joel fumait un joint.

Elle ne l'avait plus jamais laissé approcher le gang après cela et avait fait des plans pour quitter Donovan et les Inca Boys une bonne fois pour toutes. Elle n'était peut-être qu'une pouilleuse qui avait fait de nombreuses choses qu'elle regrettait à présent avec les membres du gang, néanmoins, il était hors de question que Donovan transforme son frère en junkie et tueur de sang-froid comme lui.

Alors, un jour que Donovan et ses deux frères étaient absents pour faire quelque chose de probablement illégal, Bailey avait pris la fuite. Elle avait entassé autant d'affaires que possible dans sa Chevrolet Chevelle de 1969 entièrement restaurée et elle avait filé en direction du sud.

Elle s'était fait embaucher par Clayson Davis, qui possédait un garage en périphérie de Castle Rock. Ce n'était pas assez loin de Denver pour son bien, mais cela devrait faire l'affaire jusqu'à ce qu'elle ait économisé assez d'argent pour partir plus loin. Son but ultime était d'ouvrir sa propre entreprise, cependant, pour l'instant, rien que le fait d'être tranquille, de gagner honnêtement sa vie et d'élever son frère comme l'aurait voulu son père lui suffisait.

— ... tu crois pas ? demanda Joel tout à coup.

Elle sursauta et revint au présent.

— Désolée, j'étais perdue dans mes pensées. Qu'est-ce que tu disais ?

— Pour ma fête d'anniversaire... ce serait cool de la faire chez *Chuck E. Cheese*, répéta-t-il.

Bailey fit mentalement la grimace. Elle ne pourrait jamais se le permettre. Le plan consistait à organiser les dix ans de Joel au parc Philip S. Miller, situé près de chez eux et doté d'espaces sympas et de beaucoup d'activités gratuites que Joel et ses amis pourraient faire. Bailey prévoyait de faire des en-cas, et tous les invités seraient amenés à apporter leur vélo.

— L'an prochain, peut-être, mon grand. Tu étais tout excité à l'idée de le faire au parc. Que s'est-il passé ?

Joel détourna le regard pour fixer le paysage et haussa les épaules.

Elle soupira, frustrée. Elle savait que Joel avait des difficultés à s'acclimater à sa nouvelle école. Il était le petit nouveau, et, bien qu'elle répugne à l'admettre, les actes de Donovan avaient eu des conséquences sur son frère. Il était perdu et ne comprenait pas pourquoi ils avaient déménagé. Bailey en avait le cœur brisé. Néanmoins, elle devait lui donner du temps et de l'amour pour, avec un peu d'espoir, retrouver le garçon qu'il était avant que Donovan n'essaie de le transformer en Inca Boys.

— As-tu donné les invitations aux enfants de ta classe ?

Sans tourner la tête, il haussa à peine les épaules de nouveau.

Elle tenta à nouveau d'obtenir une réponse. Elle lui posa la main sur le bras.

— Qu'est-ce qui ne va pas, mon grand ?

— La fête de Rob est la semaine prochaine et elle va avoir lieu chez *Chuck E. Cheese.*

Elle se raidit, saisie d'un sentiment d'infériorité et de celui de laisser tomber son frère. Elle ravala la boule qu'elle avait dans la gorge et reprit, d'une voix plus rauque que la normale.

— Ce n'est pas parce que *lui* fait la sienne là-bas que tu dois y faire la tienne aussi. Ce sera agréable de faire la tienne différemment, tu vas voir.

— Il a ri quand il a vu mon invitation. Les siennes venaient du magasin et étaient stylées, marmonna Joel.

Merde. Bailey remit la main sur le volant et lutta contre les larmes qui lui montaient aux yeux. Joel et elle avaient passé toute une soirée à confectionner ces invitations. Sans être une artiste, elle avait réussi à dessiner de jolis vélos sur chacun des vingt et un cartons. Ils avaient ri et plaisanté ensemble pendant leur création, un souvenir qu'elle conserverait au fond de son cœur pour toujours.

Mais maintenant, ce souvenir était terni. Joel avait honte. Elle savait que l'argent comptait entre les enfants, mais, à son époque, cela n'était devenu un problème qu'au collège. Visiblement, de nos jours, cela arrivait bien plus tôt.

Elle chercha quoi dire pour alléger l'humeur de son frère.

— Je suis sûre que toutes les fêtes se font dans cette pizzéria. La tienne sera unique. Ce sera amusant, tu vas voir.

Il haussa à peine les épaules, les yeux toujours rivés sur le paysage.

Cela avait été une piètre tentative pour lui remonter le moral, elle le savait. Les enfants étaient cruels. C'était en partie pour cette raison qu'elle s'était mise à fréquenter des garçons plus âgés et qu'elle avait fini engluée dans la vie du gang. Elle s'y était sentie la bienvenue, malgré le fait que son père soit un simple mécanicien et qu'ils n'aient pas beaucoup d'argent. Malgré le fait qu'elle ne possède pas de vêtements de luxe. Malgré le fait qu'elle n'ait perdu ses rondeurs d'enfant qu'en première.

Elle se gara dans l'allée de leur maison de location, située près du garage. C'était une petite bâtisse dotée de deux chambres et d'une pièce à vivre. La cuisine était minuscule, mais comme Bailey ne savait pas faire à manger, cela lui convenait. Elle gagnait suffisamment pour mettre de la nourriture sur la table et les habiller son frère et elle... si tant est qu'acheter des vêtements chez *Walmart* compte comme tel. Cela dit, comparé à ce qu'elle avait quelques mois plus tôt à peine, c'était la perfection.

Bailey coupa le moteur, et Joel descendit immédiatement de la voiture. Il se dirigea vers la porte, mais s'immobilisa quand elle l'interpella.

— Aide-moi avec les courses, mon grand, s'il te plaît.

Quand il se tourna vers elle, elle manqua de faire un mouvement de recul face à la haine qu'elle remarqua dans son regard. Elle lui avait déjà vu cette expression, juste après leur emménagement à Castle Rock, mais elle avait espéré que le temps l'effacerait.

— C'est aux femmes de porter le bordel.

Elle se retint de tressaillir ou de lui hurler dessus. Il ne faisait que répéter ce que les Inca Boys lui avaient dit. Il était frustré et bouleversé à cause des invitations pour son anniversaire, et ignorait comment exprimer correctement ses sentiments.

— Tu sais que ce n'est pas vrai, Joel, répliqua-t-elle d'une voix égale. Tu manges la nourriture autant que moi. M'aider, c'est faire preuve de politesse.

Elle retint son souffle en attendant sa réponse.

Après quelques instants tendus, Joel haussa finalement les épaules et revint à contrecœur à la voiture.

Elle soupira discrètement de soulagement, contente qu'il n'ait pas insisté. Elle avait de plus en plus de difficulté à réagir de façon adéquate aux humeurs de son frère. Elle cédait tout le temps à Donovan, même en sachant qu'elle n'aurait pas dû. Elle aurait dû être plus forte avec lui. Lui tenir tête. Cependant, elle ne l'avait pas fait. Encore moins juste avant sa fuite.

Lorsqu'elle avait rencontré Donovan pour la première fois, il était sympa. Gentil avec elle, il lui avait fait la cour – autant qu'un membre d'un gang pouvait le faire, du moins – avant de la mettre dans son lit. Mais durant les mois précédant son départ, Bailey n'avait plus vu la moindre gentillesse en lui. Lorsqu'elle n'était pas d'accord avec lui ou qu'elle le contredisait, il la frappait ou l'obligeait à coucher avec l'un de ses frères... même s'il savait qu'elle ne les aimait ni l'un ni l'autre. Elle frémissait en repensant à la cruauté de Donovan à la fin.

Elle prit une inspiration pour repousser les souvenirs. Son ex n'était pas là. Elle était en sécurité.

Joel et elle récupérèrent des sacs de courses, puis elle alla ouvrir la porte.

— Reste ici, lui ordonna-t-elle, comme chaque fois qu'ils retournaient chez eux.

Elle vérifiait toujours les lieux avant de laisser Joel y entrer. La dernière chose qu'elle voulait, c'était rentrer chez elle et découvrir Donovan ou un Inca boys sur son canapé. Joel savait que si elle se mettait à crier, il devait courir vers les bois et rejoindre le garage. Si cela survenait en dehors des heures d'ouverture, il savait où se trouvait la clé de secours ; il devait l'utiliser pour entrer et appeler immédiatement la police.

La petite maison ne semblait pas avoir changé depuis le matin, avant qu'ils ne partent pour le travail et l'école. Le médiocre canapé marron contre le mur, la télévision avec son antenne recouverte de papier d'aluminium, et le fauteuil inclinable étonnamment confortable que Clayson lui avait donné peu après son installation. Tournant la tête vers la minuscule cuisine, elle vit la vaisselle dont ils s'étaient servis ce matin là encore dans l'évier, attendant d'être lavée.

Contournant la petite table à côté du canapé, elle s'avança en vitesse dans le couloir menant aux chambres. Elle ouvrit d'abord celle de Joel, balaya la pièce du regard, et constata que tout semblait normal. Elle était en bazar, recouverte des rares jouets qu'il avait pu emporter avec lui et de vêtements éparpillés. Elle distinguait à peine la couette bleu marine trouvée dans un magasin d'occasion, à cause des habits – sales comme propres, sans doute – qui la recouvraient. La moquette usée était visible par endroits sous les jouets, d'autres vêtements et les chaussures.

Une télévision antique était posée sur une table cassée, à côté d'une console. Bailey ne voulait pas l'emporter avec eux, puisque c'était Donovan qui l'avait offerte à Joel, mais elle savait que son frère adorait jouer aux rares jeux vidéo qu'il possédait, alors, elle n'avait pas eu le cœur de le lui refuser. Sans oublier qu'elle savait qu'il ne lui pardonnerait jamais de lui interdire de jouer à son jeu *This Is War*. Il n'était pas du tout de l'âge de Joel, mais cela n'avait pas empêché Donovan de le lui acheter. Il avait même sans doute été content que ce soit un jeu aussi violent ; cela permettait une nouvelle fois de modeler Joel pour le transformer en parfait Inca Boys.

Elle sortit rapidement de la pièce et recula vers la sienne, dont elle ouvrit la porte. Elle était telle qu'elle l'avait laissée. Rien ne sortait de l'ordinaire, et il n'y avait presque rien de personnel non plus. Sauf la photo de Joel, leur père et elle, posée sur une commode décrépite, près du mur.

Elle jeta un coup d'œil au sac de sport près de la fenêtre. Son sac pour fuir. Il contenait des vêtements de rechange pour Joel et elle, cinq cents dollars cousus dans la doublure, un couteau et un pistolet volés à Donovan avant qu'elle ne s'en aille. Ce n'était pas grand-chose, mais si elle devait partir vite, elle voulait avoir de l'argent pour recommencer à zéro dans un nouvel endroit, et un moyen de protéger Joel. Il était tout ce qui comptait pour elle.

Soupirant, elle pensa à son frère en vérifiant rapidement la seule salle de bain de la maison. Son unique but dans la vie, c'était d'élever Joel pour en faire un homme bien. Jusqu'à présent, cependant, elle échouait.

Elle observa son bras. Elle n'avait pas hésité à se faire tatouer ; tous les Inca Boys l'étaient, et elle voulait être comme eux. Pour s'intégrer. Elle avait donc laissé les membres du gang la convaincre, tatouage après tatouage. Des pistolets, des roses, des fils barbelés, des crânes, des couteaux, et même le stupide logo ressemblant à un personnage de dessin animé qu'ils avaient adopté en guise de signature. Elle avait désormais les deux bras recouverts d'encre, symboles d'une vie dont elle n'était pas fière et qu'elle préférerait oublier.

Toutefois, ce n'était pas les tatouages sur ses bras qu'elle regrettait le plus. C'était celui en bas de son dos. Elle en frémissait rien qu'à y penser. Elle ne le voulait pas, mais Donovan avait insisté. En fait, il l'avait même saoulée de force, puis avait demandé à ses frères de la maintenir pendant qu'un de ses amis la tatouait. Elle les avait suppliés de la laisser partir, avait dit à Donovan qu'elle l'aimait, mais ne souhaitait pas être marquée pour autant. Les hommes l'avaient ignorée et avaient parlé comme si elle n'était même pas là.

— *Tout le monde saura à qui elle appartient.*

— *Tu le verras chaque fois que tu la baiseras.*

— *Fais-le plus grand que d'habitude*, avait dit Donovan. *Je veux pouvoir bien viser quand on la fait tourner.*

Bailey s'était évanouie avant la fin du tatouage. Lorsqu'elle l'avait regardé dans un miroir, elle s'était sentie impure et honteuse. L'écriture élégante aurait pu être belle si elle n'avait pas servi pour ces mots :

Propriété des Inca Boys
Pute de D

Le tatouage était énorme. La première ligne allait d'un côté à l'autre de sa taille, au point qu'elle pouvait facilement distinguer le « p » et le « s » depuis l'avant. Les trois autres mots étaient plus petits, cependant, les deux flèches ajoutées qui pointaient vers ses fesses les rendaient encore plus humiliants.

Pas une seconde ne s'écoulait sans qu'elle ne se sente sale à cause de ce marquage. Elle avait été une pute. Elle n'ignorait pas non plus que, bien qu'elle ait quitté Denver, elle restait la propriété des Inca Boys. Ils n'aimaient pas perdre ce qui leur appartenait.

Tel que Bailey voyait les choses, si elle parvenait à fuir et se cacher jusqu'à ce que Joel ait au moins seize ans, il pourrait alors s'en sortir. Il était intelligent, même à presque dix ans. Six années, cela paraissait une éternité à tenir, mais elle pourrait y arriver si elle se montrait prudente.

Le tatouage sur ses reins la picotait, lui donnant l'impression que de petits insectes rampaient sur sa peau, mais c'était fréquent. Elle avait appris à ignorer cette sensation, depuis le temps. La plupart du temps.

Elle revint rapidement dans l'entrée et sourit à Joel. Bien qu'il lui en veuille toujours concernant sa fête, il semblait nerveux et effrayé.

— Tout va bien, mon grand. Mettons ça au frigo avant que ce ne soit plus mangeable, d'accord ?

Sans un mot, il la contourna, ainsi que les sacs qu'elle avait laissés par terre, pour se rendre dans la cuisine. Elle l'entendit poser le sac au sol, puis rejoindre sa chambre, tandis qu'elle retournait au salon.

Décidant de lui donner un peu d'espace, elle ne le fit pas revenir pour l'aider à ranger. Elle avait appris qu'il valait mieux, quand le cerveau de son frère tournait en surrégime, lui laisser du temps et de l'espace pour analyser ce qui le tracassait.

Tandis qu'elle s'activait, elle repensa au type du parking. En règle générale, elle n'aidait pas les gens, et encore moins les hommes, qui avaient des problèmes de voiture. Pourtant, quelque chose chez cet homme grand et élancé l'avait poussée à s'arrêter.

Il fixait son moteur comme si ce dernier pourrait se réparer tout seul comme par magie à condition de le regarder assez longtemps. Rien à voir avec les membres du gang qu'elle avait fréquentés. Au début, il avait paru timide et peu sûr de lui, cependant, plus ils avaient parlé, plus il avait gagné en confiance. Il s'était qualifié de nerd, et il l'était sans doute, mais elle avait appris à déchiffrer un peu plus sa personnalité à mesure qu'il s'exprimait.

C'est mon devoir de prendre soin d'elle et de la protéger. Je m'assure qu'elle reçoit ce dont elle a besoin pour être heureuse et en bonne santé, et en échange, elle reste à mes côtés, me soutient et m'aide à me rendre où j'en ai besoin. C'est du donnant-donnant.

Il parlait en l'occurrence de sa voiture, mais elle l'imaginait sans peine traiter les femmes de la même façon. Elle n'avait jamais connu une relation donnant-donnant. C'était toujours elle qui avait donné, tandis que les Inca Boys prenaient.

Je suis plus à l'aise derrière mes feuilles de calcul.

Bailey ne savait pas quel genre de filles il avait fréquentées, mais c'étaient manifestement des imbéciles. Nathan était séduisant. Pourtant, elle avait le sentiment qu'il n'en avait pas conscience. Elle avait connu des hommes plus beaux que lui. Des types sur lesquels femmes et hommes bavaient littéralement quand ils les croisaient dans la rue. Cependant, trop concentrés sur leur personne, ils ignoraient totalement comment rendre leur partenaire heureuse.

Tandis que le fait que Nathan achète de la glace pour sa belle-sœur indiquait qu'il aimait prendre soin des femmes. Aucun homme n'avait jamais pris en considération ce que Bailey voulait.

Pas dans la chambre.

Pas au restaurant.

Dans aucun domaine.

J'ai pensé que vous ne jouiez tellement pas dans la même cour que moi qu'il est impossible que vous me donniez une chance.

C'était *elle* qui ne jouait pas dans la même cour que *lui* ? Pas franchement, non. Il avait beau conduire un tas de ferraille, il était évident qu'il n'était pas à court d'argent. Ses vêtements ne provenaient pas de chez *Walmart* et sa montre coûtait plusieurs centaines de dollars. Le gang l'avait entraînée à reconnaître la qualité quand elle la voyait, et bien que Nathan ait cru qu'elle était hors de sa portée, la vérité était qu'elle avait à peine la valeur de sa semelle de chaussure. S'il savait d'où elle venait et ce qu'elle avait fait, il refuserait qu'elle jette un coup d'œil à son moteur.

Les femmes sexy ne m'accordent jamais un regard.

Vous êtes passionnée, adepte du « tous les coups sont permis » et, quand vous trouvez ce que vous voulez, vous le pourchassez avec détermination sans laisser personne se mettre en travers de votre chemin.

Seigneur. Tandis qu'elle l'avait écouté la complimenter, elle avait souhaité, comme des milliers de fois auparavant, être une fille différente. Être celle que Nathan voyait en elle. Mais ce n'était pas le cas. Elle était un déchet. Une pute qui avait couché avec trop d'hommes pour pouvoir les compter. Elle n'avait pas vraiment le sentiment d'être capable de se battre pour elle-même, surtout quand il était question des Inca Boys.

Entendant les pas lourds de Joel dans sa chambre, elle versa les larmes qu'elle retenait jusqu'à présent.

Elle se glissa jusqu'au sol sans se soucier de la poignée du meuble de cuisine qui s'enfonça dans son dos dans la manœuvre et enfouit la tête entre ses genoux qu'elle serra à deux bras. Puis, elle sanglota. Elle ne savait pas du tout ce qu'elle faisait avec Joel. À cause d'elle, il allait sans doute tourner encore plus mal que si elle avait laissé Donovan agir. Elle n'avait pas assez d'argent pour lui apporter ce qu'il voulait et ce dont il avait besoin – elle s'en sortait à peine avec son salaire au garage. Elle ne gagnerait jamais assez pour monter le sien. Elle ne parviendrait jamais à quitter le Colorado, et ce n'était qu'une question de temps avant que les Inca Boys ne la retrouvent et ne viennent récupérer ce qui leur appartenait.

Quelle ironie ! Elle avait bien plus d'amour-propre

quand elle traînait avec le gang qui la traitait comme de la merde que maintenant, alors qu'elle avait échappé à cette existence. Elle avait beau avoir vingt-quatre ans, elle aurait pu tout aussi bien en avoir quatre-vingt-quatre, vu comme elle se sentait : écrasée par le poids de sa vie et des responsabilités qui lui incombaient pour faire de Joel un homme bien.

Joel ne sortit pas de sa chambre pendant toute la soirée.

Bailey dormit sur le canapé défraîchi, comme d'habitude, avec un couteau caché sous les coussins, prête à mourir pour son frère, même s'il ne pouvait pas la supporter.

CHAPITRE 3

— Bailey ! Téléphone !

La voix de Clayson résonna dans le garage, et la panique fit battre le cœur de Bailey. Personne ne l'appelait jamais... sauf l'école de Joel.

Elle s'essuya les mains dans un chiffon et descendit de l'escabeau posé devant le SUV. Contrairement à tous les autres mécaniciens, elle avait besoin pour sa part des centimètres supplémentaires accordés par l'outil pour pouvoir atteindre le moteur. Ses collègues l'avaient taquinée, mais elle s'en fichait. Elle était petite, elle n'y pouvait rien.

Elle se précipita vers le modeste bureau, à côté des différentes portes de garage. Clayson se tenait derrière sa table de travail et lui tendait le combiné.

Il la fixa droit dans les yeux, mais elle n'arrivait pas à déchiffrer son regard. Elle lui fit un léger sourire et récupéra nerveusement le téléphone.

— Allô ?

— Bonjour. Êtes-vous Bailey ?

— Oui. Qui est à l'appareil ?

Malgré sa question, elle le savait. En quatre mots, elle avait deviné qui se trouvait au bout du fil.

— Nathan Anderson. Nous nous sommes rencontrés hier soir et vous m'avez donné votre carte.

— C'est exact.

Elle ne cherchait pas à se montrer bourrue ou faussement pudique, mais la nuit avait été mauvaise, son amour-propre était au plus bas, Joel refusait toujours de lui adresser la parole, et à présent, le premier homme à l'intéresser depuis des années lui parlait dans l'oreille, lui donnant la chair de poule comme s'il était physiquement derrière elle à mordiller ladite oreille.

— J'aimerais prendre rendez-vous pour vous apporter Marilyn.

Le nom idiot avec lequel il avait baptisé sa voiture la fit sourire.

— Vous auriez pu voir ça directement avec Clayson. Pas la peine de me parler personnellement.

— Mais j'en avais envie.

Sa voix avait baissé d'une octave, et elle frissonna. Comme s'il avait compris de quoi il retournait, Clayson ouvrit le cahier de rendez-vous. Il ne se servait jamais d'ordinateur pour cela, préférant la bonne vieille méthode de l'agenda et du stylo. Elle déglutit et essaya de rester la plus professionnelle possible.

— Quelle date vous convient ?

— Quand pouvez-vous la regarder ?

— Comment ça ? demanda Bailey en fronçant les sourcils, perdue.

— Je veux que ce soit *vous* qui travailliez sur Marilyn. Personne d'autre. Alors, quand aurez-vous le temps d'y jeter un œil ?

— Oh, hum. *Clayson* n'est pas ce genre de garage. Nous

n'attribuons pas un mécanicien spécifique pour un véhicule précis. Chacun de nous peut s'occuper de toutes les voitures qui viennent. Tout dépend du planning de chacun à ce moment-là.

— J'ai confiance en *vous*. En personne d'autre.

Elle pivota pour tourner le dos à Clayson. Elle l'appréciait, néanmoins, elle ne se sentait pas assez à l'aise pour tenir cette conversation face à lui.

— Tout le monde est plus que qualifié ici pour se charger de votre véhicule, Nathan. En plus, comme je vous l'ai dit, ce n'est pas grand-chose. Je suis pratiquement sûre que vous avez juste besoin d'une nouvelle batterie, pour l'instant.

— Super. Alors, quand pourrez-vous y jeter un coup d'œil pour me le confirmer ?

Bailey soupira, pleinement consciente qu'il ne lâcherait pas le morceau. Il voulait que ce soit elle qui examine sa voiture, personne d'autre. Elle allait lui donner une date et un horaire ; il ne saurait jamais qui se chargerait de l'entretien de son véhicule.

— Vendredi à quatre heures, ça vous convient ?

— Et c'est vous qui regarderez ?

Elle leva les yeux au ciel. Bon sang, il était tenace.

— Oui. Je serai là.

En règle générale, elle récupérait Joel à l'école vers trois heures. Clayson lui permettait de le garder avec elle de quinze heures trente à dix-sept heures, l'heure à laquelle elle finissait le travail. Ce n'était pas idéal, mais il était hors de question qu'elle le laisse seul à la maison. Pas avec les Inca Boys à ses trousses.

— Génial. Je vous verrai vendredi. Prenez soin de vous.

C'était inhabituel.

— Comme toujours, rétorqua-t-elle.

La voix de Nathan fut tout à coup encore plus grave, si tant est même que ce soit possible.

— Je n'en doute pas, petite fée. Mais bientôt, vous aurez de l'aide pour le faire.

Elle ouvrait la bouche pour lui demander ce qui lui prenait, quand elle entendit la tonalité résonner à son oreille. Elle écarta le téléphone et le fixa, incrédule. Elle aurait de l'aide ? Petite fée ? *C'est quoi ce bordel ?*

— Vendredi à quatre heures. C'est noté, lança Clayson en griffonnant dans son cahier. À quel nom ? Quelle voiture ? Quel est le problème ?

Reposant le combiné sur son support, Bailey secoua la tête, exaspérée. Bon Dieu. Nathan prétendait être un nerd qui n'aimait pas beaucoup les gens, mais cela ne l'empêchait pas d'être autoritaire et de faire faire aux autres ce qu'il voulait. La plupart des geeks qu'elle avait connus n'élevaient jamais la voix et rechignaient à insister. Aucun doute, Nathan était très différent des hommes qu'elle avait croisés par le passé.

Elle prit une grande inspiration pour contrôler ses émotions. Elle n'était pas agacée – Nathan n'avait vraiment rien fait pour l'énerver –, mais elle était confuse, elle avait l'impression que son sang coulait plus vite dans ses veines, et elle pouvait sentir son cœur battre plus fort. C'était déroutant, et elle détestait ça.

— Nathan Anderson. Il a une Ford Focus. Un modèle du milieu des années 2000, je dirais. Je l'ai aidé hier soir dans un parking, car sa voiture ne voulait pas démarrer. Il me semble que c'est juste une histoire de fil ou de batterie à remplacer. Il y avait beaucoup de rouille dessus.

Clayson hocha la tête et s'adossa à son siège, les mains derrière la nuque. Il l'observait de près.

— Est-ce qu'il t'embête ?

— Non ! répondit-elle immédiatement, surprise.

— Bien. Parce que si quelqu'un croit pouvoir poser un doigt sur toi sans ton aval, il va lui arriver des bricoles. Les gars et moi, on se chargera de lui. Dis-le-nous, d'accord, trésor ?

Bailey avala, avec peine, la boule qu'elle avait tout à coup dans la gorge. Clayson lui rappelait beaucoup son père. Celui-ci n'aimait pas Donovan ni aucun des membres du gang. Elle ignorait s'il était au courant de ce qu'elle faisait en dehors de la maison, mais elle le soupçonnait de l'avoir appris. La veille de sa mort – il était décédé alors qu'il aidait un ami à réparer sa voiture et que les cales avaient cédé, l'écrasant sous le véhicule –, il lui avait pris le visage en coupe et lui avait dit qu'il s'inquiétait pour elle. Qu'il l'aimait plus que tout et qu'il tuerait tout homme qui lui ferait du mal.

À l'époque, elle n'avait pas trop réfléchi aux paroles de son père, pourtant, elle était persuadée maintenant qu'il aurait sans problème tiré une balle dans la tête de Donovan s'il avait su ce que le gang avait fait d'elle.

Le ton menaçant de Clayson aurait peut-être dû l'inquiéter, cependant, ce n'était pas le cas. Les mécaniciens et lui n'étaient pas des gangsters, juste des gars de la campagne un peu rudes sur les bords, mais qu'elle appréciait sincèrement. Duke, le plus jeune, avait environ le même âge qu'elle ; il était effronté et téméraire, comme seul un homme ayant toute sa vie devant lui pouvait l'être. Typiquement, il était le premier à se porter volontaire pour travailler le samedi, quand ils avaient besoin de le faire.

Henry approchait quant à lui de la trentaine et venait de se marier. Il ne connaissait sa femme que depuis six mois, et ils attendaient déjà leur premier enfant. Il leur avait dit à tous que lorsque l'on rencontrait la personne avec laquelle nous étions destinés à passer le restant de notre vie, autant commencer tout de suite. Bailey espérait sincèrement que le couple fonctionnerait. Elle savait très bien comment les relations pouvaient débuter sous les meilleurs auspices et finir mal.

Ozzie devait avoir environ dix ans de plus qu'elle. Au début, il lui faisait peur. Sa barbe lui arrivait au milieu du torse, et n'était pas franchement jolie ni bien entretenue ; elle était hirsute et rêche, lui donnant dix années de plus. Il avait également un bandeau sur l'œil droit. Elle ignorait comment il avait perdu son œil, mais elle avait le sentiment que c'était lié à une fille.

Bert était le plus vieux mécanicien ; il avait ouvert le garage avec Clayson. Ils avaient travaillé ensemble pendant vingt ans. Bailey l'avait surpris à l'étudier à plusieurs reprises. Il était toujours vêtu de tenues intégralement en jean, et son ventre à bière ressortait de chacune. Heureusement qu'il avait de longs bras ou il aurait eu besoin d'un escabeau pour atteindre le moteur, comme elle, sauf que lui, ce serait parce que la bosse de son ventre l'empêcherait de se pencher facilement.

Elle aimait ses collègues. Ils respectaient ses compétences, ce qui comptait beaucoup pour elle.

Entre son apparence et le fait d'être une femme, elle n'avait vraiment pas été certaine de réussir à travailler dans un garage. Mais Clayson était désespéré. Le jour où elle était venue le voir pour parler de l'annonce « Cherche mécanicien(ne) » apposée contre la vitre, il lui avait indiqué une voiture et lui avait demandé de lui dire ce qui n'allait pas avec, et qu'elle n'avait qu'à considérer cela comme son entretien d'embauche. Après un examen attentif, et tout en se sentant mal à l'aise sous le regard non seulement de Clayson, mais aussi des quatre autres mécaniciens, elle lui avait dit que les plaquettes de frein étaient usées et qu'il y avait de la poussière de frein dans le tambour. Elle avait ensuite ajouté que le ventilateur de radiateur était à remplacer, et qu'il y avait une fuite dans le tuyau de refroidissement. Clayson lui avait donné la place immédiatement.

Les hommes la traitaient comme leur petite sœur, ce qui lui convenait très bien. Elle n'aurait pas aimé devoir repousser les avances indésirables d'un collègue. Elle avait renoncé aux relations pour toujours, consciente qu'aucun d'eux ne voudrait d'une ancienne pute.

— Ça va, Clayson. J'apprécie ta sollicitude, mais tout va bien.

— Humm, marmonna-t-il évasivement. J'ai beaucoup de paperasse, cette semaine. Je suis sûr que je serai encore dans le coin à m'en charger vendredi après-midi.

Elle faillit lever les yeux au ciel face à son côté protecteur. Jamais elle ne l'admettrait – sous peine de les embarrasser, Clayson et elle –, mais c'était agréable d'avoir quelqu'un qui se faisait du souci pour elle.

— Je n'en doute pas. Je dois me remettre au travail.

Elle lui fit un petit signe de la main et retourna dans le garage proprement dit.

Nathan Anderson ne l'inquiétait pas vraiment. Il amènerait sa voiture vendredi, et comme elle se montrerait froide et professionnelle, il saisirait l'allusion et comprendrait qu'elle ne voulait rien avoir à faire avec lui.

Elle reprit son escabeau et replongea dans les entrailles du véhicule qu'elle réparait avant que Clayton l'appelle dans son bureau, ignorant la petite voix en elle qui la traitait de menteuse.

CHAPITRE 4

— Tu as un problème avec ta voiture ? lui demanda Blake dès qu'il eut raccroché.

Logan et lui étaient entrés dans la pièce pendant sa conversation.

— Oui. Mais rien de grave, je crois.

— C'est bien. Je suis surpris que ce vieux tacot roule encore, fit remarquer Logan de l'autre côté du bureau, un rictus narquois aux lèvres.

— Je prends bien soin de Marilyn, protesta Nathan. Elle n'a peut-être pas fière allure, mais à l'intérieur, elle ronronne comme un chat.

Blake sourit jusqu'aux oreilles.

— Parles-tu toujours de ta voiture ? demanda-t-il, pince-sans-rire.

Nathan fut interloqué ; Bailey lui avait posé exactement la même question. En parlant de sa mécanicienne préférée...

— Je suis pratiquement sûr d'avoir trouvé Bailey.

Sa déclaration eut l'effet d'une grenade lancée dans le

bureau. Logan et Blake tournèrent vivement la tête vers lui et le fixèrent.

Leurs questions fusèrent en même temps.

— Quoi ?

— Où ?

— Elle est à Castle Rock, répondit-il calmement.

— Sans déconner ? s'exclama Logan. Alors tout ce travail d'enquête que vous avez fait avec Alexis a fini par payer.

Nathan secoua la tête.

— Non. Nous n'avions aucune piste. Tout ce que nous avions à son sujet provenait de ce qu'avait dit cette femme du gang.

Pour une raison qu'il n'aurait pu expliquer, Nathan avait été obsédé dès le début par l'idée de trouver Bailey. Il ignorait à quoi elle ressemblait, ne savait pas grand-chose sur elle. Cependant, il savait comment l'avaient décrite les personnes qu'elle avait fréquentées.

« Bien qu'elle soit la femme du patron, elle continuait à nous parler. »

« Elle avait un rire magnifique. »

« Cette chienne aimait ce gamin, c'est certain. »

« Elle était presque comme une sœur pour moi. »

« Je lui en veux pas de s'être barrée. »

Les femmes du gang n'avaient pas vraiment échangé des compliments les unes sur les autres, pourtant, aucune n'avait réellement dénigré la mystérieuse Bailey. Elles ne comptaient pas non plus recommander son nom pour la béatification, mais elles n'avaient pas tendance à la jeter dans la fosse aux lions pour l'instant. Découvrir qu'un petit garçon était mêlé à tout cela avait touché Nathan.

Sa propre mère n'en avait rien eu à cirer de ses frères et lui. Il ignorait si le gamin avait le moindre lien avec Bailey –

son fils, peut-être ? – ou s'il s'agissait d'un gosse des rues qu'elle avait pris sous son aile, mais dans un cas comme dans l'autre, cela avait renforcé la détermination de Nathan à la trouver.

Toute personne prête à courir le risque de fuir les Inca Boys en embarquant un enfant sans défense était quelqu'un qu'il souhaitait connaître. Qu'il avait *besoin* de connaître.

— Alors comment l'as-tu trouvée ? demanda Blake en s'appuyant à son bureau, les bras croisés.

— C'est plus elle qui m'a trouvé, à vrai dire.

Face aux expressions exaspérées et impatientes de ses frères, il précisa sa pensée.

— Hier soir, Marilyn a refusé de démarrer. Comme je n'ai pas réussi à vous joindre, j'ai essayé de découvrir par moi-même d'où pouvait provenir le problème. C'est là qu'une femme s'est pointée et m'a proposé son aide.

— Merde alors, souffla Blake. Bailey ?

— Ouaip. Enfin, je ne le savais pas à ce moment-là. Elle a trafiqué sous le capot quelques instants, m'a filé la carte du garage où elle bosse, puis elle est partie.

— Tu l'as laissée s'en aller ? s'étonna Logan, en haussant les sourcils, stupéfait.

— Elle ne s'était pas présentée, alors je ne savais pas que c'était elle.

— Comment sais-tu qu'elle s'appelle Bailey, dans ce cas ? intervint Logan.

— Elle a noté son nom au dos de sa carte.

— Ça ne signifie pas que c'est la Bailey de Donovan, contra Logan sur un ton raisonnable.

Nathan serra les poings.

— Elle n'est pas à Donovan, répliqua-t-il, les mâchoires crispées.

Blake et Logan parurent surpris par sa férocité. Nathan

était le plus détendu des trois, le genre d'hommes à laisser les choses lui glisser dessus, comme l'eau sur les plumes d'un canard. Oui, il avait intensément recherché Bailey, mais il n'avait jamais été sur la défensive auparavant, sur n'importe quel sujet. Pas ainsi.

Blake leva les mains en signe de capitulation, et Logan acquiesça avant de clarifier :

— Ce n'est pas parce qu'elle s'appelle Bailey que ça fait d'elle l'ex-copine du leader des Inca Boys, Nathan.

— C'est vrai. Mais j'ai le sentiment que c'est elle. Déjà parce qu'elle était nerveuse, et aussi parce que ses deux bras étaient recouverts de tatouages.

Il leva une main pour prévenir les protestations qui n'allaient pas manquer de suivre.

— Je ne les ai pas bien vus, mais l'un d'eux était ce stupide personnage de dessin animé qu'ils ont pris comme symbole.

— Merde, souffla Blake. Elle a forcé sa chance, en vivant aussi près de Denver.

— Il y a autre chose.

— Autre chose ? La vache, commenta Blake en s'écartant de son bureau pour aller s'asseoir sur sa chaise. Dis-moi.

— Elle avait avec elle le gamin mentionné par la fille du gang.

— Le fils de Donovan ? demanda Logan.

Nathan sentit ses ongles s'enfoncer dans ses paumes quand il serra à nouveau les poings.

— Non, rétorqua-t-il, agité. Le garçon l'a appelée « frangine », et la fille du gang a dit qu'il s'agissait de son frère. Je la crois. Ils se ressemblaient. Je ne sais pas exactement quel âge ils ont, mais si c'était le sien, ça veut dire qu'elle l'aurait eu vers les douze ans.

— Ce ne serait pas la première fois dans un gang, commenta sèchement Logan.

— Enfin, si elle avait eu un enfant de Donovan, nous l'aurions découvert, depuis le temps. Quelqu'un aurait balancé. Alexis en aurait même entendu parler quand elle était sous couverture. Tu crois que cette garce de Kelly, jalouse de Bailey, n'en aurait pas parlé ?

Ses frères ne répondirent rien. Ils savaient qu'il avait raison.

— J'ai le pressentiment que c'est elle, insista-t-il.

— Alors, quel est le plan ? demanda Logan.

— Je vais amener ma voiture à son garage vendredi, et on verra à partir de là.

Les triplés se dévisagèrent un long moment. Puis Logan déclara :

— Tu l'apprécies.

Nathan ne chercha même pas à objecter.

— Je l'apprécie. En plus de ça, elle m'intrigue. Au début, je pensais que ce n'était qu'une garce dure à cuir, mais dans ce cas, pourquoi partir aussi discrètement ? Pourquoi est-ce que Kelly la déteste autant ? Ensuite, elle m'a épaté par sa capacité à effacer ses traces. Il faut être malin, pour y parvenir. C'est un puzzle que j'ai besoin de résoudre.

— Puis tu l'as rencontrée, constata Blake.

— Oui. Elle n'est pas du tout comme je l'imaginais. Enfin, si, elle avait enfilé son armure pour se protéger, ce qui ne me surprend pas. Mais pour quelqu'un ayant vécu aussi longtemps qu'elle dans un gang, elle ressemblait à n'importe quelle fille, si on omet ses tatouages. Elle est effrayée et le cache mal. Et elle adore son frère. Son regard quand elle s'est tournée vers lui m'a rappelé notre loyauté à tous les trois.

— C'est sans doute à cause de lui qu'elle a fui, médita Logan.

Nathan hocha la tête.

— Si Donovan ou n'importe quel autre membre l'a menacé, elle a pu partir pour le protéger, approuva Blake. Si c'est le cas, je n'ai même pas besoin de rencontrer cette femme pour savoir qu'elle me plaît.

Nathan observa ses frères. Tous trois comprenaient la loyauté fraternelle. Ils avaient connu l'enfer pendant leur enfance, à éviter les poings de leur mère tout en essayant de se protéger mutuellement. C'était Logan qui avait subi l'essentiel de sa rage, volontairement, pour épargner ses frères.

— Pour l'instant, je vais amener ma voiture au garage et voir si elle se montrera un peu plus ouverte. Elle est renfermée et ultra prudente. Je ne peux pas le lui reprocher. Mais si nous voulons nous assurer que Donovan et ses membres la laissent tranquille, il faut qu'elle me fasse confiance.

— Crois-tu qu'elle sait que Donovan est sorti ? demanda Logan, avec des yeux luisants de colère.

Le fait que le leader du gang ait déjà été libéré de prison restait en travers de la gorge de ses frères. Il avait été relâché un peu plus tôt pour bonne conduite et parce que l'établissement pénitentiaire était surpeuplé. Ce type avait pris des photos obscènes de la femme de Logan ainsi que du frère d'Alexis, et les frères de cette ordure avaient kidnappé Alexis et prévu de la tuer. Heureusement qu'ils avaient échoué. Non, les Inca Boys n'étaient pas en tête de leur liste d'amis.

Si les vitupérations de Kelly étaient exactes, Donovan, ainsi que les derniers membres des Inca Boys, se lançait à la recherche de Bailey à l'instant même. La seule chose qui le consolait, c'était de savoir que si Alexis et lui n'avaient pas réussi à la trouver, alors il était fort probable que Donovan n'y parviendrait pas non plus.

— J'en doute, répondit-il. J'ai l'impression qu'elle prendrait la fuite si elle découvrait que Donovan est sorti de prison.

— Désolé de ne pas avoir pu t'aider hier soir, dit Blake. J'ai dîné avec Alexis, puis nous sommes allés faire de l'escalade à Rock Park.

— Je croyais que ça fermait la nuit ?

Blake haussa les épaules.

— Oui. Mais quand elle se sent claustrophobe, elle a besoin de faire de l'escalade, pour se sentir davantage maîtresse d'elle-même. Alors, je me suis garé plus loin, sur Gilbert Street, et nous sommes montés à l'arrière.

— Elle fait toujours des cauchemars ? demanda Nathan.

Alexis ne lui avait pas dit grand-chose – rien d'étonnant –, mais elle souffrait encore de ce que les Inca Boys lui avaient fait subir en la kidnappant et l'enterrant jusqu'au cou.

— Un peu, oui. Mais elle voit quelqu'un, et ça fonctionne.

— Je n'ai pas remarqué tout de suite que tu m'avais appelé, intervint Logan. Grace est épuisée. Elle est plus que prête à accoucher. Elle faisait une sieste, mais comme elle n'arrivait pas à bien s'installer, je me suis mis dans le lit avec elle. Visiblement, elle ne parvient à dormir qu'assise contre moi.

Il haussa les épaules, un petit sourire aux lèvres en pensant à sa femme enceinte.

— Nous nous sommes endormis tous les deux.

— Ce n'est pas grave, les rassura Nathan. Bailey a fait redémarrer Marilyn, et tout s'est bien passé.

— Je prendrai toujours mon téléphone avec moi à partir de maintenant, lui promit Logan.

— Moi aussi, approuva Blake. Même si, dans les montagnes comme hier soir, je n'aurai peut-être pas de réseau.

— Je suis sincère quand je vous dis que ça va. Vous devez prendre soin de vos femmes. Elles passent en premier.

— Peut-être, rétorqua Logan très sérieusement en s'appuyant sur les coudes. Mais ça ne veut pas dire pour autant que tu as une place moins importante dans nos vies. Nous avons été séparés pendant dix ans, mais j'ai pensé à vous chaque jour pendant ce temps. Nous sommes frères. Nous sommes du même sang.

— Merci, répondit Nathan, empli de respect et d'amour pour ses frères.

Ils avaient tous les trois quitté la maison après le bac, surtout pour fuir leur mère abusive. Ils n'avaient échangé que quelques lettres au fil des années, avant de revenir à Castle Rock à la mort de leur père. Ses frères lui avaient manqué bien plus qu'il ne le pensait. Leur soutien lui avait manqué, ainsi que le simple fait d'avoir quelqu'un comprenant ce qu'il avait traversé, justement parce qu'ils l'avaient vécu à ses côtés.

Après le lycée, il s'était toujours senti inquiet et mal à l'aise. Il savait à présent que c'était parce qu'il n'était pas avec ses frères. Ils étaient de vrais triplés, partageant le même sang.

— Tu nous diras samedi comment ça s'est passé avec Bailey ? demanda Blake.

— Bien sûr.

Considérant qu'il était temps de changer de sujet, Nathan se tourna vers Logan.

— Avez-vous choisi les prénoms des enfants ?

Logan haussa les épaules, comme si ce n'était pas grand-chose, mais sa fierté et son impatience étaient palpables.

— Nous avons quelques idées, mais rien de précis. Grace veut attendre de voir nos fils avant de décider. Elle pense qu'elle saura quel nom leur conviendra le mieux après les avoir rencontrés. Pour moi, ça n'a pas d'importance, tant que tout le monde va bien.

— Le médecin a une idée de la date d'accouchement ? demanda Blake.

— « Bientôt ». C'est tout ce qu'il a dit. Ça peut être aujourd'hui comme d'ici deux semaines. Tout dépend des bébés. Et s'ils sont aussi têtus que leur mère, alors je parie sur deux semaines, commenta Logan d'une voix rauque, comme s'il essayait autant de ne pas se laisser submerger par l'émotion que de s'empêcher de rire.

Blake attrapa son portefeuille et posa deux billets de vingt sur le bureau.

— Je te parie quarante dollars que ce sera ce week-end.

Souriant, Nathan saisit à son tour de l'argent pour le placer devant lui.

— Je tiens le pari. Je dis deux semaines de plus.

— Sur quoi parions-nous ? intervint Alexis en entrant dans la pièce.

Blake s'éloigna immédiatement de son bureau pour aller la retrouver. Il la prit par la nuque et la taille pour l'attirer contre lui et l'embrasser comme s'il ne l'avait pas vue depuis plusieurs jours, et non quelques heures seulement.

Quand il recula, il ne la relâcha pas.

— Tu as passé une bonne matinée ?

Elle lui sourit et acquiesça, les mains posées sur ses biceps.

— Oui, confirma-t-elle avant de se tourner vers Nathan. Alors, sur quoi pariez-vous ?

— Sur la date à laquelle Grace va accoucher de ces bébés qu'elle se trimballe partout.

— J'en suis carrément. Quelles dates ont été choisies ?

— Blake a dit ce week-end, moi, dans deux semaines.

— Dans ce cas, je prends le week-end prochain. Chéri, tu vas me prêter la monnaie, n'est-ce pas ? demanda-t-elle en souriant à Blake d'un air innocent.

Il leva les yeux au ciel et grommela pour la forme, mais se dirigea quand même vers son bureau avec elle pour ajouter deux billets à la pile.

— Si Grace découvre le pari, elle va devenir folle, vous le savez, fit remarquer Logan.

— Un pari ? À quel sujet ? questionna l'intéressée en entrant dans le grand espace ouvert.

Logan avait quitté son siège et s'était retrouvé à ses côtés avant même qu'elle ait fini sa phrase.

— Qu'est-ce que tu fais ici ? Comment es-tu venue jusque-là ? J'espère que tu n'as pas conduit ! aboya-t-il en la guidant vers le canapé qu'ils avaient ajouté dans la pièce dès l'annonce de la grossesse de Grace.

Elle posa sa main sur le bras de son mari, sur les deux oiseaux roses en plein vol tatoués, et le lui caressa gentiment.

— Felicity est revenue de Chicago. C'est elle qui m'a déposée. Tu sais aussi bien que moi que je ne rentre plus derrière le volant de la voiture, de toute façon.

Logan l'embrassa sur la tempe avant de s'installer à côté de sa femme.

— Et donc ? Quel est le sujet du pari ? demanda-t-elle, butée.

— La date de ton accouchement, révéla Alexis en souriant. Blake a parié sur ce week-end, moi, sur le suivant, et Nathan sur dans deux semaines.

Grace le fusilla du regard.

— Deux semaines ? Pitié ! Si j'avais mon mot à dire, ce serait aujourd'hui. J'en ai marre d'être enceinte.

Tout le monde éclata de rire. Logan lui assura qu'elle aurait les jumeaux quand ils seraient prêts à naître et pas avant.

Nathan observa sa famille. Grace et Alexis étaient parfaites pour ses frères, et il les aimait sincèrement toutes les deux. Il n'avait même pas été jaloux de ses frères... jusqu'à aujourd'hui. D'une certaine façon, rencontrer Bailey et découvrir, via les relations de Blake et Logan, ce qui lui manquait, donnait à sa vie une sensation de vide. Il possédait une petite maison, adorait vivre seul, pourtant il se rendait compte tout à coup qu'il était très solitaire.

Il n'appréciait pas les gens, en général, mais Grace et Alexis, si. Et il adorait ses frères. Il aimait passer du temps avec eux, cependant, ce n'était pas la même chose qu'avoir une femme dans son lit, à l'écouter respirer dans son sommeil. De trouver quelqu'un à ses côtés à son réveil. De manger avec une autre personne. Ne pas forcément parler, mais regarder la télévision ou aller au cinéma avec quelqu'un.

Il le voulait.

Avec Bailey.

C'était de la folie. Il ne la connaissait pas et elle non plus.

Cependant, aussi sûrement qu'il savait qu'il pourrait donner sa vie pour ses frères et leurs femmes, il avait la conviction que Bailey était faite pour lui.

Il y avait une raison à son entêtement à la trouver, non ?

Il voulait qu'elle fasse partie de sa vie, et de celle de ses frères également.

Alors que les taquineries bon enfant se poursuivaient

autour de lui, il se fit la promesse solennelle de tout faire pour incorporer Bailey à leur famille. Il n'était sans doute pas le plus charmeur ou intéressant des hommes, n'était peut-être pas doué pour parler, mais Bailey avait besoin d'une famille. Besoin de quelqu'un pour assurer ses arrières.

Il serait cette personne.

CHAPITRE 5

À quatre heures moins dix, Nathan gara Marilyn sur une place disponible devant l'une des portes de la *Carrosserie Clayson* et sortit de voiture. Comme il ne vit personne, il entra dans le local et regarda autour de lui.

Clayson était un garage typique. La salle d'attente de petite taille disposait d'une télévision, d'une table proposant quelques magazines, d'un comptoir d'accueil avec une caisse et de quatre chaises en plastique solides. Elle était fonctionnelle à défaut d'être confortable, mais propre.

Nathan s'apprêtait à appeler, pour voir si quelqu'un lui répondrait, quand un homme d'un certain âge aux cheveux noirs striés de gris franchit une porte au coin de la pièce. Il s'avança sans se presser jusqu'au comptoir, s'appuya dessus à deux mains et le transperça du regard.

— Nathan Anderson. C'est un plaisir de vous rencontrer.

Nathan ne tint pas compte de l'aura protectrice qui émanait de cet homme. Il était content de la ressentir, en réalité, heureux que Bailey ait quelqu'un pour prendre soin d'elle. Il ne se souvenait pas d'avoir déjà croisé cet homme, mais il était évident que lui savait qui il était.

— Enchanté, dit-il en hochant la tête.

Ils se dévisagèrent avant que l'autre homme, sans doute Clayson, le propriétaire, aille droit au but.

— Ne jouez pas avec Bailey.

— Ce n'est pas mon intention, répliqua-t-il simplement.

Les mains dans les poches, il l'affronta du regard, sans essayer de l'éviter.

Quelques secondes plus tard, Clayson dut voir ce qu'il cherchait dans ses yeux, car il hocha une fois la tête puis se dirigea vers la porte derrière lui. Juste avant de la franchir, il se tourna vers Nathan.

— Eh bien alors ? Vous venez ?

Sans hésiter, Nathan contourna le comptoir et suivit l'homme jusqu'à une autre pièce.

Il s'agissait d'un bureau, meublé de manière plus confortable, et plus en désordre, que la salle d'attente spartiate. Cependant, ce ne furent pas le mobilier ou les papiers qui traînaient qui attirèrent instantanément son regard, mais Bailey.

Elle était assise sur le canapé, à côté de son frère, qui avait un livre sur les genoux. Tous les deux étaient penchés dessus et elle lui indiquait quelque chose sur la page. Elle portait un tee-shirt noir et un bleu de travail couvert de graisse, ainsi que des chaussures à bout renforcé. Ses cheveux étaient rassemblés en une queue de cheval désordonnée, qu'elle entortillait autour d'un doigt tandis qu'elle se concentrait sur le manuel sous ses yeux.

Le garçonnet était vêtu d'un jean qui avait l'air trop court et d'un haut à l'effigie de Batman. Quelque chose semblait le frustrer – sur le livre, manifestement.

Tous deux levèrent la tête quand il entra, ce qui lui

permit de confirmer sans l'ombre d'un doute qu'ils étaient bien frère et sœur. Ils possédaient les mêmes cheveux noirs. La seule différence, c'était que le garçon allait devenir corpulent. Pas gros, mais grand. Il n'avait pas la même carrure que Bailey ; trapu, il allait vraiment être un homme imposant.

Il les salua d'un signe de la tête.

— Bonjour.

— Oh merde, il est déjà quatre heures ? s'exclama Bailey en regardant son poignet gauche comme si elle avait une montre... sauf qu'elle n'en portait pas.

Elle déposa un baiser sur la tête du garçon et se leva.

— Joel, continue avec tes maths. J'y jetterai un nouveau coup d'œil quand j'aurai terminé. Ne t'en fais pas, on va trouver.

Puis elle se tourna vers Nathan.

— Bonjour, Nathan. Votre voiture est-elle garée dehors ?

Il acquiesça, déçu par son ton professionnel, mais il ne put rien dire avant qu'elle enchaîne.

— Bien.

Elle tendit la main.

— Donnez-moi vos clés, s'il vous plaît, que je me mette au travail. Si ce n'est que la batterie, ça ne devrait pas durer plus d'une demi-heure, trois quarts d'heure maximum pour la changer et nettoyer les fils.

Il aurait aimé prolonger le temps en sa présence, mais il ignorait comment s'y prendre sans montrer qu'il *essayait* de le faire. Alors, il se contenta de récupérer sa clé dans sa poche et de la poser dans sa main tendue, en veillant bien à effleurer sa peau dans la manœuvre.

Bailey tressaillit légèrement, mais referma rapidement les doigts autour des clés avant de se tourner vers le vieil homme.

— Clayson, peux-tu te charger de faire sa fiche ? Je te tiendrai au courant quand j'aurai fini.

— Prends ton temps, trésor.

— Merci.

Sur ces mots, elle s'en alla.

Nathan regarda tour à tour Joel, qui n'avait pas bougé du canapé, et Clayson.

Celui-ci souriait d'un air narquois, comme si la scène précédente l'avait amusé. Sans commenter cependant, il lui tendit une écritoire à pince avec une feuille dessus.

— Pourriez-vous remplir ça ? Nous avons besoin de certaines informations. Bailey reviendra vous dire ce qui ne va pas avant de faire quoi que ce soit sur votre voiture, et elle vous donnera un devis approximatif.

Nathan hocha la tête, prit l'écritoire à pince et le stylo que lui remettait l'autre homme. Regardant autour de lui à la recherche d'un siège, il décida de tenter sa chance et de s'installer à côté de Joel.

S'asseyant sur la place laissée par Bailey, il fut parcouru d'un frisson en sentant la chaleur corporelle de la jeune femme qui s'attardait toujours sur le tissu.

Le formulaire à remplir demandait des informations de base, et quelques minutes lui suffirent pour le compléter. Il jeta un coup d'œil vers les problèmes de maths sur lesquels travaillait Joel et cilla. Il parla sans réfléchir.

— Mais qu'est-ce que tu fais ?

Ce ne fut pas dit de manière méchante ou impolie ; il était simplement stupéfait.

Surpris, le garçon leva la tête.

— Des maths.

— Ça ne ressemble pas à celles que je connais, commenta Nathan en observant la feuille d'exercices du garçonnet.

Il fronça les sourcils.

— C'est ce que Bailey m'a dit aussi.

Nathan le regarda.

— Ta sœur a raison.

Cette affirmation ne rendant pas Joel perplexe, Nathan fut content de découvrir qu'il avait bien deviné leur lien de parenté.

— Ce sont les cours du tronc commun.

Nathan le dévisagea fixement.

— C'est comme ça qu'on nous apprend les maths, insista Joel.

— Ça a l'air perturbant, commenta Nathan tout de go.

— Oui. Je ne pige rien.

Joel baissa la tête et joua avec le bord de sa feuille.

— Les autres se moquent tous de moi parce que je ne comprends pas. On ne faisait pas comme ça à mon ancienne école.

— Les maths peuvent être amusantes, lui assura Nathan, ce qui lui valut l'attention du petit garçon, qui donnait l'impression d'avoir reçu un coup.

— Amusantes ? Je ne crois pas, non, répliqua-t-il en secouant la tête.

— Bien sûr que si. On peut faire toutes sortes de choses avec les maths.

— N'importe quoi, marmonna Joel.

— Je vais te montrer. Peux-tu me prêter ton crayon ? demanda Nathan en lui tendant la main, paume vers le haut.

Malgré son air extrêmement sceptique, Joel le lui donna.

Désormais dans sa zone de confort, Nathan tourna la feuille pour pouvoir écrire sur le verso blanc et nota quelques nombres.

— Très bien. Tu sais que, en maths, on compte en base dix, n'est-ce pas ?

— Base dix ?

— Oui. Tu sais compter jusqu'à cent de dix en dix ?

— Évidemment. C'est un truc de bébé, ça.

Il entreprit aussitôt de le lui prouver.

— Parfait. Donc c'est ça, la base dix. Il y a dix « un » pour arriver au nombre dix. Et dix « dix » dans le nombre cent.

Nathan montra alors le « 11 » qu'il avait inscrit sur le papier.

— Qu'est-ce que c'est, ça ?

— Onze, répondit immédiatement Joel.

— Non, corrigea Nathan. C'est un « dix » et un « un ». Le premier chiffre t'indique le nombre de « dix » et le deuxième le nombre de « un ». Donc, quel est ce nombre ?

Il posa la question en en montrant un autre, aussi noté sur la page.

— Deux « dix » et quatre « un ». Vingt-quatre.

Joel avait toujours l'air perplexe, mais il comprenait vite.

— Exact. Et celui-ci ?

— Trois « dix » et sept « un ».

— Génial ! s'enthousiasma Nathan. Allez, maintenant, un peu plus difficile. Quel est celui-ci ?

Il inscrivit un nouveau nombre sur la feuille.

— Cinq « dix » et neuf « un ».

— Et si j'ajoute un « un » à ça ?

— Soixante... euh... Six « dix », je veux dire.

— Parfait. Alors, redis-moi le premier nombre. Combien y a-t-il de...

— Dix ! répondit Joel, tout excité.

— Et le deuxième chiffre ?

— Un !

— Bien. Et toi qui pensais que tu étais mauvais en

maths, commenta Nathan, qui remarqua l'amour-propre du jeune homme remonter. Bon, corsons un peu les choses. Si je note ça et ça et que je te demande de les additionner, comment ferais-tu ?

Il inscrivit 10 et 32.

Joel entreprit immédiatement de soustraire 2 à 32 pour l'ajouter à 10, puis d'additionner les dizaines. Nathan l'interrompit.

— Oublie ce qu'on t'a enseigné en tronc commun. Essaie de faire comme je t'ai montré. Avec les « dix » et les « un ».

Joel pencha la tête et fixa la feuille, extrêmement concentré. Puis il regarda Nathan.

— Le premier nombre, c'est un « dix » et zéro « un ». Le deuxième, c'est trois « dix » et deux « un ».

— Exact. Si tu les additionnes, qu'est-ce que tu obtiens ?

— Quatre « dix » et deux « un ».

— Et ? ajouta Nathan en souriant.

— Quarante-deux ?

— Tu me poses la question ou tu me donnes ta réponse ?

Joel regarda sa feuille à nouveau, puis Nathan.

— Je le dis. Quarante-deux.

— Exactamundo ! s'exclama-t-il.

— C'est... C'était facile, commenta Joel, sous le choc. Ça ne peut pas être aussi facile.

— Si si. On va en faire une autre.

Nathan griffonna rapidement deux nombres sur la page.

Dès l'instant où il écarta le crayon, Joel répliqua.

— Sept « dix » et trois « un », et deux « dix » et quatre « un ». Ce qui fait neuf « dix » et sept « un ». Quatre-vingt-dix-sept ! s'écria-t-il, enthousiaste comme s'il avait trouvé la réponse à l'énigme de la création du monde.

— C'est tout à fait ça. Veux-tu en faire d'autres ?

Joel et lui continuèrent à s'entraîner aux additions. Joel fit les calculs de plus en plus vite mentalement. Nathan retourna alors la feuille et lui rendit le crayon.

— Maintenant, essaie de faire tes exercices.

Sans un mot, Joel s'exécuta et, sans tarder, il compléta les problèmes qu'il avait laissés en plan. Lorsqu'il eut terminé, il leva la tête vers Nathan, l'air inquiet.

— Qu'y a-t-il, Joel ?

— Je ne fais pas comme je suis censé le faire.

— Mais tu comprends. Et tu as les bonnes réponses.

Joel acquiesça, néanmoins, il semblait toujours soucieux.

Nathan s'adossa au canapé et révéla à Joel ce qu'il avait appris dès le début de sa scolarité.

— Tu as raison, Joel. Tu ne le fais pas comme on te l'a enseigné. Tu sautes toutes les étapes que ta maîtresse veut te faire voir. Mais le truc, c'est que... Tu comprends ce que tu fais, non ?

Joel acquiesça sans un mot.

— Alors, tu vas devoir faire un choix. Continuer à le faire de la façon que tu comprends et qui est plus rapide pour toi, ou essayer de le faire comme ta maîtresse te l'a montré. Le choix t'appartient. Cependant, si tu choisis de le faire à ta manière, sache que tu vas perdre des points. Ta maîtresse va se servir de son stylo rouge et barrer certaines choses en te disant que tu n'as pas détaillé ton raisonnement. Tu peux même récolter un *C* au lieu d'un *A*. D'un autre côté, si tu essaies de le faire comme elle le veut, ça prendra plus de temps. Ça va peut-être te perturber davantage. Tu auras peut-être beaucoup d'appréciations positives sur ta feuille, peut-être même un *A*. Cela dit, tu risques de manquer de temps, car tu n'auras pas pu résoudre tous les problèmes. Préfères-tu avoir un *C* et comprendre ce que tu as fait ou avoir un *A* juste pour suivre le mouvement ?

Joel le dévisagea comme s'il lui avait posé une question piège.

— Mais Bailey veut que j'aie des *A*.

— Je n'en doute pas. Sais-tu pourquoi ?

— Parce que ça veut dire que j'aurai réussi.

— D'après toi, est-ce que tu réussiras mieux si tu le fais de la façon dont tu le comprends ou de celle qui t'a été enseignée ?

Joel se mordilla la lèvre sans répondre. Il était clair qu'il réfléchissait intensément. Alors, Nathan poursuivit.

— Penses-tu que Bailey préfère que tu comprennes vraiment la matière et retiennes les leçons ou que tu suives le mouvement ?

— Que je retienne les leçons, affirma instantanément Joel.

— Et toi, serais-tu plus heureux en saisissant ce que tu fais ou en faisant ce qui t'est demandé ?

— En saisissant ce que je fais.

— C'est donc là qu'on en vient au plus difficile, répliqua Nathan en se redressant pour regarder Joel droit dans les yeux. Peux-tu accepter de recevoir des *C* en maths en sachant que tu comprends vraiment ? Ou préfères-tu avoir des *A*, mais sans comprendre la totalité ?

— Mais je veux des *A* ! protesta Joel.

— Pourquoi ?

— Parce que... Parce que ça veut dire que je suis intelligent.

— Ah bon ?

Nathan vit le moment où le garçonnet comprit. Il secoua lentement la tête.

— Exact. Alors, fais ce qu'il faut pour passer. C'est

important, Joel. Ne fais pas tout à ta manière non plus, au point de ne pas avoir la moyenne dans tes matières, car *ça*, ce serait stupide. Mais arrête de chercher à plaire aux autres et assure-toi de faire ce qui est le mieux pour *toi*, d'apprendre comme ça *te* convient. Ce n'est pas grave d'avoir des C à la place des A en maths.

— Vous aviez quelle note en maths ? lui demanda Joel, un léger sourire aux lèvres.

Nathan se pencha vers lui.

— C moins, murmura-t-il. J'étais un peu trop entêté et je voulais un peu trop faire à ma façon.

Joel éclata d'un rire insouciant, qui résonna dans la petite pièce.

— Je... euh... J'ai le diagnostic de votre voiture, déclara Bailey, dans l'entrée du bureau.

Levant les yeux, Nathan la vit appuyée au chambranle comme si elle était présente depuis un moment. Il se sentit rougir. Il avait été tellement absorbé par son désir d'aider Joel et de lui faire comprendre son point de vue qu'il n'avait pas remarqué son retour dans la pièce.

Il se tourna vers Clayson, derrière son bureau, qui lui adressa un immense sourire. *Merde.*

— Oh, génial.

— Ce sont les câbles. Mais votre batterie est faible, aussi. Alors je vous recommande d'en changer. Le moteur est dans un excellent état, étonnamment. Elle ressemble à un tas de ferraille, pourtant je le confirme : vous en prenez bien soin.

Nathan se retint de faire un commentaire sur le soin qu'il pourrait prendre d'une femme pour la faire ronronner toute sa vie.

— Allez-y, changez la batterie et faites ce qu'il faut pour les câbles.

Bailey tendit la main.

— Donnez-moi votre formulaire, je vais vous faire le devis, afin que vous soyez sûr du montant.

Nathan secoua la tête.

— C'est bon. Il faut le faire, alors peu importe le prix. Faites-le.

— D'accord. Joel ? Ça te va de rester là le temps que je finisse ?

Le garçon regarda sa sœur comme si elle avait posé la question la plus stupide au monde.

— Genre. Ça me va chaque jour d'être là. Pourquoi ce serait différent aujourd'hui ?

Bailey rougit, mais hocha simplement la tête avant de quitter la pièce.

— C'était grossier, commenta nonchalamment Nathan après son départ.

— Quoi ? demanda Joel, perdu.

— Ce que tu viens de dire à ta sœur.

Comme Joel semblait chercher une réplique, Nathan enchaîna sans tarder.

— Réfléchis-y de son point de vue à elle. Elle s'inquiète pour toi. Elle t'a laissé ici avec moi, un homme que tu ne connais pas du tout. Elle voulait être sûre que tu n'avais pas de problème avec ça et que tu n'étais pas trop mal à l'aise. Si tu l'avais été, elle t'aurait certainement proposé de venir la regarder travailler. Cela t'aurait permis de sortir du bureau et de t'éloigner de moi. Mais au lieu de ça, tu t'es montré grossier et tu as rejeté son inquiétude, comme si elle était stupide. Crois-moi, avoir quelqu'un comme ta sœur pour veiller sur toi, c'est tout sauf stupide.

Joel ouvrit la bouche, clairement prêt à répondre avec insolence. Alors, Nathan leva la main pour l'empêcher de prononcer des paroles qu'il pourrait regretter.

— Je ne te connais pas et je ne connais pas encore ta

sœur, mais il est évident qu'elle t'aime beaucoup. Tu lui en veux parce que tu as dû déménager et changer d'école. Tu as quitté tes amis et tout ce que tu connaissais. C'est dur de commencer dans un nouvel établissement et de se faire de nouveaux copains, mais c'est tout aussi difficile pour ta sœur. Elle s'inquiète et ne veut que ce qu'il y a de mieux pour toi. Je ne te dis pas que tu n'as pas le droit de ressentir ce que tu ressens, mais juste que ça pourrait être bien que tu réfléchisses à ce que les autres éprouvent quand ils te disent quelque chose.

Il voyait bien que le garçonnet hésitait.

— Je m'excuserai tout à l'heure, répliqua-t-il finalement à voix basse.

— Je suis sûr que ça lui fera plaisir, lui assura Nathan avant de changer de sujet. Donc, tu es en... CM1 ? Quel âge as-tu ?

— Neuf ans. Enfin, dix le week-end prochain.

Joel sourit et se redressa.

— Dix ans. Ouah. Deux doigts ! Tu fais une fête ?

À cette question, l'enthousiasme du garçon retomba comme un ballon de baudruche percé.

— Ouais.

— Tu n'as pas l'air content.

— C'est naze. Je voulais aller chez *Chuck E. Cheese*, mais Bailey a dit non. Nous devons le faire dans un stupide parc et faire du vélo et manger des chips et des sandwiches.

Nathan avait dans l'idée que c'était l'argent qui l'empêchait de faire sa fête dans ce restaurant onéreux.

— Tes copains de l'école seront-ils là ?

Joel haussa les épaules, mais ne répondit pas. À la place, il se concentra sur sa feuille et fit semblant de se remettre au travail.

La prise de conscience s'imposa à Nathan. Joel était le

nouveau dans une nouvelle école. Une fête dans un parc n'était sans doute pas assez attirante pour convaincre ses camarades de classe de se déplacer. Les enfants étaient cruels, il l'avait lui-même appris à la dure.

— Est-ce que je peux venir ?

Joel releva vivement la tête.

— Quoi ?

— Est-ce que je peux venir ? répéta-t-il. Nous sommes amis, maintenant, non ?

— Euh... eh bien... oui, j'imagine. Vous voulez vraiment venir ?

— Je ne t'aurais pas posé la question si ça n'avait pas été le cas. Mais je te préviens...

Il baissa la voix pour aiguillonner le garçon.

— Vous me prévenez de quoi ?

— Je suis le nerd de ma famille. Ce sont mes frères, les types cool. Et ma belle-sœur et ma future belle-sœur sont belles à couper le souffle.

Joel écarquilla ses grands yeux bruns.

— Je ne pense pas que vous soyez un nerd.

C'était gentil de sa part. Il avait peut-être tenu compte de son conseil de réfléchir aux sentiments des autres.

Nathan éclata de rire.

— Si, j'en suis un, mais ça me va totalement. Attends de faire la connaissance de Logan et Blake, et tu verras. Logan a une moto. Et Blake, mon autre frère, dégage un truc... Une aura qui dit que quiconque s'en prendrait à lui le regretterait. Oh, je t'assure que ce sont des types bien ! Mais tu verras ce que je veux dire quand tu les rencontreras.

— Ils vont venir aussi ? demanda Joel d'une voix émerveillée, comme s'il n'aurait jamais cru que sa fête d'anniversaire pourrait intéresser des adultes.

— Il va falloir que je voie avec ta sœur, pour être sûr

qu'elle est d'accord, mais sinon, oui, ils seraient contents de venir. Mes amis sont leurs amis.

— Cool ! souffla Joel. Je vais demander à Bail tout de suite !

Sans attendre l'accord de Nathan, il sauta sur ses pieds et courut vers le garage. Dès que la porte se referma derrière lui violemment, Clayson prit la parole.

— Vous ferez l'affaire.

— Pardon ? répliqua Nathan en le regardant.

— Quand vous êtes arrivé, je ne savais pas quoi penser de vous. J'ai bien remarqué que vous en pinciez pour Bailey, mais, à mes yeux, aucun homme n'est assez bien pour elle. Cela dit, après vous avoir vu avec Joel et avoir entendu ce que vous lui avez dit... J'ai envie de dire que non seulement vous êtes assez bien pour elle, mais en plus, vous êtes ce dont elle a besoin.

Nathan se leva et tendit son écritoire à pince à l'autre homme.

— Ça, je n'en sais rien. Je ne suis même pas sûr qu'elle m'accorderait un deuxième regard si elle n'était pas dans une situation précaire comme maintenant. Mais je ne suis pas stupide. Si elle me veut, je suis tout à elle.

— Sa situation précaire ? répéta Clayson en haussant un sourcil.

Nathan le dévisagea un long moment.

— Vous savez aussi bien que moi qu'une femme comme elle, avec ses compétences, ne s'installe pas dans la banlieue de Castle Rock et ne se plonge pas ainsi dans le travail sans raison.

— Et vous la connaissez, cette raison.

Ce n'était pas une question.

Sans répondre, Nathan maintint le contact visuel.

— Exact, répliqua Clayson. De plus, je suis content que

vous ayez corrigé Joel sur son attitude. Il passe son temps à s'en prendre à sa sœur pour évacuer sa frustration. Je sais que ce n'est qu'un enfant, et j'ignore quelle vie il a eue avant qu'ils arrivent ici, mais ce n'est pas une raison. Elle, elle prend sur elle et ne lui dis rien. Je pense qu'elle se sent coupable de quelque chose. Je ne sais pas de quoi.

— Je vais voir ce que je peux faire pour que Joel fasse attention à ça, lui assura Nathan.

— Comme je l'ai dit, vous ferez l'affaire.

La porte du bureau s'ouvrit à la volée et alla cogner violemment le mur.

— Elle est d'accord ! s'écria Joel, excité.

Nathan jeta un regard entendu à la porte, puis au garçon.

Comprenant l'allusion, ce dernier parut penaud.

— Pardon, Clayson. J'ai oublié. Je ne voulais pas la claquer.

— C'est pas grave, lui assura Clayson.

Puis, tout bas pour que seul Nathan entende, il ajouta :

— Ouaip, aucun doute, vous ferez l'affaire.

Les lèvres de Nathan s'étirèrent en un bref sourire, cependant, il se tourna vers le petit garçon sans tenir compte du vieil homme.

— Cool. Alors, samedi prochain ? Où et à quelle heure ?

— À dix heures. Au parc près d'ici.

— Le parc Phillip S. Miller, intervint Clayson.

— Je sais où c'est. Je serai là.

— Promis ?

Nathan vit quelque chose dans les prunelles de Joel. La preuve qu'on l'avait laissé tomber auparavant. Et plus d'une fois. Il alla s'agenouiller devant le garçon pour le regarder dans les yeux.

— Oui, c'est promis. Je ne peux pas te promettre, pour

mes frères, parce que je ne sais pas ce qu'ils ont prévu, mais moi, je t'assure que je serai là.

Joel hocha la tête.

— Cool.

— Cool, répéta Nathan. Tu veux t'entraîner encore un peu aux maths en base dix ? Je peux t'en faire des plus difficiles, et à toi de voir si tu y arrives. Nous pourrions aussi essayer les soustractions.

— Ouais. Ça me tente.

Nathan griffonna de nouveaux problèmes au dos de la feuille d'exercices de Joel tout en gardant un œil sur la porte et l'autre sur le garçon. Il l'aimait bien. C'était, semblait-il, un gamin intelligent. Nathan avait également très, très envie de parler à Bailey. Il espérait qu'elle lui donnerait une chance.

Pas parce qu'il souhaitait la garder en sécurité.

Pas à cause de son frère.

Mais parce qu'il désirait apprendre à la connaître *elle*.

CHAPITRE 6

— Je vous remercie de l'avoir aidé à faire ses devoirs, dit Bailey à Nathan alors qu'ils se tenaient à l'entrée du garage.

Joel faisait des passes avec Clayson. Il l'avait emmené dehors tandis qu'elle s'occupait des papiers et du paiement de Nathan.

— Je vous en prie, répliqua-t-il d'un ton posé.

Bailey savait que c'était elle qu'il observait, et non son frère ou son patron, mais elle refusa de tourner la tête vers lui et de le regarder. Il la rendait nerveuse ; dans le bon sens du terme, pas dans celui où elle craindrait qu'il ne lui fasse du mal. C'était une différence appréciable.

— Je vous remercie de me permettre de venir à sa fête la semaine prochaine.

Elle lui accorda alors toute son attention.

— Vous plaisantez ? Vous avez illuminé sa journée.

Les commissures des lèvres de Nathan se soulevèrent.

— Quoi ? Qu'y a-t-il de drôle ? demanda-t-elle, sur la défensive.

S'il se moquait de Joel, elle allait...

— En général, je ne suis jamais le premier choisi parmi

les frères Anderson, commenta-t-il, sans la moindre once de pitié.

Bailey arqua un sourcil.

— Qu'est-ce que vous voulez dire ? Il y a quelque chose qui cloche chez vous ?

Nathan haussa les épaules.

— Tout dépend à qui vous le demandez.

— C'est à vous que je pose la question.

Nathan leva les bras contre ses flancs, paumes vers le haut.

— Je suis tel que vous me voyez. Je suis trop mince pour être perçu comme une menace, bien que je m'y connaisse en judo, ce qui m'a aidé plusieurs fois en cas de situations tendues à mon travail. J'adore les chiffres. Sincèrement. Je préfère rester chez moi au lieu de traîner dans une salle de sport à faire de l'exercice. Les foules me filent de l'urticaire, et je suis un vrai bec sucré. J'ai beau aimer les steaks, je suis nul pour les faire griller.

Il s'était exprimé d'un ton égal, comme s'il n'en avait véritablement rien à cirer de ce que les autres pouvaient penser de lui.

— Et donc ? rétorqua Bailey, perplexe.

— Et donc ? Je suis un nerd, Bailey. Un geek. Un ringard. Un pauvre type. Un blaireau. Choisissez le terme qui vous plaît. J'adore *Star Wars* et je peux en réciter toutes les répliques. Je suis surexcité quand je lis un bilan comptable. Vous avez aussi vu ma voiture. Elle est tout sauf cool. Lorsque vous rencontrerez mes frères, vous vous demanderez comment il est possible que nous soyons de la même famille, et encore plus des triplés.

Elle cilla, sous le choc.

— Vous êtes un triplé ?

— Oui.

— Cool, marmonna-t-elle.

Elle repensa à ce qu'il lui avait dit avant que cette dernière information ne la distraie. Elle sentit le mur qu'elle avait dressé pour se protéger s'effriter un peu. C'était la vérité. Nathan n'était pas vraiment Terminator. Son pantalon noir était froissé et ne semblait même pas avoir été repassé. Il portait un polo avec un seul bouton attaché. Ses cheveux étaient en désordre, comme s'il y avait fourré la main de nombreuses fois. Il avait la peau plus pâle que bronzée, et si elle l'avait croisé dans la rue sans rien savoir à son sujet, elle l'aurait très certainement qualifié de nerd.

Mais elle l'avait écouté aider son frère à faire ses exercices, et Joel s'était excusé auprès d'elle pour son ton, juste avant de lui demander si Nathan et ses frères pouvaient venir à sa fête d'anniversaire – suite à une offre émanant, elle n'en doutait pas, de Nathan lui-même –, et après tout ça, elle se foutait complètement qu'il soit un geek.

Au contraire, cela ressemblait au paradis sur Terre. Elle avait eu sa dose de testostérone débridée et d'hommes qui se croyaient des dons du ciel pour les femmes. Les Inca Boys n'en avaient rien à cirer des maths, des matières en général, ou de traiter correctement les femmes et les filles qui leur tournaient autour avec une once de respect. Oui, un nerd – *Nathan* –, cela lui donnait envie de faire plus ample connaissance.

Elle posa la main sur son bras et répondit, en toute honnêteté.

— Vous êtes un homme bien, Nathan.

Il haussa les épaules, et elle laissa retomber sa main, fourrant les deux, mal à l'aise, dans les poches de son bleu de travail.

— Je n'ai pas de problème avec la personne que je suis.

Je n'essayais pas de vous manipuler d'une quelconque façon.

— J'en suis sûre.

— Alors, êtes-vous d'accord pour que je vienne à l'anniversaire de Joel le week-end prochain ?

— J'ai déjà dit oui.

— Et pour un dîner demain soir ?

Ouah. Quoi ?

— Euh... un dîner ?

Lorsqu'il détourna les yeux pour la première fois de la conversation, elle se rendit compte qu'il était nerveux. Elle voyait son pouls battre puissamment au niveau de sa gorge, et il se trémoussait d'un pied sur l'autre, comme incapable de rester immobile.

— Oui. Un dîner. Ou un déjeuner. Peu importe.

Il semblait faire un peu machine arrière à présent, puisqu'elle n'avait pas accepté immédiatement.

— Je n'ai pas de baby-sitter, répliqua-t-elle.

Ce n'était pas un non, mais ce n'était pas un oui non plus.

Il se tourna à nouveau vers elle, le regard plein d'espoir.

— Pensez-vous que Clayson serait d'accord ?

Elle hésita une fraction de seconde. Peu importait l'opinion qu'il avait de lui-même, elle savait, au plus profond d'elle-même, qu'il était un homme bien. Elle ignorait ce qu'il faisait dans la vie, toutefois, il avait dit avoir besoin du judo dans son métier, ce qui l'inquiétait un peu. En dehors de cela, elle savait seulement qu'il était bon en maths, qu'il avait deux frères et qu'il avait été extra avec Joel. Il était le genre de modèle qu'elle aurait voulu que suive son frère, pas quelqu'un comme Donovan.

Cependant, elle était... Bailey. Ex-copine de Donovan et pute des Inca Boys. Elle n'était pas du tout assez bien pour l'homme qui se tenait face à elle et qui la fixait avec tant d'espoir. Mais elle ignorait totalement comment le lui avouer. Elle avait le sentiment qu'il ne serait pas d'accord avec son appréciation d'elle-même, pourtant, elle savait parfaitement qui et ce qu'elle était.

Avoir un ami serait néanmoins agréable. Et pour Joel, ce serait bien d'avoir un modèle masculin aussi bon que Nathan. Elle devait au moins accepter pour le bien de son frère.

— Je verrai si lui ou l'un des gars peut venir le garder quelques heures, dit-elle.

Le sourire qui illumina le visage de Nathan fut stupéfiant. Il relâcha son souffle, ce qui confirma à Bailey qu'il avait été nerveux.

— Génial. Pouvez-vous me donner votre numéro ? Je pourrais vous envoyer les informations pour demain.

Elle débita sans tarder son numéro et regarda Nathan le rentrer dans son téléphone.

Puis son propre portable sonna, une fois, et se tut.

Bailey le sortit de sa poche. Elle en possédait un, prépayé trouvé chez *Walmart*. Il était bas de gamme, mais bon, seul Clayson l'appelait, et parfois l'école de Joel. Et surtout, personne de son ancienne vie ne connaissait le numéro.

— Comme ça, vous avez aussi mon numéro, expliqua Nathan en remettant son téléphone dans sa poche. Vous avez des préférences, pour le repas ?

Bailey secoua la tête.

— Je ne suis pas difficile.

— Bail ! cria tout à coup Joel. Attrape !

Elle se tourna vers lui, et elle aurait reçu le ballon en pleine face si Nathan n'avait pas tendu son long bras pour le rattraper. C'était le genre de scène qui mériterait d'être reprise des centaines de fois sur les réseaux sociaux.

— Joel ! se renfrogna-t-elle. Combien de fois je t'ai dit de ne pas faire ça ? Je n'étais pas prête.

— Tu aurais pu lui faire mal, mon pote, intervint Nathan d'une voix gentille.

Plus bas, il ajouta :

— Heureusement que j'étais là.

Et il reprit ensuite, plus fort.

— Recule, Joel ! cria-t-il.

Il s'éloigna, et Nathan lui fit une passe parfaite qui lui arriva droit dans les mains, sans trop de difficultés.

— Je croyais que vous étiez un nerd ? marmonna Bailey. Là d'où je viens, les nerds ne savent pas rattraper et renvoyer les ballons.

Il pouffa.

— Avec deux frères durs à cuire, j'étais obligé d'apprendre deux ou trois trucs, répliqua-t-il avec ironie, avant de jeter un coup d'œil à sa montre. Il se fait tard. Je devrais vous laisser partir.

Il se tourna vers elle et l'épingla d'un regard intense qui la traversa de la tête aux pieds.

— Merci d'avoir accepté de sortir avec moi. Je ne peux pas vous promettre de ne pas me comporter comme un blaireau demain, mais je vais essayer de me tenir un minimum... au moins pour notre premier rendez-vous. Histoire de faire bonne impression.

— Je dirais que vous l'avez déjà fait, répliqua honnêtement Bailey.

Il recula un peu, mais sans la quitter des yeux.

— À demain, Bailey.

— À plus, répondit-elle.

Il fit deux pas supplémentaires en arrière, et enfin se

détourna pour se diriger vers sa voiture, non sans avoir adressé un signe de la main à Joel et Clayson au passage.

Elle sourit. Oui, il était un peu nerd sur les bords. La plupart des hommes qu'elle avait fréquentés auraient fait un geste viril du menton ou à peine levé le poignet. Pas Nathan, non. Il avait levé haut la main et l'avait agitée comme s'il se tenait sur le pont du *Titanic* à saluer une foule.

Joel, ravi, agita la main avec le même enthousiasme.

Dès que Nathan fut parti, Joel se dirigea vers la Chevelle.

— Vous avez bien discuté ? demanda Clayson en se rapprochant d'elle, les clés du garage à la main pour pouvoir fermer.

Elle le dévisagea.

— Mouiiiiii ?

Il eut un immense sourire.

— Bien.

— Clayson Davis... Qu'est-ce que tu as en tête ? Tu essaies de me caser ou quoi ?

Son patron se contenta d'un haussement d'épaules avant de se tourner vers elle une fois la porte verrouillée. Il remit les clés dans sa poche.

— Ça fait quelques mois que tu es là, tu sais. Tu travailles dur. Je n'ai jamais eu à te répéter les choses, tu es toujours à l'heure, sauf si ça concerne ton frère. Je pense juste qu'il est temps que tu fasses quelque chose pour toi, pour une fois.

— Et tu crois que fréquenter Nathan, c'est « faire quelque chose pour moi » ? répliqua-t-elle en mimant les guillemets.

— Ne sois pas effrontée, femme, rétorqua-t-il de façon bourrue, mais ses yeux pétillaient.

Il fit un signe dans la direction empruntée par Nathan.

— C'est un homme bien. Il prendra bien soin de Joel et toi.

Agacée, Bailey posa les mains sur ses hanches.

— Nous n'avons besoin de personne pour s'occuper de nous.

— Tu n'en as pas *besoin*, non, acquiesça Clayson sans se soucier du ton qu'elle avait employé. Tu fais du très bon travail pour ça toute seule. Mais parfois, c'est agréable d'avoir quelqu'un à nos côtés pour nous défendre le moment venu.

Elle secoua la tête et laissa tomber le sujet. Rien de ce qu'elle dirait ne le ferait changer d'avis. Néanmoins, au fond d'elle, elle était soulagée qu'il approuve Nathan. Elle ne comptait pas avoir de relation avec lui, ni avec aucun autre homme, mais elle aimerait beaucoup avoir un ami.

— Ne te fais pas des idées, le prévint-elle.

— Tu vas le voir... en dehors de l'anniversaire de ton frère ? demanda Clayson avec une perspicacité troublante.

Rougissant, elle hocha la tête.

— Demain soir. C'est juste un dîner.

— La vache. Ce type est un rapide.

— Bail ! J'ai la dalle ! On y va ? cria Joel depuis la vitre de la voiture.

Il en avait clairement marre de rester ici.

— C'est bon ! J'arrive ! répondit-elle sur le même ton.

Quand Clayson posa ses mains sur ses épaules, elle se tourna vers cet homme qu'elle respectait presque autant que son père.

— Donne-lui une chance, dit-il, très sérieux. Je ne sais pas ce qui t'est arrivé pour que tu dresses tous ces murs, mais les Anderson sont des types bien, quoi qu'en disent les gens de cette ville.

— Qu'est-ce qu'ils disent ? souffla Bailey.

— Juste de sales commérages, rétorqua-t-il. Tu es une adulte, tu peux prendre tes propres décisions les concernant. Mais je vais te dire ceci. Tu n'as aucune inquiétude à avoir au sujet de Nathan ou ses frères. Ils sont extrêmement loyaux. Et je suis persuadé que le type qui vient de partir préférerait s'arracher l'ongle avec une pince plutôt que de te faire du mal.

— Beurk, c'est dégueu, répliqua-t-elle en fronçant le nez.

— Ce que je veux te dire, c'est que si tu baisses ta garde et que tu te détends, je suis sûr que tu trouveras ce que tu cherches en Nathan Anderson.

— Tu es très mystérieux, ça m'inquiète.

— Aucune raison, lui assura-t-il en serrant ses épaules pour l'apaiser. J'ai l'impression que ta vie va s'améliorer à partir d'aujourd'hui.

— Elle ne pourrait pas être pire, marmonna Bailey.

— Je ne parierais pas là-dessus, à ta place. La merde a un certain don pour s'accumuler.

— C'est vrai. Hé, tu crois que l'un des gars serait d'accord pour garder Joel quelques heures pour moi demain soir ?

— Je vais les appeler pour toi, si tu veux. Et s'ils ne peuvent pas, je m'en chargerai.

— Merci, Clayson. Sincèrement.

Elle ne demandait pas grand-chose, mais à la façon dont il avait accepté sans hésiter, elle comprit qu'elle ne lui forçait pas la main.

— Allez, rentre chez toi nourrir ce garçon. Passe un bon week-end et à lundi. Je veux tous les détails sur ton rencard.

Bailey pouffa.

— Tu es pire qu'une fille.

Il haussa les épaules.

— Les vieux messieurs comme moi s'amusent comme ils peuvent.

— N'importe quoi ! À lundi. Bon week-end à toi aussi.

— C'est prévu. Ma femme m'a envoyé un message pour me dire qu'elle avait acheté une nouvelle nuisette.

Bailey posa ses mains sur ses oreilles et s'éloigna de Clayson.

— Trop d'informations, bon sang ! Je ne veux pas savoir ça !

Mais elle souriait. Elle trouvait que Clayson et sa femme étaient adorables ensemble. Le fait qu'ils aient encore une vie sexuelle épanouie était génial... même si elle refusait d'en entendre parler.

Clayson pouffa, alors elle écarta une main d'une oreille, la leva au-dessus de sa tête et l'agita. Arrivée à sa voiture, elle se tourna vers lui et vit son signe du menton.

Clayson avait peut-être la fin de la cinquantaine, mais ce n'était clairement pas un nerd, comme l'indiquait son geste pour la saluer.

CHAPITRE 7

Le lendemain matin, tandis que Joel jouait dans sa chambre à des jeux vidéo, Bailey somnolait dans son lit. Elle ne dormait pas, mais n'était pas vraiment réveillée non plus. La veille, ils avaient regardé un film qui s'était fini tard, et après que Joel se fut mis au lit, le sommeil lui avait fait défaut pendant de longues heures... à force de penser à Nathan et aux secrets qu'il pourrait lui dissimuler.

Son téléphone sonna, la faisant sursauter. Elle le récupéra sur la table de chevet et décrocha.

— Allô ?

— Bonjour, Bailey. C'est Nathan.

— Salut.

— Je vous ai réveillée ?

— Non, pas vraiment.

— Pas vraiment ? répliqua-t-il, un rire dans la voix.

— Je suis au lit, mais je ne dormais pas.

— Je ne voulais pas vous déranger. Je peux vous rappeler plus tard.

Elle aurait juré que sa voix avait baissé d'une octave. À moins que ce ne soit l'effet de son imagination.

— Non, c'est bon. J'étais en train de me convaincre de me lever et de me préparer.

— J'espère que vous n'avez pas changé d'avis pour ce soir.

Elle avait changé d'avis. Une centaine de fois, à peu près. Elle oscillait entre y aller et lui dire qu'ils ne pouvaient être qu'amis, et affirmer tout de suite que ce n'était pas une bonne idée. Elle ouvrait la bouche pour le faire quand il reprit la parole.

— J'espère que non, dit-il sérieusement. D'une, parce que vous êtes la femme la plus intéressante que j'ai rencontrée depuis très longtemps. Il y a quelque chose en vous qui me donne envie de mieux vous connaître.

Comme il s'interrompit, elle le relança :

— Et de deux ?

Il soupira.

— Et de deux, parce que je dois vous parler de quelque chose.

Elle fronça les sourcils.

— Quoi ?

— Dînez avec moi ce soir et je vous le dirai.

Comment pouvait-il savoir quoi dire pour la convaincre d'accepter ? Sa curiosité lui avait toujours causé des problèmes. Son père était passé maître dans l'art de la tenter pour la faire coopérer.

— Dites-le-moi tout de suite, exigea-t-elle.

— Non, après le repas.

— Vous commencez à m'énerver, vous savez.

Il eut le culot de rire, mais il n'ajouta rien.

Bailey recula jusqu'à pouvoir s'adosser au mur. Le téléphone à l'oreille, elle posa le front sur ses genoux relevés. Elle avait tout à coup le sentiment que Nathan savait précisément qui elle était, et ce qu'elle fuyait. Si c'était le cas, elle devrait faire les bagages et quitter la ville avec Joel, mais elle n'en avait vraiment pas envie. Non seulement parce que l'anniversaire de son frère avait lieu la semaine suivante, mais aussi parce qu'elle aimait son travail, ses collègues, et sa vie près de Castle Rock.

Son silence ayant été sans doute trop long pour lui, il reprit d'une voix douce.

— Vous êtes en sécurité ici.

Elle ignorait comment il avait pu lire dans ses pensées, néanmoins, elle se sentit un peu rassurée.

— O.K., dit-elle en relevant la tête.

— Donnez-moi votre adresse. Je viendrai vous chercher à cinq heures.

Après une longue hésitation, elle finit par s'exécuter. Une part d'elle aurait aimé la garder secrète, mais c'était impossible. L'école de Joel ainsi que Clayson la possédaient. Alors, la trouver serait facile pour une personne déterminée – un homme comme Nathan, par exemple.

— Où allons-nous ? demanda-t-elle, afin de s'habiller convenablement.

— Chez *Scarpetti*.

Elle ouvrit la bouche, stupéfaite. Elle pensait qu'il lui citerait des lieux comme *Applebee* ou le *Rockyard American Grill & Brewing Company*. Pas le nouveau restaurant italien, dont la propriétaire avait réussi à convaincre le célèbre chef Cameron Grimbaldi de venir d'Italie jusqu'ici, dans le Colorado, pour former pendant deux mois le chef du restaurant.

Tous les soirs, c'était l'endroit où il faisait bon manger. Les clients arrivaient de Denver, Boulder et de Colorado Springs pour goûter aux mets du chef.

— Mais il faut réserver des semaines à l'avance ! s'écria-t-elle.

— Mes frères et moi avons nos entrées, dit-il, sans expliquer davantage.

— C'est un endroit très chic.

— Je ne peux pas vous promettre d'utiliser la fourchette parfaite pour chaque plat, mais je ne vous mettrai pas dans l'embarras.

Bailey secoua la tête, frustrée.

— Ce n'est pas vous qui m'inquiétez, Nathan. Je n'ai pas franchement ma place dans un endroit comme ça.

— Pourquoi ?

— À cause de mes tatouages, peut-être ? répliqua-t-elle sur un ton indiquant clairement qu'il aurait dû le savoir.

— Ils ne me gênent pas et ils ne poseront problème à aucun de mes amis. Faites-moi penser à vous présenter un jour l'une des propriétaires de la salle de sport de la ville. Felicity a des tatouages de manche également, mais ils ne sont pas aussi beaux que les vôtres.

Pas aussi beaux que les vôtres. Ouah.

— C'est cher, murmura-t-elle, en laissant tomber le sujet des tatouages, mais en protestant toujours contre le choix du lieu. On pourrait juste aller à *Cracker Barrel*, un truc comme ça.

— C'est notre premier rendez-vous. Je veux aller dans un endroit mémorable. Je veux bien vous traiter.

— D'accord, très bien.

Il serait idiot de continuer à protester. Il était évident que Nathan avait pris sa décision et qu'il désirait vraiment l'emmener là. Pour être honnête, elle était curieuse à propos de ce restaurant depuis que Clayson lui avait dit y être allé avec sa femme pour leur anniversaire de mariage. Bailey adorait la nourriture italienne, alors, maintenant qu'elle avait cédé, elle était impatiente de découvrir les créations culinaires délicieuses du chef.

— Je serai chez vous à cinq heures. Avez-vous trouvé quelqu'un pour surveiller Joel ?

— Oui. Clayson m'a dit que Duke, un collègue, allait s'en occuper.

— Bien. Appelez-moi si vous avez la moindre question, d'accord ?

— Promis.

— Allez prendre votre douche, Bailey. On se voit plus tard.

— Bye.

Il raccrocha sans un mot de plus. Bailey enlaça ses genoux quelques instants, savourant le plaisir qui l'envahissait à l'idée de vivre son premier rencard depuis une éternité. Quand soudain une pensée lui effleura l'esprit. *Merde !* Qu'allait-elle se mettre ?

Elle s'empressa de sortir du lit pour regarder dans son placard. Éplucher les rares vêtements en sa possession ne fut pas long ni découvrir qu'elle n'avait rien de convenable pour un dîner chez *Scarpetti*.

— Joel ! cria-t-elle en ouvrant sa porte.

— Quoi ? répondit-il d'une voix étouffée.

— Il faut qu'on aille en ville dès que je suis prête !

— O.K. ! hurla-t-il.

Elle se détendit. Il semblait de bonne humeur, ce qui était agréable. Parfois, il voulait simplement rester à la maison à jouer à ses jeux vidéo, mais elle refusait de le laisser seul ici... au cas où.

Il n'aimait pas franchement l'accompagner quand elle faisait des courses, encore moins pour acheter des vêtements d'occasion, mais ils n'avaient pas le choix.

Avec un peu de chance, l'une des deux friperies aurait une tenue appropriée à sa taille.

* * *

Nathan s'adossa à son siège de bureau et soupira de soulagement. Il avait cru que Bailey se décommanderait, alors il était excité qu'elle ne l'ait pas fait. Il était clair qu'elle en avait eu envie, mais sa curiosité avait été la plus forte, ainsi que son désir de découvrir *Scarpetti*.

Après être rentré chez lui la veille, il avait pris la décision de tout lui révéler. De lui avouer qu'il savait qui elle était, mais aussi les liens des Anderson avec le gang et, plus important encore, que Donovan était sorti de prison et qu'il la cherchait.

Elle conclurait sans doute qu'elle ne souhaitait plus rien avoir à faire avec lui après le dîner, mais il espérait pouvoir au moins la convaincre qu'il ferait tout ce qui était en son pouvoir pour les garder Joel et elle en sécurité. Il comptait également sur le fait qu'ajouter la protection de ses frères la persuaderait de ne pas quitter la ville en l'envoyant au diable.

Cette dernière perspective étant plus que probable.

Il y avait un risque qu'elle le déteste avant la fin de la soirée, et c'était aussi pour cette raison qu'il avait voulu la chercher, afin qu'elle n'ait pas d'autre choix que de le laisser la ramener après le repas.

— Crois-tu que c'est la bonne chose à faire ? demanda Blake.

Logan et lui étaient venus tôt au travail, car ils avaient une mission à Boulder. Nathan leur avait dit ce qu'il comptait révéler à Bailey, et ils n'approuvaient pas franchement.

— Je refuse de lui mentir. Elle doit savoir, affirma-t-il d'un ton ferme.

— Elle pourrait prendre la fuite, fit remarquer Logan.

— Peut-être, acquiesça Nathan, peut-être pas. Je dois

simplement la convaincre qu'il est dans son intérêt de collaborer avec nous et de me... de *nous* faire confiance.

— Nous pourrions vous rejoindre au restaurant ce soir, quand nous aurons fini la mission, suggéra Blake.

Nathan serra les dents très fort. Il détestait le fait que ses frères le croient incapable de gérer Bailey. Il n'était peut-être pas Monsieur Belles Paroles, néanmoins, leur manque de confiance en lui le blessait.

Logan intervint d'une voix douce, comme s'il avait lu dans ses pensées.

— Ce n'est pas que l'on ne te pense pas capable d'amener Bailey à se livrer à toi et à te faire confiance. Mais elle a grandi près des Inca Boys. Elle est sans doute douée pour manipuler son monde, et elle ne doit pas accorder sa confiance facilement. Et regarde les choses en face : tu n'as rien à voir avec Donovan.

Il avait beau savoir ce que voulait dire son frère, cela lui fit tout de même mal.

— Tu as raison. Je n'ai rien en commun avec lui. Je suis un homme bien qui ne traite pas les femmes comme des jouets sexuels. Et j'ai conscience de mes lacunes face au sexe opposé.

— Je ne voulais pas dire...

— Ça va, Logan, c'est bon, le coupa Nathan. Je sais ce que tu voulais dire. Et tu as raison. Mais il y a quelque chose entre nous. Elle m'écoutera. Fais-moi confiance.

— C'est le cas, lui assura Blake. Tu nous diras demain ce que l'on peut faire pour toi ?

Le soutien venait un peu tard, mais était tout de même le bienvenu.

— Oui. Au fait, Joel, le frère de Bailey, fait une fête d'anniversaire le week-end prochain au parc Phillip S. Miller. J'ai eu le sentiment que ses camarades de classe n'allaient pas forcément être présents, alors je lui ai demandé si ça lui dirait qu'on vienne tous les trois. Il était ravi. Grace et Alexis sont invitées aussi.

— Tout dépend de la naissance des bébés, mais si c'est possible, nous serons là.

— Alexis va être enchantée, lui dit Blake. Quel âge a-t-il ?

— Dix ans.

— S'il y a peu de gamins de l'école, peut-être que Felicity peut inviter les enfants des clients de la salle de sport ? Je vais en parler à Grace. Enfin, sauf si c'est trop nous imposer.

Nathan y réfléchit quelques instants, puis hocha la tête.

— Oui, ce serait génial. S'ils ont des vélos, des rollers, des hoverboard ou autres, qu'ils les apportent.

Logan acquiesça.

— Je lui dirai. Je ne sais pas si nous pourrons venir, avec Grace, mais nous ferons en sorte qu'il y ait des gamins à cette fête.

— Je te remercie sincèrement.

— Pas de quoi. C'est dur d'être le nouveau en ville. Vous vous souvenez du nombre d'anniversaires que nous avons passés juste tous les trois ?

Ils rirent.

— Tous, non ? Maman était trop radine pour nous faire une fête, répliqua Blake. Oh, en parlant de ça ! Au milieu du merdier dans la maison, j'ai trouvé un journal qu'elle tenait. Enfin, c'est Alexis qui est tombée dessus en faisant de la place dans le bureau pour les travaux. Je n'ai pas encore fini de parcourir tous les papiers, notamment ceux de papa. Bref. Alexis a feuilleté le journal et découvert quelque chose d'intéressant.

— Un journal ? s'étonna Logan.

Il s'adossa à sa chaise, les deux mains derrière la tête ; sa posture était peut-être détendue, mais il était clair pour Nathan qu'il ne l'était pas.

— Oui. Nous nous sommes toujours demandé pourquoi elle était aussi amère et méchante, vous vous souvenez ?

Logan et Nathan acquiescèrent.

— Je n'ai pas tout lu, mais je pense que c'était en partie pour se préserver.

— Comment ça ? questionna Nathan.

— Je n'en suis pas certain, et je peux me tromper, mais le journal date de son adolescence. Apparemment, son père les frappait régulièrement, sa mère et elle.

Le silence qui s'abattit sur le bureau fut lourd et oppressant. Les trois frères n'avaient jamais rencontré leurs grands-parents ; c'était sans doute pour cette raison.

— C'est vrai ? s'écria Logan. Elle savait ce que c'était que d'avoir peur de son père, et pourtant, elle s'est comportée exactement comme lui ?

— Papa ne l'aurait jamais frappée, murmura Nathan.

— Je suis d'accord avec toi. Mais d'après ce que j'ai lu dans le journal, son père à elle la tabassait chaque jour de sa vie, d'aussi loin qu'elle s'en souvenait et jusqu'à son décès, alors qu'elle avait dix-sept ans. Elle avait entre-temps appris que prendre le dessus était le seul moyen de se protéger.

— Je t'attends dans le pick-up, lâcha tout à coup Logan à Blake avant de sortir à grandes enjambées, en claquant la porte derrière lui.

Nathan se tourna vers Blake après le départ de leur frère.

— C'est plutôt sensé, d'une manière tordue.

Blake acquiesça.

— Malheureusement, de nombreux enfants victimes de sévices deviennent à leur tour des personnes maltraitantes.

C'est la seule chose qu'ils connaissent. La seule relation qu'ils comprennent.

Nathan hocha la tête. Il connaissait les statistiques aussi bien que ses frères.

— Mais c'est plus inhabituel pour une femme. Elle avait plus de risques d'être une femme battue. Combien en avons-nous vu depuis un an que l'entreprise est ouverte ?

— Ce ne serait pas la première fois pour autant, répliqua Blake.

— Tu ne t'es jamais demandé pourquoi papa ne l'avait jamais quittée ? interrogea Nathan.

— Papa prenait ses vœux de mariage très au sérieux. Même s'il n'aimait pas maman, à partir du moment où il l'avait épousée, il lui devait la loyauté. En plus, nous étions là. Il ne nous aurait jamais laissés avec elle.

Nathan n'était pas sûr d'être entièrement d'accord avec son frère. Il l'était sur le fait que leur père ne les aurait jamais abandonnés à leur mère. Mais pas concernant les vœux de mariage. Leur père se serait battu pour leur garde. Il aurait fait tout ce qu'il fallait pour s'éloigner de Rose Anderson. Ils restèrent silencieux quelques instants avant que Nathan ne reprenne la parole.

— C'est nul qu'elle n'ait pas vu que papa était un homme bon et gentil.

— Et ça craint encore plus qu'elle nous ait vus comme de futures menaces et qu'elle nous ait donc traités en conséquence.

— Oui. Donne-lui un peu de temps, ajouta Nathan en faisant référence à Logan. Il va avoir du mal à la considérer comme une victime alors que c'est lui qui a subi le plus de coups en grandissant.

— Oui, acquiesça Blake, d'une voix qui trahissait les années de souffrance et de confusion.

— Je vous appellerai demain pour vous dire comment s'est passé le rendez-vous avec Bailey.

— Parfait.

Blake fit une pause quelques instants.

— Aimerais-tu avoir une copie du journal ?

Nathan fut tenté de refuser, mais il se connaissait. Il finirait par devenir curieux et par vouloir découvrir lui-même ce que leur mère avait traversé et qui avait fait d'elle la femme qu'elle était devenue... une femme maltraitante et une meurtrière.

— Oui. Et si tu tombes sur quelque chose d'intéressant dans les papiers de papa, j'aimerais bien le voir aussi. Mais il n'y a pas d'urgence.

— Ça marche.

— N'oublie pas de parler à Alexis de samedi prochain.

— Promis. À plus tard, frangin.

— À plus tard.

Nathan fixa la porte bien après le départ de son frère, perdu dans ses pensées, avant de se secouer et de se tourner vers son ordinateur. C'était le moment de payer la TVA et d'envoyer à leur conseiller financier leur contribution à leur plan épargne-retraite, et de régler quelques factures.

Nathan se mit au travail, avec l'esprit en ébullition non seulement à cause de la bombe lâchée par Blake, mais aussi à cause de ce qu'il allait dire à Bailey ce soir-là.

CHAPITRE 8

— Sois gentil avec Duke ce soir, d'accord ? demanda Bailey à Joel en se passant une mèche derrière l'oreille pour la dixième fois de la soirée.

Par chance, elle avait trouvé la petite robe noire parfaite dans la deuxième friperie qu'elle était allée voir. Elle possédait de longues manches et était plutôt simple, avec un décolleté rond à l'avant et derrière ; elle lui moulait la poitrine puis s'évasait jusqu'aux genoux. Ce n'était pas tout à fait son style, mais puisque son choix était limité, et que le vêtement permettait de cacher les tatouages de gang qu'elle s'était bêtement fait faire, c'était pile ce dont elle avait besoin.

Elle s'était douchée et rasé les jambes, puis elle avait pris le temps de se faire un brushing. Garder ses épais cheveux noirs en queue de cheval était facile et rapide, mais pour la soirée, elle voulait être à son avantage pour Nathan.

Elle avait eu la main un peu lourde sur le maquillage, partant du principe que l'éclairage serait tamisé chez *Scarpetti*, mais le résultat général lui plaisait. Cela faisait longtemps qu'elle ne s'était pas sentie aussi bien, féminine et jolie. Et bien qu'elle ait décidé de dire à Nathan qu'ils pouvaient seulement être amis, qu'elle ne souhaitait rien de plus, une part d'elle espérait qu'il apprécierait ses efforts pour se rendre présentable.

— Évidemment, Bail. Tout ce qu'on va faire, c'est jouer à *This Is War,* en gros.

Bailey se mordit la lèvre.

— Je ne suis pas sûre que ce jeu est vraiment de ton âge. J'ai l'impression qu'il n'est question que de... tuer et tirer ?

Son frère leva les yeux au ciel.

— C'est qu'un jeu, Bail. Pas la réalité. Détends-toi.

Se détendre. Oui, c'est ça.

— Bien, bien. Mais tu dois te coucher à neuf heures.

— Bailey ! Allez ! On est samedi.

— D'accord, céda-t-elle. Onze heures, mais pas plus.

— Cool ! s'enthousiasma Joel.

— Et appelle-moi s'il se passe quoi que ce soit, si quelqu'un vient.

— Personne ne va venir, répliqua-t-il en levant à nouveau les yeux au ciel. Ça fait des mois qu'on habite ici et personne ne s'est pointé sans te prévenir avant.

Il avait raison, mais cela ne signifiait pas que Donovan ou l'un des membres du gang n'allait pas se présenter un jour. En fait, à chaque journée qui passait, Bailey avait le sentiment qu'une visite devenait de plus en plus probable. Elle ignorait combien de temps son ex resterait en prison, mais sa libération approchait certainement. Elle prit mentalement note de se rendre à la bibliothèque pour voir si elle pouvait découvrir quelque chose sur Internet.

— Très bien. Je ne rentrerai pas tard. Je serai sans doute à la maison avant onze heures.

— Ouais, ouais, répondit Joel, pas plus concerné que cela par les faits et gestes de sa sœur.

Le son d'une voiture roulant sur le gravier et s'arrêtant les fit tourner tous les deux la tête vers la porte.

— Il est là ! s'écria Joel en quittant le canapé pour se précipiter pour ouvrir.

— Regarde avant d'ouvrir ! lui rappela fermement Bailey.

Preuve qu'il l'avait entendue, Joel se dressa sur la pointe des pieds pour jeter un coup d'œil par le judas que Clayson leur avait installé, puis il tourna le verrou, ôta la chaîne et tourna la clé dans la serrure avant d'écarter le battant. Il sortit en courant, suivi par Bailey, à un rythme plus tranquille. Elle attrapa le sac à main noir qu'elle avait acheté également à la friperie et patienta dans l'embrasure.

Joel, surexcité, attendait Nathan juste à côté de la portière conducteur. Dès qu'il descendit de voiture, Joel se mit à parler.

Nathan observa son frère, puis elle, et il resta figé sur elle comme s'il était incapable de détourner les yeux.

L'expression sur son visage trahissait son appréciation de son apparence. Il la détailla de la tête aux pieds, avant de remonter pour se concentrer sur ses traits. Elle frémit de tout son être, et il avait suffi pour cela d'un seul regard. Cela ne lui était jamais arrivé auparavant. Elle ne savait pas quoi faire.

Elle entendit vaguement Joel parler de son jeu vidéo et affirmer que la dernière version de *This Is War* était la meilleure, grâce notamment à son intense scène d'ouverture où tous les joueurs devaient sauter d'un avion, et raconter que s'ils ne dirigeaient pas correctement leurs parachutes, ils se faisaient heurter par des oiseaux et s'écrasaient au sol.

Bailey n'avait cependant d'yeux que pour l'homme qui s'avançait vers elle. Elle n'était pas la seule à avoir fait des efforts vestimentaires pour la soirée. Les cheveux habituellement ébouriffés de Nathan étaient disciplinés, et il portait un pantalon noir, une chemise blanche ainsi qu'un blazer sombre. Et surtout, une cravate rose. Elle aurait dû détoner à côté de la tenue sévère, mais en réalité, elle l'égayait, lui donnant un air plus décontracté et moins formel.

Nathan se pencha vers elle dès qu'il fut assez près. Elle crut un instant qu'il allait l'embrasser sur les lèvres, mais il tourna la tête à la dernière seconde de quelques centimètres à peine, et effleura sa bouche d'un baiser.

— Vous êtes magnifique, Bailey, commenta-t-il d'une voix basse et sérieuse.

— Vous aussi, répliqua-t-elle machinalement.

Ce n'était pas un mensonge. Sa tenue lui seyait. Il n'y avait plus rien du nerd qu'il avait proclamé être, dans l'homme qu'elle avait sous les yeux. Ses yeux sombres luisaient d'une intensité qu'elle n'avait remarquée dans le regard d'aucun autre homme jusqu'à présent.

Elle se posa une main sur le ventre pour essayer de calmer les papillons qui s'y agitaient et se tourna vers son frère.

— Joel, tu veux bien aller chercher le collier de maman ?

— Bien sûr ! accepta-t-il sans se faire prier avant de courir vers la maison.

— C'est dans la boîte sous mon lavabo ! s'écria Bailey.

— Compris !

Dès que Nathan et elle furent seuls, elle ne sut pas quoi dire. Elle n'était pas habituée à ce genre de situation. Quand elle était sortie avec Donovan, elle le retrouvait toujours chez lui, et il ne s'embêtait jamais à se mettre sur son trente-et-un ou à chercher à l'impressionner. En général, il la traînait dans sa chambre, la baisait, puis lui disait de leur préparer à manger. Ce n'était pas vraiment romantique.

Le regard de Nathan dériva à nouveau sur son corps,

s'arrêtant sur sa poitrine un instant, avant de descendre sur ses jambes, et elle se mordilla la lèvre. Les chaussures à talon qu'elle avait sauvées de sa vie à Denver mettaient joliment ses mollets en valeur.

Nerveuse, elle passa une main sur sa robe.

— Est-ce que ma tenue convient ?

— Plus que ça, même, la rassura doucement Nathan en la fixant dans les yeux. Vous êtes bien trop jolie pour mon bien.

Bailey esquissa un petit sourire en secouant la tête.

— Je pense que nous avons réussi tous les deux à nous faire beaux.

Il lui rendit son sourire.

— Oui, je suis d'accord.

Joel revint avec le collier.

— Tiens, Bail.

Elle tendit la main pour s'en saisir, mais Nathan la prit de vitesse. Il récupéra le bijou et le leva devant ses yeux pour l'examiner.

— Il était à ma mère. Mon père me l'a donné quand j'ai eu seize ans. Il le lui avait offert pour leur premier anniversaire de mariage. C'est surtout du toc, mais il m'a dit qu'elle l'avait porté chaque jour, jusqu'à celui de sa mort. Le rose était sa couleur préférée.

Nathan ne répondit rien, mais son regard s'adoucit, alors qu'il observait la grosse pierre au bout de la chaîne, puis elle.

— Puis-je ? demanda-t-il en soulevant le collier.

Elle hocha la tête et la pencha en guise de réponse.

Nathan lui passa la longue chaîne dorée autour du cou puis, à sa grande surprise, il retira délicatement ses cheveux de sous le collier.

Bailey en eut la chair de poule. Le contact sur sa peau

n'avait été que fugace, rien de sexuel, pourtant, il eut le même effet entre ses jambes.

D'un doigt, il suivit le tracé de la chaîne jusqu'à la pierre. Quand il la souleva, le dos de sa main effleura le creux entre les seins de Bailey.

— Elle est belle.

— C'est du corail rose, d'après mon père.

Ce n'était pas un bijou sophistiqué, juste un morceau de corail accroché à une simple chaîne en plaqué or. Cependant, c'était la seule chose qu'elle avait de sa mère, dont elle ne se souvenait pas, puisqu'elle était décédée alors que Bailey n'était encore qu'un bébé. Ce jour-là, elle venait de déposer Bailey chez une baby-sitter quand elle avait été percutée de plein fouet en voiture. Elle était morte sur le coup.

Nathan s'approcha d'un pas, et Bailey leva les yeux vers lui. Il observait toujours la pierre nichée dans sa paume. Elle aurait juré que la chaleur émanant du corps de Nathan se répandait dans tout le sien.

— Nous sommes parfaitement assortis, commenta-t-il, émerveillé.

Bailey baissa la tête pour regarder. Il tenait le collier d'une main et sa cravate de l'autre. Côte à côte, il était évident qu'elles étaient de la même couleur. C'était stupéfiant.

— J'avais un petit doute sur la nuance, mais quand j'ai vu votre cravate, j'ai repensé au collier, et je me suis dit que ce serait sympa que nous ayons tous les deux une touche de rose.

Il chercha son regard, à ces mots, sans s'éloigner. Il se lécha les lèvres, et elle vit l'humidité qui s'y attarda après que sa langue les eut effleurées. Un nouveau frisson la parcourut en pensant à toutes les choses charnelles qu'il pourrait lui faire avec sa bouche.

— En général, je ne porte pas de rose, mais quand je réfléchissais à ma tenue, quelque chose m'a dit que ce serait parfait.

— Ça l'est, lui confirma-t-elle.

— Regardez ! Duke arrive ! s'écria Joel, excité, en brisant la magie de l'instant.

Bailey se racla la gorge et recula d'un pas en même temps que Nathan, qui relâcha son collier. Cependant, dès qu'il ne l'eut plus en main, son regard resta rivé sur l'endroit où vint se nicher le pendentif.

Il inspira profondément, comme pour se reprendre, puis fit un nouveau pas en arrière et remonta les yeux vers son visage. Bailey remarqua la protubérance dans son pantalon avant qu'il ne change de position et ne referme nerveusement son blazer.

— Merci d'avoir accepté de sortir avec moi ce soir, Bailey, lui dit-il en la capturant de son regard intense.

— Merci de m'avoir invitée, répliqua-t-elle.

Ils se tournèrent en même temps vers Duke, qui saluait Joel avec enthousiasme. Son collègue avait à peu près son âge, pourtant, elle se sentait bien plus vieille que lui. C'était un homme bien, amusant, mais il manquait de la maturité qu'elle recherchait chez un homme. Il lui avait demandé une fois de sortir avec lui lorsqu'elle avait commencé à travailler à la *Carrosserie Clayson*, mais elle avait décliné. Non seulement parce qu'elle le pensait surtout désireux de passer du bon temps, mais aussi parce qu'elle n'était pas prête à se lancer dans une nouvelle relation... et ne le serait peut-être jamais.

— Salut, Bailey, s'exclama-t-il en s'approchant d'eux. Tu es toute jolie.

— Merci. Duke, je te présente Nathan. Nathan, Duke.

Les deux hommes se serrèrent la main.

— Nous allons dîner en ville, donc je ne serai pas loin s'il se passe quoi que ce soit. Tu as mon numéro, n'est-ce pas ?

— Relax. Il ne va rien se passer. Vas-y, va t'amuser. Joel et moi, on va s'éclater aux jeux vidéo. Pas vrai, mon pote ?

— Oui ! Et Bail a dit que je pouvais rester debout jusqu'à onze heures ! s'empressa de révéler Joel.

— Génial ! s'écria Duke en regardant sa montre. Ça veut dire six heures devant nous pour jouer à *This Is War*. On s'y met ?

— Ouiiiii ! répondit Joel d'une voix presque suraiguë.

Six heures non-stop de jeux vidéo, c'était son idée du paradis.

Il se précipita à l'intérieur.

— Merci, Duke, murmura Bailey. J'apprécie ce que tu fais.

— Aucun souci. Tu vas prendre mon tour lundi, alors c'est tout bon.

Elle avait rarement besoin d'un baby-sitter, mais quand c'était le cas, Duke acceptait avec plaisir et préférait qu'elle fasse une de ses permanences au garage plutôt que de lui demander de l'argent. Cela convenait à Bailey, qui n'en avait pas beaucoup au demeurant. Renoncer à son jour de congé en échange ne la dérangeait pas, en revanche.

— Il ne devrait rien se passer, mais verrouille toujours la porte... au cas où, lui dit-elle, consciente du regard de Nathan sur elle.

Duke, qui se dirigeait vers la maison, s'arrêta à mi-course et se tourna vers elle.

— Il y a quelque chose que je devrais savoir ? demanda-t-il sereinement, mais avec un sérieux qu'elle ne lui avait jamais entendu.

— Non. Juste de la prudence.

Duke hocha la tête, mais il était clair qu'il n'était pas entièrement convaincu.

— Ne t'en fais pas. Je vais faire en sorte qu'il mange quelque chose, fasse des pauses pour que ses yeux ne se mettent pas à loucher et qu'il soit au lit à onze heures. Prends ton temps.

— Merci. Encore une fois, j'apprécie ce que tu fais.

— Ça me fait plaisir de le garder, et pas parce que tu travailles à ma place en échange. Tu bosses trop dur, Bailey. Tu mérites un jour de congé dans la semaine, comme tout le monde. À partir de maintenant, si tu as besoin de quoi que ce soit, dis-le-moi ou à l'un des gars. On s'occupera de lui gratuitement.

— Je ne peux pas vous demander...

— Tu ne demandes pas. C'est moi qui propose. C'est ce que font les amis, Bailey. Tu ferais la même chose pour nous.

Les larmes formèrent une boule dans sa gorge, mais elle la ravala. Hors de question que son maquillage coule parce qu'elle se mettait à brailler.

— Évidemment.

— Je le savais. Allez, va t'amuser. Ne t'en fais pas pour nous.

— D'accord. À plus tard.

— Bye.

Bailey se tourna vers Nathan et poussa un cri de surprise en le découvrant à ses côtés. Tout près d'elle. Au point que leurs épaules se touchaient presque. Au point que pour n'importe quel témoin de la scène, ils avaient l'air d'être plus que des connaissances. C'était sans doute le but de

Nathan ; il avait les yeux rivés sur le dos de Duke tandis que celui-ci rentrait dans la maison, avant de fermer la porte.

L'idée que Nathan ait voulu indiquer à Duke son intérêt et ses intentions la refit palpiter entre ses jambes.

Mais alors, Nathan posa la main sur sa chute de rein ; c'était un contact léger, ses doigts effleuraient à peine le tissu de la robe. Cependant, au lieu de l'emplir de chaleur et de l'émoustiller, cette caresse fit disparaître toutes ses pensées agréables. Il avait la main pile sur l'endroit où le mot « pute » était tatoué sur sa peau. Une nouvelle fois, le dégoût l'envahit en se souvenant de qui elle était et de ce qu'elle avait fait.

Elle ne pouvait pas oublier qu'elle était la pute de Donovan. Ni qu'elle appartenait corps et âme au gang. Elle refusait d'entraîner quelqu'un dans cette vie-là, surtout un homme comme Nathan. Il était trop bien pour ça. Trop... gentil.

Elle s'écarta de lui afin qu'il laisse retomber sa main et demanda, sur un ton bien trop guilleret pour être naturel :

— Prêt ?

Il pencha la tête et la transperça du regard, comme s'il pouvait lire ses pensées rien qu'en fixant ses yeux intensément. Cependant, il acquiesça simplement et indiqua Marilyn.

— Elle n'est pas aussi belle que votre voiture de collection, mais elle est fiable.

— C'est parfait, Nathan. La voiture n'a pas d'importance.

Elle se précipita vers la portière passager pour être sûre qu'il ne la toucherait pas à nouveau. Elle ne supporterait pas un nouvel effleurement. Elle s'ouvrit elle-même et monta avant qu'il ne puisse intervenir. Il referma cependant après elle et contourna tranquillement la voiture jusqu'au siège conducteur.

Sans un mot, il démarra le moteur, qui ronronna sans problème, et se dirigea vers Minter Lane. La maison de Bailey était située au bout d'une longue route de terre au-delà de Wolfensberger Road, l'artère qui menait jusqu'au centre de Castle Rock. Bailey était assez éloignée pour se sentir en sécurité, mais assez près pour pouvoir s'y rendre en cas de besoin. L'école de Joel était petite pour la zone, mais elle n'était pas loin et pratique. Quand il commencerait le collège, il devrait aller à Castle Rock en bus ; pour l'instant, en tout cas, elle était heureuse qu'ils vivent, travaillent et étudient dans un périmètre restreint.

Gênée du silence pesant qui s'était installé à cause de ses actes, elle demanda :

— Alors, comment avez-vous pu obtenir une réservation chez *Scarpetti* ?

Nathan lui lança un bref coup d'œil avant de reporter son attention sur la route. Il était un conducteur prudent, gardant les deux mains sur le volant et attendant d'avoir la place de s'insérer avant d'emprunter Wolfensberger Road. Il respectait les limites de vitesse et mettait toujours son clignotant, même quand il n'y avait personne derrière lui.

— L'entreprise que j'ai montée avec mes frères n'est pas loin du restaurant. Quand ils ont ouvert, nous leur avons fourni pas mal de travail. Nous étions célibataires, enfin, sauf Logan, et travaillions beaucoup. C'était plus facile de traverser la rue pour manger au lieu de nous cuisiner quelque chose. La nourriture a toujours été excellente, même avant l'arrivée du chef célèbre. Lorsque la propriétaire a découvert ce que l'on faisait dans la vie, elle a déclaré que nous pourrions réserver une table chaque fois que nous le souhaitions, expliqua-t-il en haussant les épaules. Nous n'abusons pas, surtout maintenant qu'ils ont parfois plus de clients qu'ils ne peuvent en gérer, mais chaque fois que nous leur avons demandé une table, quel que soit le nombre de personnes présentes, ils se sont toujours arrangés pour nous en trouver une.

Bailey comprenait. La loyauté était une notion importante. Elle avait le sentiment qu'elle était primordiale, pour Nathan et ses frères.

— Et que faites-vous dans la vie ?

Il lui lança à ce moment-là un regard qu'elle ne parvint pas à déchiffrer.

— Je comptais tout vous dire sur moi après notre dîner, répliqua-t-il avant de reporter son attention sur la route.

Bailey ignorait comment prendre cette réponse. Cependant, plus ils approchaient de Castle Rock, plus elle se sentait nerveuse. Que savait-elle de l'homme à ses côtés à part qu'il conduisait une vieille voiture qu'il avait baptisée, qu'il pouvait obtenir une réservation dans un restaurant où il était impossible d'en avoir une d'ordinaire, et que Joel l'adorait après une seule rencontre ? Oh, et que Clayson semblait l'approuver ?

Ce n'était pas grand-chose. Ce n'était rien, même.

Elle allait vraiment souffrir, si elle avait mal interprété la situation.

— Vous êtes en sécurité avec moi, Bailey. Arrêtez de trop réfléchir. Je n'aime pas les secrets ou les mensonges. D'ici la fin de la soirée, vous saurez tout de moi. Vous me haïrez peut-être. Ce qui est sûr, c'est que vous serez énervée. Mais je vous jure sur la tombe de mon père que vous êtes en sécurité avec moi. Ainsi que Joel. Je ne ferais jamais rien pour vous mettre en danger ou vous blesser.

C'était une déclaration fervente, du fond du cœur, qui noua la gorge de Bailey pour la deuxième fois de la soirée. Elle avait été seule si longtemps qu'elle avait oublié ce que c'était de pouvoir faire confiance à quelqu'un. D'avoir le sentiment de pouvoir s'appuyer sur quelqu'un. Bien qu'elle ne soit pas certaine à cent pour cent que Nathan entre dans cette catégorie, elle avait la conviction qu'elle serait fixée avant la fin de la nuit.

— D'accord, murmura-t-elle, ne sachant pas trop quoi dire.

— D'accord, répéta-t-il.

Le reste du trajet s'effectua en silence, chacun étant perdu dans ses pensées.

CHAPITRE 9

Nathan ouvrit la porte de *Scarpetti* et inspira profondément pour se calmer. Cela ne fonctionna pas. Il avait cru que Bailey et lui partageaient une vraie connexion, mais dès qu'il avait touché son dos, elle s'était détachée de lui. Physiquement et mentalement.

Cela le rendait fou, mais il n'était pas stupide. Il allait attendre le bon moment. Elle avait sans doute des démons à combattre, surtout après avoir été liée à Donovan et aux Inca Boys. En outre, après qu'elle aurait entendu ce qu'il avait à lui révéler ce soir-là, elle ne voudrait certainement plus rien avoir à faire avec lui.

Il avait juré de patienter jusqu'à la fin du repas avant toute discussion plus sérieuse. Il souhaitait profiter d'un dîner avec elle, pendant lequel il ne serait pas co-gérant d'une entreprise de sécurité et elle ne serait pas la femme qu'elle pensait être. Il avait envie qu'ils soient libres tous les deux, simplement eux deux. Nathan et Bailey. Cependant, il devait d'abord lui faire retrouver l'état d'esprit qu'elle avait devant sa maison, quand ils s'étaient admirés mutuellement.

Ils furent accueillis par Francesca en personne. Elle le pistait, manifestement, puisqu'elle arriva en vitesse du fond du restaurant, les bras grands ouverts. Elle lui débita une tirade en italien tandis qu'il acceptait son étreinte, mal à l'aise, et lui tapotait une ou deux fois l'épaule.

C'était une petite femme aux formes généreuses qui semblait apprécier les plats riches qu'elle proposait. Elle portait une robe noire et un tablier, sur lequel se distinguaient des taches de farine, et avait au pied des chaussures solides et confortables. Nathan ne l'avait jamais vue de mauvaise humeur. Elle possédait en outre un rire contagieux. Non seulement il adorait la nourriture servie ici, mais il appréciait également sincèrement la joie de vivre de Francesca. Elle contrebalançait à la perfection ce qu'ils affrontaient chaque jour.

— Je suis contente de te voir, Nathan ! Tu es le bienvenu, comme toujours. Et qui est cette femme *bellissima* ?

Nathan prit la main de Bailey, en faisant bien attention cette fois-ci à ne toucher que ses doigts, qu'il entrelaça avec les siens pour la tirer jusqu'à lui.

— Francesca, je te présente Bailey. Bailey, Francesca, la propriétaire de *Scarpetti*, et la personne grâce à qui Castle Rock figure sur une carte.

— Oh, pouah, répliqua l'intéressée en rougissant, visiblement ravie du compliment.

Elle essuya une trace de farine qu'elle avait laissée sur le blazer de Nathan lorsqu'elle l'avait enlacé et se tourna vers Bailey.

— Je suis contente que vous accompagniez Nathan aujourd'hui. C'est un garçon solitaire. Il mange toujours tout seul, et même à son bureau, tard le soir. Tout ce travail sans plaisir lui a terni le teint, à ce pauvre garçon.

Bailey le regarda, et il se sentit rougir. *Bon sang*. Il n'avait jamais eu de véritable mère, du moins, pas une traitant son enfant comme seule une mère le faisait. Cependant, ce qu'il ressentait à l'instant était sans doute ce qu'éprouvait un fils embarrassé par sa mère.

Francesca éclata d'un rire profond et si chaleureux que plusieurs clients se tournèrent vers eux, se demandant certainement qui ils étaient et pourquoi ils avaient droit à un traitement aussi spécial.

— Venez, suivez-moi, je vais vous montrer votre table, ordonna-t-elle en lui prenant la main. Je vous ai mis dans le coin des couples. Vous serez tranquilles, sauf quand nous viendrons vous servir à manger et à boire.

Elle regarda Nathan tout en continuant à les guider à travers le restaurant bondé.

— Souhaites-tu goûter au vin ce soir, puisque c'est une occasion spéciale ?

— Tu sais que je n'aime pas ça, Francesca. Mais Bailey en voudra peut-être un verre. Bailey ?

Il la dévisagea ; elle marchait en silence à ses côtés, les yeux écarquillés, alors qu'elle admirait le décor sur leur chemin.

— J'aimerais beaucoup boire un verre de vin, dit-elle.

— *Excellente* ! s'écria Francesca, excitée. Me permettez-vous de choisir ce qui conviendra le mieux à votre repas ?

Nathan serra la main de Bailey pour la rassurer.

— Oui, s'il vous plaît. Merci, répondit-elle enfin.

Francesca s'arrêta devant une petite table, au fond du restaurant. Il comprenait pourquoi elle l'avait appelée « le coin des couples ». Éloignée de la cuisine et des autres tables, l'alcôve dans laquelle elle se trouvait conférait un sentiment d'intimité.

La banquette ronde permettait aux convives de s'asseoir côte à côte et non face à face. Le siège en velours à haut dossier s'enroulait autour de la table, les isolant efficacement de leur environnement. Les serviettes noires formaient un contraste sur la nappe blanche, dépourvue de décoration à part une unique rose rouge dans un vase.

— Installez-vous ! Je vais vous chercher les menus, déclara Francesca en agitant les mains avant de s'éclipser.

Tenant toujours celle de Bailey, Nathan indiqua la banquette d'un signe de tête.

— Les dames d'abord.

Bailey lui sourit et le lâcha pour pouvoir s'installer. Nathan fit de même, près d'elle, mais pas trop. Il pouvait percevoir sa chaleur corporelle non loin de sa jambe ; il baissa les yeux pour regarder, et le regretta aussitôt.

La robe de Bailey était remontée sur sa cuisse quand elle s'était assise, et il put distinguer sa peau laiteuse avant qu'elle ne remette de l'ordre dans sa tenue. Il avala la boule qu'il avait dans la gorge en essayant de ne pas se demander combien cette peau serait douce.

Francesca revint avec les menus avant qu'il ait pu dire un mot. Elle les ouvrit et les leur tendit, puis leur parla du plat du jour et ce que le fameux chef célèbre préparait pour la soirée.

Comme Bailey semblait totalement perdue, Nathan posa une main sur la sienne.

— Est-ce que cela vous dérange si je commande pour nous deux ?

Elle poussa un soupir de soulagement et hocha vivement la tête.

— Allez-y, je vous en prie. Je n'ai vraiment pas l'habitude de ce genre de restaurants. Je ne sais même pas ce que signifie la moitié du menu, souffla-t-elle, visiblement gênée.

— Moi non plus, à vrai dire, lui avoua-t-il d'une voix aussi basse que la sienne. Après être venu ici la première fois, je suis allé sur Internet pour ne pas me retrouver à manger la fois suivante un truc visqueux et remuant au lieu de pâtes à la crème fraîche et au fromage.

Quand Bailey lui sourit, il se fit la promesse de faire ce qu'il fallait pour qu'elle ait toujours un sourire comme celui-ci aux lèvres.

Il se tourna vers Francesca.

— En entrée, nous prendrons les *agnolotti del plin*, puis, en plat principal, des *tajarin* pour moi et des *tagliata* pour la dame, et nous partagerons une *torta al cioccolato* en dessert... avec une boule de glace, s'il te plaît.

— Ton italien est toujours aussi mauvais, mais tu as très bon goût en matière de nourriture, commenta Francesca en lui faisant un clin d'œil, avant de regarder vers Bailey. Voudriez-vous des truffes noires d'été avec vos *tagliata* ?

Nathan serra la main de Bailey en réponse à son air perdu et répondit à sa place.

— Oui, Francesca. Merci, ce serait super.

— Je reviens avec vos boissons, répliqua-t-elle puis, sur une dernière courbette, elle s'éclipsa.

Bailey le regarda en souriant.

— Et maintenant, est-ce que je peux savoir ce que vous nous avez commandé ?

Très heureux qu'elle n'ait pas cherché à retirer sa main de la sienne, Nathan répondit.

— C'est bien plus sophistiqué que la description que je vais en donner, mais en résumé, nous allons commencer par des *agnolotti del plin*, c'est-à-dire des raviolis maison au fromage et aux herbes. C'est à tomber. Ensuite, je vais manger des pâtes avec une sauce à la viande et vous, de l'aloyau grillé aux champignons, asperges et pommes de terre. Et en dessert, nous nous partagerons un gâteau au chocolat et à la noisette très léger, accompagné d'un coulis de fruits et d'une boule de glace.

Elle le dévisagea un instant.

— Mais pourquoi n'ont-ils pas appelé ça « ravioli », « pâtes », « steak » et « gâteau », alors ?

Nathan pouffa.

— Aucune idée. C'est pour ça que j'ai dû faire des recherches après avoir mangé ici pour la première fois. Je me suis retrouvé avec un flan à l'artichaut, du boudin et des oranges fourrées au chocolat. Pas vraiment mes plats préférés.

Bailey gloussa. Jamais il n'avait entendu un plus joli son. En outre, il faisait disparaître le stress et l'inquiétude de son visage.

— Oh, non, c'est vrai ?

Nathan leva sa main libre en un pseudo salut de scout.

— Promis. Francesca se moque de moi chaque fois qu'elle me présente un plat nouveau. Ce jour-là, elle m'a proposé de m'apporter autre chose, mais j'ai refusé, car ce serait du gaspillage. En général, c'est elle qui choisit pour moi quand je viens.

— Et pourquoi pas ce soir, alors ?

Nathan haussa les épaules.

— Peut-être qu'elle savait que je cherchais à vous impressionner. L'êtes-vous ?

— Oui, confirma Bailey en souriant toujours.

— Je n'y connais rien du tout en vin, par contre, mais je suis certain qu'elle vous en apportera un qui conviendra parfaitement à ce que je vous ai commandé.

— Vous ne buvez pas ?

— Non.

— Du tout ?

— Du tout, affirma-t-il. Mais avant que vous ne pensiez

que c'est parce que je suis un alcoolique repenti ou que je juge les gens qui boivent, sachez que c'est juste parce que je n'apprécie pas le goût. J'arrive à boire de l'alcool fort, dans un cocktail uniquement. Mais boire de la bière ou du vin n'a jamais été mon truc. En plus du goût, je n'aime pas non plus me sentir perdre le contrôle.

Bien que l'esprit de Bailey semble tourner à plein régime, elle acquiesça simplement à sa déclaration.

— Je comprends. Je ne bois pas souvent, mais ça m'arrive.

— Comme la plupart des gens.

À contrecœur, il lâcha la main de Bailey pour poser les coudes sur la table, la tête toutefois toujours inclinée vers elle.

— Parlez-moi de vous.

Elle haussa les épaules, et il vit une légère rougeur lui monter aux joues. Elle imita sa position avant de répondre.

— Il n'y a pas grand-chose à en dire, vraiment.

— J'en doute sincèrement.

— J'ai vingt-quatre ans. J'ai grandi à Denver. Ma mère est morte quand j'étais enfant et j'ai été élevée par mon père. Il est décédé lorsque j'ai eu vingt ans, et j'ai reçu la garde de Joel. Je me suis installée à Castle Rock pour l'éloigner de la ville. Fin de l'histoire.

Tout était vrai, cependant, elle avait négligé bon nombre de détails. Nathan laissa tomber le sujet, puisqu'il en connaissait beaucoup sur ce qu'elle cachait.

— Qu'est-ce qui vous a poussé à vous intéresser aux voitures ?

— Mon père. Il était mécanicien. J'ai commencé à l'aider à peu près à l'âge de Joel. Ça m'a plu et j'étais douée. C'était la seule chose que je savais faire.

Nathan secoua immédiatement la tête.

— Ça, je ne le crois pas.

— C'est la vérité. Mes notes n'étaient pas géniales. J'avais sans arrêt des ennuis au lycée, parce que je séchais les cours ou dormais en classe. Je traînais... avec des gens peu recommandables.

Elle détourna les yeux et joua avec le bord de sa serviette.

— Sans Joel, je serais sans doute toujours à Denver à faire de mauvaises choses, comme je l'ai fait toute ma vie.

Il ne pouvait pas supporter le désespoir dans sa voix. Il posa un doigt sous le menton de Bailey pour le lui relever gentiment et l'encourager à le regarder.

— Mes frères et moi sommes des triplés. Ma mère ne nous a jamais aimés. Elle se sentait menacée par nous, même quand nous étions enfants. Elle ne nous a jamais bordés le soir, elle ne nous préparait jamais notre repas. La seule chose qu'elle a faite pour nous, c'est nous enseigner la manière la plus efficace de frapper quelqu'un pour faire mal. Lorsque j'ai quitté Castle Rock à l'âge de dix-huit ans, j'étais effrayé. Je ne voulais pas m'en aller. Comme les victimes de maltraitance, en général. Je ne savais pas comment exister seul. Mes frères avaient très clairement indiqué leur intention de partir de leur côté, à l'armée en l'occurrence, mais ce n'était pas fait pour moi. Puisque j'aimais les chiffres, j'ai obtenu une bourse et suivi des cours au collège communautaire. Après mon diplôme, je suis devenu comptable à Saint-Louis. Je ne faisais que travailler, puis je rentrais chez moi. Seul. Il a fallu que je vienne assister à l'enterrement de mon père et que Logan suggère que nous montions notre entreprise ensemble pour que je recommence à me sentir moi-même. Mes frères ont comblé un vide en moi. Je me sens mieux en les ayant à mes côtés. Plus courageux. Sans Logan, je serais toujours à Saint Louis, à me cacher du monde. Ne vous dévalorisez pas, Bailey. Ce ne sont pas vos actes qui vous définissent, mais celle que vous êtes à l'intérieur.

Il posa la main au-dessus de sa poitrine, vers le haut, en veillant à ne franchir aucune limite.

— Et s'il n'y avait rien de bon à l'intérieur ? souffla-t-elle, avec un regard si triste qu'il eut envie de la prendre sur ses genoux pour la consoler et lui dire qu'il ne laisserait plus rien lui faire du mal.

Il résista à son impulsion. De justesse.

— Il y a du bon en vous, Bailey. Je l'ai vu.

— Vous venez de me rencontrer, protesta-t-elle.

— C'est vrai. Et pourtant, je l'ai vu. Bailey, vous êtes la seule à vous être arrêtée pour m'aider alors que j'en avais clairement besoin sur le parking l'autre jour. J'avais ouvert le capot et je me tenais devant comme un imbécile. Personne n'est venu me demander s'ils pouvaient appeler quelqu'un pour moi, ou même si j'allais bien. Sauf vous. Votre frère vous aime et est terrifié à l'idée de vous décevoir. Il veut tellement vous faire plaisir. C'était évident hier, au garage. Et le fait qu'il soit un enfant bien, poli en règle générale, et qu'il fasse attention à vous m'indique que vous êtes stricte, mais aimante avec lui. Donc oui, il y a du bon en vous.

Il écarta sa main de sa poitrine pour la poser sur celle avec laquelle elle trifouillait toujours la serviette, pour essayer de la calmer, d'une manière ou d'une autre.

— Vous ne savez pas ce que j'ai fait, rétorqua-t-elle.

— Je vous parie que tout le monde, dans ce restaurant, a fait quelque chose qu'il regrette, affirma-t-il d'un ton ferme.

Bailey détourna le regard et observa les autres clients installés dans les banquettes et autour des tables, vêtus de beaux habits, souriant et riant.

— La vie est dure, Bailey, je pense que vous le savez parfaitement. Mais ce qui importe, c'est la façon de se relever quand elle tente de nous achever. Certaines personnes connaissent l'adversité depuis leur plus jeune âge. Pour d'autres, la leçon arrive plus tard, mais je suis fermement convaincu que c'est l'adversité qui nous fait devenir de meilleurs êtres humains. Nous apprenons de nos erreurs, et d'autres en tirent des enseignements également. Que nous trébuchions une fois, deux, ou même une centaine de fois, nous finissons toujours par trouver le moyen de rester debout et d'avancer.

Elle se lécha les lèvres et lui fit un petit sourire.

— Vous êtes drôlement philosophe, Nathan.

Il se sentit rougir et essaya de s'en empêcher. Il ne lui rendit cependant pas son sourire, car il voulait qu'elle comprenne ces notions élémentaires avant qu'il n'ait à lui annoncer qu'il connaissait tout sur elle et les raisons de sa présence à Castle Rock.

— J'ai trébuché plus d'une fois, Bailey. Vous avez sans doute une histoire tumultueuse, mais sachez une chose : je me fiche de votre passé. Enfin, pas totalement, parce qu'il a fait de vous la femme magnifique assise à mes côtés, mais si vous croyez que ce que vous avez fait, ou n'avez pas fait, me fera revoir mon envie de sortir avec vous, ôtez-vous cette idée de la tête tout de suite.

Il ne la quittait pas des yeux, pour bien qu'elle le comprenne.

— J'irai à votre rythme, petite fée. Nous pouvons simplement traîner ensemble et regarder des films, je peux jouer à des jeux vidéo avec Joel, même si je suis nul et qu'il me bottera les fesses. Je peux l'aider à faire ses devoirs et faire en sorte qu'il y ait de nombreuses personnes pour lui fêter son anniversaire. Tout ce que je vous demande, c'est de me donner une chance.

— Nathan, je...

Il souleva sa main pour la porter à ses lèvres et l'embrasser délicatement, avant de la poser sur sa propre cuisse, la coinçant sous sa paume chaude.

— Accordez-moi au moins ce dîner avant de me rejeter, s'il vous plaît. Laissez-nous faire connaissance. Avant la fin de la soirée, vous aurez découvert tous mes secrets. Vous ne les apprécierez peut-être pas, mais, comme je vous l'ai dit précédemment, je ne vous mentirai pas.

— Ça ne m'aide pas vraiment à avoir confiance, commenta Bailey.

— Je sais. Ce que j'essaie de dire, c'est que j'aime la femme que j'ai sous les yeux. Vous êtes la première à qui je m'ouvre de la sorte, parce que vous êtes la première à laquelle je souhaiterais sincèrement dévoiler le vrai moi.

Bailey se mordilla la lèvre un instant, mais alors qu'elle s'apprêtait à parler, Francesca arriva avec deux verres, un rempli de vin rouge pour Bailey et l'autre d'eau pour Nathan.

— Voilà de l'eau ennuyeuse pour toi, mon ami, lui dit-elle avec un gentil sourire en adressant un clin d'œil à Bailey. Et pour la dame, un bon vin rouge. Un nebbiolo de chez Roberto Voerzio de 2010. J'espère qu'il vous plaira.

Elle posa le verre devant Bailey puis s'attarda près de leur table.

Comme Bailey ne prit pas son vin, Nathan se pencha vers elle.

— Elle attend que vous goûtiez, murmura-t-il, pour être sûre que vous l'aimez.

— Oh, s'exclama-t-elle, le rouge aux joues.

Elle attrapa sa boisson avec sa main libre – puisque

Nathan refusait de lâcher l'autre – et la sirota. Puis, surprise, elle regarda Francesca.

— Ça a un peu le goût de roses. Est-ce que c'est juste un effet de mon imagination ?

Le sourire de Francesca fut encore plus grand. Elle dit quelque chose en italien avant de taper dans ses mains.

— Vous avez raison, ma petite. Il devrait se marier à la perfection avec votre entrée et votre plat.

Puis, se tournant vers Nathan, elle lui lança, d'une voix faussement ferme :

— Celle-là, il faut la garder.

Et elle hocha la tête avant de repartir rapidement en cuisine.

L'expression de Bailey le fit rire, et il fut soulagé qu'elle lui sourie en réponse.

— Vous fréquentez des personnes peu communes, commenta-t-elle.

Il lui serra la main en retour.

Peu après, leurs plats arrivèrent. Ils passèrent l'heure et demie suivante à discuter et à rire, apprenant à se connaître petit à petit. Bailey but un deuxième verre de vin et mangea avec appétit, appréciant visiblement tout ce qui lui fut servi.

Enfin, après qu'ils eurent dégusté le gâteau extrêmement léger, elle s'adossa à la banquette et posa les mains sur son ventre.

— Je n'en peux plus, s'exclama-t-elle. Je ne pourrais plus rien avaler. C'était délicieux. Je ne sais pas le goût qu'est censée avoir la nourriture chic, mais je comprends pourquoi ce restaurant est si populaire. Ce chef fait des miracles.

Nathan se mit à son tour à l'aise contre la banquette rouge et répondit.

— Ne le dites à personne, mais les plats que j'ai choisis

ce soir ne sont pas faits par le chef Grimbaldi. Ce sont les spécialités de Francesca.

— C'est vrai ?

— Oui, oui.

— Mais alors, pourquoi a-t-elle invité ce chef célèbre à passer deux mois ici si elle cuisine aussi bien ?

— Pour faire de la pub. Quel meilleur moyen de convaincre les gens de venir goûter le nouveau restaurant de la ville qu'en leur disant qu'un chef renommé va y travailler ? Le plus dur, c'est de faire entrer les clients la première fois. Ensuite, elle n'a plus qu'à espérer qu'ils reviendront.

— C'est un génie, approuva Bailey. Vraiment. C'était délicieux. Je ne peux pas me le payer, mais je dirai à Clayson qu'il doit absolument y emmener sa femme plus souvent.

Nathan ne commenta pas sa réponse concernant ses revenus. Si cela ne tenait qu'à lui, l'argent ne serait bientôt plus un problème pour elle. Pas si elle sortait avec lui. Mais ce n'était pas le cas, et il lui restait le plus dur à faire. Au bout du compte, elle serait sans doute énervée contre lui et ne voudrait plus le revoir.

— Êtes-vous prête à entendre ce que j'ai à vous dire ? demanda-t-il, soudain désireux de se débarrasser des confidences au plus vite.

Elle se tourna vers lui, et l'étincelle dans son regard s'éteignit quand elle avisa son expression sérieuse. Elle hocha la tête.

Nathan inspira profondément et se lança.

CHAPITRE 10

Bailey ignorait totalement ce que Nathan comptait lui révéler, mais il était évident que c'était important. Elle avait beaucoup apprécié la soirée et avait des difficultés à se souvenir de ce qu'elle était et des raisons qui l'empêchaient de sortir avec lui, ou n'importe quel autre homme.

— Vous savez que je m'appelle Nathan Anderson.

Il marqua une pause. Elle acquiesça sans un mot.

— Mes frères s'appellent Logan et Blake. Nous sommes revenus à Castle Rock l'année dernière après que notre mère a tué notre père.

Sans tenir compte de son exclamation de surprise, il poursuivit.

— Je vous ai déjà dit qu'elle nous maltraitait. Eh bien, elle ne s'est pas contentée de mes frères et moi. Quand nous avons quitté l'école après avoir obtenu notre diplôme, nous n'étions plus là pour qu'elle s'en prenne à nous, alors la situation a empiré pour mon père. Finalement, elle lui a tiré une balle, puis s'est suicidée. Nous ne saurons sans doute jamais ce qui lui était passé par la tête, puisqu'elle n'a laissé aucun message d'aucune sorte.

— Je suis vraiment désolée, dit-elle en posant la main sur celle de Nathan.

Elle était triste de ce qu'il avait subi, mais heureuse qu'il soit revenu et ait retrouvé ses frères. Son amour pour eux était évident.

— Merci. Quand nous sommes rentrés pour les funérailles de notre père, nous avons décidé de tout faire pour aider les gens qui se trouvent en situation de maltraitance, qui auraient besoin d'être protégés d'un ou d'une ex. C'est comme ça que nous avons monté notre entreprise.

Bailey retira sa main et la posa sur ses genoux, et entortilla ses doigts entre eux. Elle avait un mauvais pressentiment.

— C'est quel genre d'entreprise ?

— Elle s'appelle *Ace Securité*. Nous offrons des services de protection pour les hommes ou les femmes qui se rendent au tribunal, et nous faisons un peu d'enquêtes ainsi que du travail de surveillance.

Bailey sentit remonter la nourriture qu'ils venaient de consommer. Néanmoins, elle garda la bouche fermée en attendant qu'il poursuive. Ce qu'il vit, manifestement à contrecœur.

— Logan s'est mis en couple avec une fille qu'il a rencontrée au lycée, Grace. Ses parents possédaient un cabinet d'architectes ici, à Castle Rock. À cet endroit précis, d'ailleurs. Francesca a acheté les locaux quand le cabinet a fait faillite.

— Et pourquoi a-t-il fondu les plombs ?

— Les parents de Grace étaient Margaret et Walter Mason.

Bailey sursauta et écarquilla les yeux. *Oh, merde.*

— Je vois que vous en avez entendu parler, commenta Nathan sur un ton difficile à interpréter. Ils ont engagé les

Inca Boys pour faire des photos intimes truquées de Grace et Bradford Grant. Tous deux étaient drogués et inconscients quand les clichés ont été pris. Les Mason espéraient se servir des images pour faire du chantage aux parents de Bradford.

— Vous savez qui je suis, souffla Bailey.

Elle était à la fois terrifiée, embarrassée et sur le point de piquer une crise.

— Je sais qui vous êtes, confirma-t-il. Mais voulez-vous bien écouter le reste de mon histoire ?

Elle hocha la tête. Elle était incapable de bouger, de toute façon. Si elle avait essayé de se lever, ses jambes ne l'auraient pas soutenue. Elle le savait. Nathan Anderson était la dernière personne à qui elle aurait dû proposer son aide.

— J'imagine que vous avez quitté Denver à peu près à l'époque de l'affaire concernant Grace et Bradford ?

Elle acquiesça de nouveau, puis répondit tout bas.

— Je n'appréciais pas ce que Donovan faisait. Braquer des supérettes, boire et trafiquer de la drogue, c'était une chose. Mais c'en était une autre d'accepter de l'argent pour faire du mal aux gens, les tuer... ou leur faire du chantage. Je ne voulais pas être mêlée à ça.

Nathan hocha la tête. Son regard empli de compassion la bouleversait. Pourquoi l'observait-il ainsi ? Il devrait la haïr et refuser de la fréquenter. Pourtant, il était ici, à la fixer pour s'assurer qu'elle se sentait bien, avant de poursuivre. *Seigneur.*

Elle s'empressa de continuer, désireuse d'en finir au plus vite avec cette conversation.

— Lorsque Donovan est rentré ce jour-là, il était toujours surexcité parce qu'ils avaient fait. Il n'arrêtait pas de répéter qu'il s'était éclaté, qu'il aurait voulu garder les clichés, mais que la femme qui l'avait engagé avait payé un supplément pour qu'il lui renvoie l'appareil photo également.

Nathan hocha lentement la tête.

— Oui. C'est en partie grâce à ça qu'ils ont eu assez de charges contre lui. Il a noté son adresse dans la case « expéditeur ».

Bailey pouffa, mais sans humour.

— Il n'est pas très intelligent.

C'était vrai ; toutefois, il l'avait été assez pour la manipuler pendant des années. Pour lui donner l'impression qu'il était le seul à se soucier sincèrement d'elle. Pour lui faire croire qu'il aimait Joel comme un fils. Sauf que ce dernier était présent quand Donovan et ses frères étaient revenus de leur séance photo avec Grace et Bradford. Ils n'avaient pas cessé de se vanter, de dire que la peau de Grace avait été si douce, qu'ils avaient rêvé de la prendre pendant qu'elle était endormie. La seule chose qui les en avait empêchés, c'était parce que Bradford commençait à faire de petits bruits suggérant qu'il se réveillait, alors le temps leur avait manqué.

Bailey en avait été malade. Elle avait conscience que Donovan, ses frères et ses amis n'étaient pas vraiment des citoyens modèles, mais évoquer leur envie de violer une femme inconsciente en présence d'un enfant de neuf ans – le frère même de Bailey – avait été la goutte de trop.

— Pourquoi avez-vous décidé de partir, Bailey ?

On aurait dit qu'il lisait dans ses pensées.

— Vous ne le savez pas ?

— Tout ce que je savais à votre sujet avant que vous ne m'aidiez dans ce parking, c'était que vous vous appeliez Bailey et que vous étiez l'ex de Donovan. Et que tout le monde ignorait où vous étiez.

C'était déjà ça, non ? Nathan n'ajouta rien, lui laissant le temps de réfléchir à ce qu'elle aimerait lui dire – si tant est qu'elle ait envie de lui raconter quoi que ce soit. Le fait qu'il se montre aussi prévenant, qu'il ne la presse pas ou qu'il ne s'empresse pas de combler le silence gêné entre eux lui permit de rassembler le courage nécessaire pour tout lui révéler.

— Parce qu'ils se marraient en parlant du sentiment de puissance qu'ils avaient ressenti en faisant ça à Bradford et Grace alors que tous deux étaient incapables de se défendre, murmura-t-elle.

L'avouer lui donnait l'impression d'être sale, de même que le fait d'avoir passé une grande partie de sa vie au contact des Inca Boys. Le tatouage sur ses reins la picota, comme pour lui rappeler ce qu'elle était. Infectée.

— Et tout ça, devant Joel, poursuivit-elle d'une voix qui se brisa. Ils n'en avaient rien à faire qu'il écoute. C'était même comme s'ils voulaient qu'il entende tout, pour contrôler ses émotions, pour lui faire comprendre que les femmes ne valaient rien, qu'elles n'étaient qu'un jouet qu'un homme pouvait utiliser à sa guise, comme il en avait envie. Alors, il fallait que je parte.

— Je suis fier de vous, Bailey, déclara Nathan sur un ton tranquille.

Elle leva vivement les yeux vers les siens, sous le choc.

— Quoi ?

— Je suis fier de vous. Ça n'a pas dû être facile de faire vos bagages et de déménager sans travail à la clé et en ignorant où vous alliez atterrir. En sachant que votre départ énerverait non seulement Donovan, mais certainement le gang aussi. Et le faire avec un enfant de neuf ans, c'était encore plus difficile.

— Je refusais qu'il finisse un jour dans un hôtel sordide

à violer une femme inconsciente en se disant que c'était amusant.

— Voulez-vous connaître la suite de l'histoire ? demanda Nathan sans commenter.

Elle acquiesça. Elle n'en avait pas vraiment envie, cependant, elle savait qu'elle le devait afin de déterminer si elle devait partir dès ce soir ou si elle disposait d'un peu de temps.

— Vous savez que Donovan est allé en prison, tout comme les parents de Grace. Grace et mon frère se sont mariés et, d'un jour à l'autre, ils vont avoir des jumeaux. Alexis, la sœur de Bradford, a commencé à travailler pour *Ace Sécurité*. Blake et elle ont mené une enquête sur les Inca Boys pour apprendre plus d'informations sur eux et sur la façon dont ils gagnaient de l'argent. Nous avons découvert qu'Alexis avait fréquenté le même collège et le même lycée que l'une des femmes qui traînaient autour du gang. Kelly White.

Bailey ouvrit la bouche, stupéfaite. Kelly était une vraie garce. Âgée de deux ans de plus qu'elle, Kelly l'avait toujours détestée. Surtout parce qu'elle voulait Donovan pour elle toute seule. Enfin, non. Elle ne voulait pas *Donovan* en lui-même, mais elle désirait le pouvoir que conférait le fait de sortir avec le leader du gang. Donc elle haïssait Bailey qui, elle, possédait ce pouvoir.

— Vous connaissez Kelly ?

Il n'y avait que de la curiosité dans sa voix. Ni mépris ni dédain. Soit il était bon acteur, soit il était complètement timbré.

— Oui. Ce n'est pas... une fille sympa.

Nathan souffla un rire.

— C'est une façon comme une autre de le dire. Enfin, bref, Alexis l'a rencontrée pour essayer d'obtenir plus d'informations sur le gang. Une chose en a entraîné une autre, et elle s'est retrouvée à une soirée chez Damian.

— Seigneur, murmura Bailey. Elle va bien ?

Elle savait pertinemment à quoi ressemblaient les fêtes chez Damian. Les Inca Boys adoraient les tournantes, prenant à tour de rôle les femmes qui gravitaient autour d'eux. Ils faisaient des paris pour déterminer qui pouvait baiser le plus de filles dans une même soirée. Ils se fichaient de qui ils se tapaient et si la nana appréciait ou pas. Tout ce qui leur importait, c'était de jouir. À la dernière fête à laquelle elle avait assisté, Bailey avait été consternée de voir le nombre de mineures. Cela n'avait pas perturbé les Inca Boys, en revanche. Ils les traitaient comme toutes les filles qui se présentaient à eux : comme des poupées sexuelles.

— Elle va bien, la rassura très vite Nathan. Alors qu'elle récoltait des informations sur le gang, Damian et Dominic ont découvert qui elle était. Kelly lui a tendu un piège et tous les trois, ainsi qu'un certain dénommé Chuck, l'ont emmenée dans la montagne, l'ont tabassée, et ils comptaient la laisser là quelques jours avant de revenir la tuer.

Bailey sut qu'elle allait vomir. Sans un mot, elle attrapa son sac à main, sortit de la banquette et se dirigea vers la porte d'entrée. Comme seules l'intéressaient les portes vitrées et la perspective de respirer un grand bol d'air frais, elle ne vit pas Nathan faire un signe à Francesca, n'entendit pas la dame d'un certain âge les saluer joyeusement, et remarqua à peine Nathan à ses côtés quand elle poussa la porte du restaurant et s'enfonça dans la nuit. Elle tourna à droite, sans savoir où elle allait. Nathan la prit par le bras et la fit pivoter dans l'autre direction.

— Il y a un petit parc par là.

Elle ne répondit pas, mais le laissa la guider jusqu'à un banc, dans le parc en question. Elle s'affala dessus et se pencha en avant, les bras serrés autour du ventre et la tête sur les genoux.

— Blake et Logan ont trouvé Alexis à temps. Elle va bien. Les autres... pas tellement.

Bailey releva vivement les yeux en entendant cela. Elle n'arrivait pas à distinguer le visage de Nathan. Il avait encore une main sur son bras, et elle percevait la chaleur qui s'infiltrait jusque dans ses os, comme s'il était un véritable radiateur. Il la caressait avec son pouce, et elle aurait eu envie de le sentir sur sa peau nue, et non à travers le tissu de sa manche.

— Pas tellement ? répéta-t-elle d'une voix tremblante.

Elle n'était toujours pas certaine que le délicieux repas qu'elle avait mangé n'allait pas finir dans l'herbe à ses pieds.

— Ils sont morts tous les quatre.

Bailey cilla.

— Tous ?

Nathan acquiesça.

— Entre Blake et les flics, ils ont tous été tués.

Bailey avait la tête qui tournait. Les frères de Donovan étaient morts. Ainsi que Kelly. Et l'horrible Chuck. Il avait demandé un jour à Donovan s'il pouvait coucher avec Bailey, et Donovan avait accepté, évidemment, à condition de pouvoir regarder. Cela avait été atroce pour elle. Donovan l'avait maintenue pendant que Chuck la prenait par-derrière.

— Je n'en suis pas désolée, commenta-t-elle, sa haine parfaitement audible.

Nathan ne répondit pas, mais posa une question étrange.

— Êtes-vous prête à entendre la suite ?

— Il y a une suite ?

— Oui, confirma-t-il d'un air sombre.

— Je suis prête, affirma-t-elle, sans être certaine de l'être quand même.

— Kelly n'arrêtait pas de dire que Donovan viendrait vous chercher à sa sortie de prison, qu'il effacerait vos tatouages au chalumeau afin qu'elle puisse prendre votre place dès que vous ne serez plus dans le paysage.

Bailey frémit et reposa la tête sur ses genoux. Lorsqu'un homme essayait de quitter le gang, soit on le forçait à revenir, soit on l'autorisait à partir à condition que tous ses tatouages de gang aient été masqués. Donovan avait souvent raconté que cela se faisait en écorchant vif la personne ou en effaçant ses tatouages au fer rouge.

Elle pensa à ses propres dessins. Elle en avait beaucoup. Entre le logo des Inca Boys sur son bras jusqu'aux initiales « IB », sans oublier les mots que Donovan l'avait obligée à se faire tatouer en bas du dos, elle allait mourir, c'était certain. Si Donovan et le gang essayaient de retirer de sa peau toute trace des Inca Boys, elle n'y survivrait pas.

— Il a été libéré de prison la semaine dernière, poursuivit Nathan, comme si ses paroles précédentes n'étaient déjà pas suffisantes pour la faire basculer.

Elle se leva et se mit à marcher sans un mot.

Nathan la rattrapa en quelques enjambées et l'obligea à s'arrêter.

— Où allez-vous ?

— Je dois partir, marmonna-t-elle.

Il se plaça devant elle et la prit par les épaules.

— Où, Bailey ?

— Loin. Il va me trouver. Je dois aller récupérer Joel, puis nous devons nous en aller.

Elle avait conscience de ne pas agir de manière raisonnable, mais elle était effrayée. Pourquoi ne s'était-elle pas rendue à la bibliothèque pour voir si Donovan était toujours en prison, comme elle en avait eu l'intention ? Elle avait été arrogante à se croire en sécurité. Mais avec tout ce qui s'était passé, elle savait sans l'ombre d'un doute que Donovan voudrait sa revanche. Contre les Anderson, qui avaient tué ses frères, et contre elle. Il ferait du mal à Joel simplement pour la faire souffrir elle. Il était hors de question qu'elle inflige cela à son frère.

— Écoutez-moi, petite fée. Inspirez profondément et écoutez, d'accord ?

Revoilà ce surnom. Bailey prit une grande inspiration, mais ferma les yeux, refusant de le regarder.

— Nous le surveillons. Pour l'instant, il est trop occupé à faire valoir ses droits de leader sur ce qu'il reste de son gang pour faire quoi que ce soit d'autre.

— Il va me trouver, commenta-t-elle d'un air morose, et tout son corps s'affala sous l'effet du dépit.

— Vous avez raison.

Elle fut tellement surprise par ses mots qu'elle rouvrit les paupières et le regarda.

— Et c'est censé me rassurer ? aboya-t-elle.

— Préféreriez-vous que je vous mente et vous affirme que vous êtes en sécurité ici, qu'il ne vous retrouvera jamais et que vous n'avez plus à vous inquiéter des Inca Boys ou de lui ?

Dit comme ça, elle fit la grimace.

— Non.

— Revenez vous asseoir. Mes frères ont un plan.

Bailey le dévisage. Elle le regarda vraiment pour la première fois depuis qu'il avait commencé à lui raconter qui il était et le fait qu'il savait qui elle était *elle*. Il avait l'air aussi dévasté qu'elle. Il pinçait les lèvres, fronçait les sourcils. Il avait défait sa cravate et le premier bouton de sa chemise. Son blazer était posé sur le banc, et il respirait fort.

Elle hocha la tête. De manière quasi imperceptible, pourtant il le vit.

Il marqua une pause, comme pour s'assurer qu'elle était vraiment d'accord et qu'elle n'allait pas prendre la fuite à la seconde où il lâcherait ses épaules. Puis il recula et tendit un bras vers le banc.

Lentement, elle retourna s'y asseoir. Des frissons lui parcouraient le corps face aux implications des révélations de Nathan. L'instant suivant, Nathan lui posait son blazer sur les épaules. Le vêtement irradiait encore la chaleur corporelle de Nathan, qui s'infiltra sous sa peau.

— Quel est le plan ?

— Dire à Clayson et à vos collègues du garage ce qu'il se passe.

Il leva la main pour devancer les protestations qu'elle s'apprêtait à émettre.

— Pas tout. Juste le fait que votre ex vous harcèle et qu'ils doivent appeler la police s'il se pointe.

— Quoi d'autre ? demanda-t-elle, peu convaincue.

Donovan n'était pas totalement stupide. Il n'allait pas venir sur son lieu de travail pour la traîner par les cheveux. Il était plus sournois que cela.

— Nous connaissons quelqu'un qui peut installer une alarme chez vous. Rien de trop sophistiqué, mais un système suffisant pour vous donner le temps d'appeler à l'aide. Et, petite fée, je sais que cela ne va pas vous plaire, mais il va falloir mettre Joel au courant.

— Non ! s'écria-t-elle. Hors de question. J'ai essayé de le protéger de tout ça autant que possible.

— Lui avez-vous parlé de quoi que ce soit ?

— Non. Et je ne le ferai pas. Je ne veux pas lui parler des Inca Boys ni de n'importe quoi en relation avec eux.

— Pourtant, vous m'avez dit qu'ils envisageaient devant

lui d'abuser d'une femme inconsciente. Il a bientôt dix ans, Bailey. Il n'est pas bête. Il en sait plus que vous ne le pensez.

Elle se détourna de Nathan et prit une grande inspiration, qui ne calma en rien les larmes qui commençaient à envahir ses yeux. Tout ce qu'elle avait fait, elle l'avait fait pour Joel. Elle ne voulait pas qu'il la contemple un jour avec dégoût. Or, il le ferait s'il apprenait ce qu'elle avait fait. Ce que Donovan avait fait.

— Regardez-moi, petite fée.

Elle ne s'exécuta pas. Les balançoires devinrent floues à cause des larmes qui s'accumulèrent dans ses yeux puis se mirent à couler.

Nathan ne lui demanda pas de se tourner vers lui. Il passa un bras autour de ses épaules et l'attira contre son flanc.

— Je ne cherche pas à vous contrarier, lui dit-il d'un ton raisonnable. Mais je crois que Joel est perdu. Donovan lui a dit que les femmes ne valaient rien et qu'on pouvait en faire ce qu'on voulait. Cependant, il vous aime, alors il ne sait pas quoi penser. Je ne vous suggère pas de lui révéler tous les détails, mais suffisamment pour qu'il soit prudent, pour qu'il puisse vous dire s'il a vu Donovan. Si ce type compte mettre la main sur Joel, il va d'abord se montrer gentil avec lui.

Bailey se lécha les lèvres et y goûta le sel de ses larmes.

— Je ne peux pas perdre mon frère, déclara-t-elle d'une voix tremblante, heureuse de ne pas avoir à regarder Nathan.

— Et vous ne le perdrez pas. Je vous le jure. Préférez-vous que ce soit moi qui le fasse ? Je peux lui parler et répondre à ses questions.

Bailey se raidit.

— Et pourquoi feriez-vous ça ? Nous venons juste de

nous rencontrer. Vous ne savez rien de moi ou de mon frère. En plus, votre famille a été blessée par Donovan et les Inca Boys, dont j'ai fait partie. Je ne comprends pas.

Nathan prit une grande inspiration, qu'il relâcha lentement. Comme il était tout près d'elle, son souffle chaud dériva sur sa poitrine, faisant dresser ses mamelons de manière inconvenante.

— Vous m'intriguez depuis le jour où j'ai découvert votre existence. Je me suis demandé quel genre de femme vous étiez. Ce qui vous a poussée à fréquenter le gang en premier lieu. Plus important, ce qui vous a encouragée à le quitter.

— Voilà, vous venez d'apprendre que j'ai fui parce que j'avais peur, répliqua-t-elle, démoralisée.

— Non, rétorqua-t-il. Vous êtes partie par amour. Vous aimez votre frère plus que tout, alors vous vous êtes enfuie pour le protéger. Aucune autre raison n'aurait pu me faire vous apprécier davantage, Bailey. Vous ne comprenez pas ? Logan et Blake sont toute ma vie. Je n'étais rien sans eux, et je ferais tout pour les garder en sécurité. Je pourrais tuer pour eux, si besoin. Votre amour pour votre frère, je le vois et le ressens chaque jour. Chaque fois que je regarde Logan entrer chez *Ace Sécurité*. Chaque fois que j'écoute Blake parler à Alexis au téléphone. Je crois que je suis aussi fier que Logan de ses jumeaux à naître.

Bailey savait qu'il ne mentait pas. Il mettait son cœur à nu pour elle. Il comprenait *vraiment*, elle le sentait.

— Quand nous étions plus jeunes, je n'étais pas assez fort pour les protéger. J'étais le geek bizarre qui essayait de survivre. Eux, ils étaient forts et coriaces, et ils n'avaient peur de rien. J'étais Joel, petite fée. Il était comme moi. Le fait que vous souhaitiez le protéger de Donovan et de n'importe quel mal qui pourrait lui être fait me fait vous apprécier encore plus.

D'autres larmes lui échappèrent, mais elle ne s'écarta pas. Elle était figée dans l'étreinte de Nathan, dont elle absorbait la chaleur, la gentillesse. Elle ne la méritait pas, mais bon sang qu'elle était agréable.

— Je vous l'ai dit au dîner et je vais le répéter. Je me fiche de votre passé, Bailey. Ce qui m'importe, c'est que, le moment venu, vous choisissiez votre famille. Je ne suis pas un homme expérimenté en matière de relation, mais si j'avais le choix parmi toutes les femmes du monde, c'est vous que je choisirais. Je cherche quelqu'un qui se tiendra à mes côtés avec le même acharnement que vous démontrez à protéger votre frère. Je veux que Joel devienne un homme chérissant sa sœur et reconnaissant de tout ce qu'elle a fait pour lui.

Bailey ferma les paupières et prit une grande inspiration par le nez. Elle n'aurait jamais pensé qu'un homme comme Nathan, un homme bon, puisse interpréter tout ce qu'elle avait fait aux côtés de Donovan d'une manière positive. Elle avait envie de le croire. Mais cela lui faisait peur. Il fallait qu'il arrête de parler.

— S'il vous plaît, taisez-vous, le supplia-t-elle.

En réponse, il resserra son bras autour d'elle.

— Je ne sais pas ce qu'il va se passer à l'avenir, sauf que Donovan va partir à votre recherche un jour ou l'autre. Laissez-moi me tenir à vos côtés quand cela arrivera. Laissez Logan et Blake être présents. Alexis et Grace, aussi, et sans doute Felicity, également. Vous n'êtes plus seule, Bailey. Faites-nous une place dans votre univers.

Bailey ne dit pas un mot, empêcha même les larmes de couler. Ils restèrent un long moment côte à côte sur ce banc. L'air de la montagne rafraîchit l'atmosphère, pourtant,

Nathan ne bougea pas. Enfin, lorsque les jambes de Bailey furent presque figées par le froid et qu'elle eut versé toutes les larmes de son corps, elle demanda à Nathan, d'une voix sans timbre, s'il pouvait la ramener chez elle.

Du coin de l'œil, elle le vit acquiescer, puis il se leva. Sans lui poser la question, il lui prit la main et la conduisit jusqu'à sa voiture. Elle portait toujours son blazer. Elle avait fait mine de l'enlever pour le lui rendre, mais il s'était contenté de secouer la tête et de l'aider à enfiler les manches, plutôt que de le garder simplement sur les épaules.

Il referma sa portière et alla s'installer de son côté. Le trajet jusqu'à la maison se fit en silence. Néanmoins, Nathan lui avait pris la main dès l'instant où il était monté en voiture et il ne l'avait pas lâchée.

Arrivée chez elle, Bailey descendit du véhicule sans attendre Nathan. Il était un homme beaucoup trop bien pour la fréquenter. S'il le faisait, elle finirait par le contaminer.

Pas surprise qu'il lui reprenne la main, elle ne sursauta pas quand il s'en empara et la raccompagna jusqu'à la porte.

— Merci pour le dîner, lui dit-elle à voix basse pour que Duke ne puisse pas entendre leur conversation s'il était toujours réveillé.

— Je vous en prie. Puis-je vous appeler demain ?

— J'ai besoin de temps pour réfléchir, Nathan.

— D'accord, mais est-ce que je peux vous contacter demain ?

Bailey soupira, exaspérée.

— Non. J'ai besoin de temps pour réfléchir, répéta-t-elle.

— Et vous l'aurez. Mais j'ai quand même envie de vous parler.

— Mais moi, je ne veux pas discuter avec vous. Pourquoi

refusez-vous de saisir l'allusion ? se plaignit-elle avec irritation.

Elle n'avait qu'un seul désir en cet instant : enfiler un pantalon de jogging, se blottir sous les couvertures et pleurer.

— Je vous appellerai. Vous n'êtes pas obligée de répondre. Et, pour information, mes frères ou moi allons traîner dans le coin. Pour vous protéger et nous assurer que vous allez bien.

— Vous êtes certain que vous ne voulez pas plutôt garder un œil sur la pute de Donovan afin qu'elle ne prenne pas la fuite, ce qui vous empêcherait de vous servir d'elle comme appât ?

Le visage de Nathan revêtit une expression choquée et horrifiée, et il recula d'un pas comme si elle l'avait frappée. Elle se sentit coupable de ses mots durs.

— Nathan, je...

— Nous ne nous servons pas du tout de vous comme appât, répliqua-t-il lentement. Si vous ne vous étiez pas approchée de moi dans ce parking, je serais sans doute toujours en train de vous chercher. Je suis sûr à quatre-vingt-dix-neuf pour cent que Donovan ne sait pas du tout où vous êtes, et clairement ni mes frères ni moi ne le lui dirons.

Il baissa la tête et se passa une main dans les cheveux en faisant un nouveau pas en arrière.

Cela aurait tout aussi bien pu être un kilomètre, vu le fossé qui s'était creusé.

Il leva finalement les yeux vers elle, et, quand il s'exprima, ce fut d'une voix dénuée de la passion et de l'excitation qui avaient été présentes toute la soirée.

— Je vais parler à mes frères.

Il s'était retranché derrière une carapace. Bailey aurait aimé retrouver le geek légèrement nerveux, pas cet étranger.

— Nous veillerons à votre sécurité, et je vais demander à l'installateur de vous contacter pour mettre l'alarme en place.

Il leva la main pour couper court à la protestation qu'elle s'apprêtait à émettre.

— Cela ne vous coûtera rien. Croyez-moi, nous voulons faire tomber Donovan, mais il est hors de question que Joel ou vous soyez blessés dans la manœuvre. Nous pouvons déduire la TVA, de toute façon, ajouta-t-il en haussant les épaules, donc ce n'est pas grand-chose.

Ça, ça fit mal. Bailey essaya à nouveau de parler, sans savoir vraiment quoi dire.

— Je ne...

— Je suis content que vous soyez au courant de tout maintenant. Faites ce qu'il faut pour rester en vie. Je ne peux pas vous empêcher de partir, mais vous êtes bien plus en sécurité ici avec *Ace Securité* protégeant vos arrières que n'importe où ailleurs. Souvenez-vous-en.

Puis, sans lui laisser l'occasion de répondre, il se détourna et retourna à sa voiture. Sans un regard en arrière. Il partit dès qu'il fut installé derrière le volant, et elle resta devant sa porte à frissonner de froid.

Elle baissa la tête, honteuse. Nathan avait été gentil avec elle, plus que n'importe qui d'autre dans sa vie. Il ne l'avait forcée à rien, l'avait traitée comme si elle lui était précieuse. Il n'avait pas exigé de l'embrasser voire plus, il n'avait même pas semblé attendre quelque chose.

Chaque fois que Donovan l'emmenait manger à l'extérieur, même dans un simple *McDonald's*, il lui répétait sans cesse qu'elle lui « appartenait ». Le dédommagement consistait la plupart du temps à prendre sa queue dans sa bouche. Elle ne voulait pas penser à ce qu'il l'avait obligée à faire après avoir « offert » la console à Joel.

Nathan, cependant, n'était pas comme cela. Elle savait sans l'ombre d'un doute qu'il ne la forcerait jamais à faire quoi que ce soit. Il lui avait proposé de discuter avec Joel à sa place. Il lui avait dit ce qu'il ressentait pour ses frères, lui avait parlé de son enfance, de sa mère abusive.

Elle s'était comportée comme une garce, alors qu'il ne le méritait pas.

La porte s'ouvrit derrière elle, et Duke sortit.

— Tu t'es bien amusée ? demanda-t-il tout bas.

Elle hocha la tête, parce que c'était la réponse qu'il attendait.

— Bien.

Elle garda le visage détourné afin qu'il ne voie pas les traces de ses larmes.

— Est-ce que ça s'est bien passé avec Joel ?

— Bien sûr. C'est un chouette gamin. Il m'a botté les fesses à *This Is War* et est allé se coucher vers vingt-deux heures trente.

— Merci de l'avoir gardé, dit-elle d'une voix sans timbre.

— Je t'en prie.

Duke se tut quelques instants avant de reprendre.

— Si tu veux que les gars ou moi on mette une branlée à ce type... nous n'hésiterons pas.

Cela la fit pouffer, et réaliser en même temps que ce n'était pas des paroles en l'air. Duke le pensait sincèrement. Elle qui n'avait pas d'amis se retrouvait à présent avec Clayson et ses collègues mécaniciens, mais également Nathan, Blake et Logan Anderson à ses côtés. Elle en avait la tête qui tournait.

— Merci. Mais ce n'est pas nécessaire.

— D'accord. Tu n'as qu'un mot à dire, insista-t-il avant de changer de sujet. J'y vais. À mardi, Bailey.

— Bonne nuit, Duke.

Elle le regarda partir.

Puis elle se pencha vers le ciel, comme s'il possédait les réponses dont elle avait besoin et prit une grande inspiration. Elle resta de longues secondes dans cette position avant de rentrer chez elle, en fermant soigneusement derrière elle. Une fois sûre que les trois sécurités étaient enclenchées, elle retira ses chaussures et remonta le couloir.

Elle jeta un coup d'œil à Joel, qui dormait profondément et ronflait un peu. Elle alla ensuite enlever le blazer de Nathan, sa robe et ses sous-vêtements, puis enfiler le pantalon de survêtement et le tee-shirt trop grand qu'elle aimait porter pour dormir. À pas de loup, elle se rendit dans la salle de bains pour se laver les dents et le visage.

Puis elle retourna dans sa chambre, et, avant de se mettre au lit, récupéra la veste de Nathan pour la porter à son nez. Elle inspira profondément pour inhaler l'odeur de Nathan. Il y avait une légère fragrance, celle de son après-rasage, de son déodorant ou de son savon, mais rien de trop prononcé. Juste ce qu'il fallait. Elle se doutait qu'il ne serait pas du genre à utiliser de l'eau de Cologne ou un parfum masculin si populaire ces derniers temps. Nathan devait penser que cela ne changerait rien, qu'aucune femme ne serait attirée par lui, peu importe son odeur.

Sans réfléchir, Bailey alla se blottir sous les couvertures avec la veste de Nathan contre elle.

Elle l'avait blessé.

Elle n'en avait pas eu l'intention, mais elle l'avait fait néanmoins.

Cependant, elle avait besoin de temps.

Pour déterminer quoi faire.

Elle devait être certaine que son frère et elle étaient en sécurité, essayer d'expliquer à Joel que l'homme auquel il s'était attaché à Denver était en réalité un voyou et un criminel, et comprendre comment elle pouvait déjà tenir à Nathan qu'elle ne connaissait que depuis deux jours.

Elle s'endormit avec l'odeur de Nathan dans ses poumons, mais sans avoir la moindre idée de ce qu'elle allait faire ensuite.

CHAPITRE 11

Six jours. C'était le temps qui s'était écoulé sans que Nathan entende la voix de Bailey. Il lui avait laissé l'espace qu'elle avait demandé.

Logan avait fait les arrangements avec une entreprise du coin pour qu'elle vienne chez elle installer une alarme basique. Nathan aurait préféré un modèle plus coûteux, qui hurlait dans tous les sens et réveillait le voisinage, mais il ne voulait pas non plus mettre Bailey mal à l'aise. Il se détestait de lui avoir jeté au visage l'excuse de la TVA déductible, car c'était faux, totalement. Il allait régler la facture personnellement. En outre, après une discussion avec l'installateur, ils avaient convenu que l'alarme basique fonctionnerait parfaitement, avec Joel dans la maison.

Nathan avait cependant insisté pour choisir un modèle qui appelait automatiquement la police si l'alarme se déclenchait, afin qu'elle vienne voir ce qu'il se passait. Si Donovan tentait d'enlever Bailey ou Joel, ce serait bien plus difficile à faire avec la police à ses trousses.

Il avait en outre contacté Clayson et lui avait expliqué, avec le moins de détails possible, les soucis de Bailey, afin que ses employés et lui se tiennent sur le qui-vive. Clayson avait promis de garder un œil sur Joel et elle, et de la raccompagner à sa voiture tous les soirs après le travail. Il avait ajouté qu'il essaierait également de la convaincre de ne plus marcher pour se rendre au garage ; ce n'était de toute façon pas prudent.

Nathan détestait le fait de ne pas pouvoir parler avec Bailey, surtout après avoir passé tant de temps à la chercher, mais les accusations de la jeune femme l'avaient transpercé aussi facilement qu'un couteau dans du beurre. Il avait été meurtri par le fait qu'elle puisse penser qu'il envisageait de l'utiliser comme appât. Mais ce qui lui avait fait le plus mal, ce fut de l'imaginer comme la pute de Donovan.

Bailey Hampton n'était la pute de *personne*.

Il n'était pas bête. Il avait conscience du genre de vie qu'elle avait dû mener en fréquentant les Inca Boys. Elle les avait rejoints à l'adolescence, alors elle était restée sept ou huit années à leurs côtés avant de s'enfuir.

Il avait fait un tas de recherches sur les gangs en général et les Inca Boys en particulier. Il savait ce qu'il se passait derrière les portes closes des gangs. Il avait visionné la vidéo enregistrée par Alexis quand elle s'était rendue à l'une de leurs fêtes. On attendait des femmes qu'elles couchent avec tous les hommes qui le demandaient, qu'elles le veuillent ou non. Il détestait l'idée que Bailey ait fait la même chose.

Pas à cause du sexe lui-même, mais parce qu'elle méritait plus que cela. Elle méritait d'être vénérée. Que quelqu'un lui dise chaque jour de sa vie combien elle était belle. Intelligente. Formidable. Il savait cependant sans l'ombre d'un doute que Donovan ne lui avait jamais dit ce genre de choses. Qu'il ne l'avait jamais traitée comme elle le méritait.

Il avait tellement envie de lui donner la vie à laquelle

elle avait droit. Pour cela, il devait faire tout ce qui était en son pouvoir pour s'assurer qu'elle était en sécurité.

Pour veiller à ce qu'elle ait la liberté de choisir avec qui elle souhaitait passer le reste de son existence.

Et pour que Joel ne se retrouve pas embrigadé dans le gang.

Alors, il ne l'avait pas appelée.

Il n'était pas venu la voir au garage ou chez elle.

Et il avait laissé ses frères et Alexis se charger de la surveillance.

Leurs rapports disaient qu'elle devait être un oiseau de nuit se couchant tard, vu l'heure à laquelle elle éteignait ses lumières chaque soir.

Qu'elle ne faisait rien de plus que travailler, récupérer Joel à l'école et rentrer chez elle.

Qu'elle faisait profil bas, qu'elle était intelligente et en sécurité.

Malgré tout cela, Nathan voulait entendre sa voix, s'assurer que, mentalement, elle allait aussi bien que physiquement.

Cependant, il restait à l'écart et se concentrait sur Donovan. Alexis et lui vérifiaient chaque jour les comptes Facebook des Inca Boys. Il n'y avait pas eu le moindre post. Pourtant, plus Alexis en découvrait grâce à ses compétences récemment acquises en piratage, plus Nathan était convaincu que Donovan ne laisserait pas partir Bailey sans se battre.

Le père de Donovan était un alcoolique qui buvait toute la journée à la maison tandis que sa femme travaillait douze heures par jour pour leur permettre de manger, et lui de siroter sa tequila. Nathan aurait pu avoir de la compassion pour l'enfant qu'avait été Donovan, s'il n'avait pas eu des problèmes dès l'âge de dix ans. Il se retrouvait régulièrement dans le bureau du proviseur, au collège puis au début du lycée, et avait été suspendu à plusieurs reprises.

Alexis avait piraté son casier judiciaire de mineur et découvert qu'il avait été mis en garde à vue pour la première fois à quatorze ans, pour avoir braqué une supérette avec deux garçons de dix-sept ans, des voisins. Après cela, il avait fait divers séjours derrière les barreaux pour infractions avec violence, jusqu'à ses dix-huit ans.

Une fois officiellement devenu adulte, il s'était montré plus doué pour cacher ses activités illégales à la police, sans pour autant quitter leur radar. Il n'avait pas exécuté de grande peine de prison avant l'incident avec Grace. Chaque fois qu'il était suspecté, les témoins se rétractaient ou les victimes refusaient de porter plainte. Cependant, la longue liste de ses crimes incluait des relations sexuelles avec mineures, du proxénétisme et des agressions avec une arme.

C'était la déposition d'une prostituée qui avait toutefois confirmé le fait que Donovan viendrait chercher Bailey et Joel. La femme avait été retrouvée dans une ruelle de Denver, inconsciente. Elle avait été emmenée à l'hôpital, et un inspecteur avait noté ses aveux :

« Quand il m'a violée, il n'a pas arrêté de me répéter que c'était mon devoir de prendre ce qu'il voulait me donner, que les femmes ne servaient qu'à une chose. Il disait sans arrêt que le monde serait meilleur si l'on enseignait aux garçons dès le plus jeune âge que les femmes sont sournoises et qu'il fallait faire en sorte qu'elles restent à leur place. J'ai cru qu'il allait me tuer. Il parlait d'une voix froide, sans le moindre remords alors qu'il me faisait du mal. En fait, je crois qu'il prenait son pied. Après avoir fini, il s'est mis à me tabasser et à m'appeler par un autre prénom en me disant que j'étais à lui et que je devais faire ce qu'il voulait. »

. . .

L'inspecteur de police avait demandé à la victime supposée le nom en question.

« Bailey. J'ai essayé de lui dire que ce n'était pas moi, mais il s'en fichait. Il n'arrêtait pas de répéter qu'il allait me donner une bonne leçon pour avoir pris la fuite, et qu'il montrerait à mon frère ce que cela signifiait d'être un vrai homme. »

La femme avait disparu dès sa sortie de prison, si bien que Donovan n'avait jamais été inculpé de son viol et de son agression. Nathan n'avait eu aucune réaction quand Alexis avait déniché ce témoignage, mais il s'était figé. Donovan voulait retrouver Bailey, et il ferait tout ce qui était en son pouvoir pour les récupérer son frère et elle. Nathan savait sans l'ombre d'un doute que si cela se produisait, Bailey n'aurait plus la chance de s'enfuir. Pas vivante, en tout cas.

L'inspecteur Ross Peterson, de la brigade antigang de Denver, les contactait régulièrement ses frères et lui pour les tenir informés de ce qu'il se passait dans le gang maintenant que Donovan était de retour.

En l'occurrence, pas grand-chose, du moins en apparence. Ses frères étant morts, il essayait de reprendre l'ascendant sur ses sbires. Ils se contentaient, semblait-il, de se retrouver et de boire à outrance. Cela ne signifiait pas pour autant qu'ils ne planifiaient pas leur revanche ni que Bailey, Alexis et Grace étaient en sécurité.

Tout ce qui s'était passé au cours des mois précédents devait forcément énerver les Inca Boys. Leur gang était sens dessus dessous à cause de cela. Si Donovan était malin – ce dont Nathan doutait –, il surveillerait les Anderson. De là, l'intérêt de Nathan pour Bailey le conduirait droit à celle-ci.

Raison de plus de ne pas s'approcher d'elle... Cependant, il en était incapable. Bailey avait besoin d'un ami, au moins. Alors, il serait présent pour elle, même si elle ne voulait rien avoir à faire avec elle. Il avait compris qu'il était allé trop loin avec elle. Évidemment qu'elle refuserait toute relation. Il devait d'abord être son ami avant d'espérer être autre chose. Il pouvait le faire. Il avait l'habitude d'être ami avec les femmes. Par le passé, la plupart des femmes qui l'avaient intéressé n'avaient vu en lui qu'un bon pote. Oui, il avait une grande expérience pour cacher ses véritables sentiments et n'être qu'un ami.

Jetant un coup d'œil à sa montre, Nathan se releva de son tabouret, devant le comptoir de sa cuisine. Il était temps d'arrêter de s'apitoyer sur lui-même et de se rendre au parc pour l'anniversaire de Joel. Il avait promis au garçon d'être présent, alors présent il serait.

Grace avait réussi à rassembler du monde. Elle avait parlé avec Felicity, sa meilleure amie, qui était parvenue à faire venir quatre familles de son club de sport. Elle avait même convaincu Cole, le copropriétaire avec elle, de se déplacer.

Alexis et Blake s'occupaient des pizzas et des sodas, Felicity de la décoration, et Nathan avait annoncé qu'il gérerait les cadeaux.

Il ignorait le genre de jeux qui plaisaient aux garçons de dix ans, mais c'était facile de trouver des idées sur Internet, et ajouté à cela son amour pour *Star Wars*... c'était tout vu.

Comme il avait déjà chargé sa voiture la veille, il put partir aussitôt sa tasse de café terminée et posée dans l'évier.

Il arriva au parc peu après neuf heures et constata avec plaisir que Felicity était présente. Il s'empressa de la rejoindre pour l'aider à porter toutes les décorations. Ils transportèrent les dix sacs jusqu'au pavillon que Bailey avait loué.

Cela n'avait pas été difficile de découvrir lequel avait été réservé pour l'anniversaire de Joel. Nathan avait simplement contacté le bureau du parc et posé des questions sur la fête du samedi, auxquelles la secrétaire avait répondu sans sourciller. La facilité avec laquelle elle avait partagé l'information était assez démoralisante, en sachant Donovan en liberté.

— Salut, Nathan. J'ai trouvé tout ce que tu as demandé, lui dit Felicity, la tête plongée dans le sac dans lequel elle fouillait. Il y avait des tonnes de trucs Pokémon, mais je n'ai pas pu.

Elle se tourna vers lui, une main sur la hanche, l'autre bougeant dans tous les sens pour illustrer son propos.

— Certains machins étaient flippants. Gros, trapus, jaunes. Beurk. Alors, j'ai fait facile. Lego et Star Wars, comme tu l'as suggéré.

Elle leva la main comme s'il avait émis une protestation, alors qu'il se contentait de la regarder, amusé.

— Je sais, je sais. Les deux ne vont pas vraiment ensemble, mais quand je me baladais dans les rayons de Lego, j'en ai vu un tas à l'effigie de *Star Wars*. Une femme était là avec son fils qui avait l'air d'avoir dix ans, donc je lui ai posé la question. Elle m'a dit que son fils était obsédé par les deux. Je me suis dit que si *toi* tu aimais toujours *Star Wars* à ton âge, alors, je ne pouvais pas me tromper en combinant les deux. Et voilà.

— C'est génial, Felicity. Merci. Je suis sûr qu'il va adorer.

Felicity, qui avait recommencé à fouiller dans les sacs, se retourna pour l'épingler du regard. Les yeux plissés, elle pencha la tête.

— Tu te donnes beaucoup de mal pour une femme que tu connais depuis moins d'une semaine.

Grace lui avait parlé, évidemment.

Il entreprit de poser les cadeaux sur l'une des tables du pavillon.

— Joel est un bon gamin. Je l'aime bien.

Il savait pertinemment que cela ne répondait pas à la question.

— Et ?

Il soupira et regarda Felicity. Elle portait un débardeur blanc qui faisait ressortir encore plus ses manches de tatouage. Cela lui rappela Bailey. Elles se ressemblaient beaucoup, entre leurs peaux encrées et leur taille, mais c'était là que les similitudes s'arrêtaient.

Nathan ne connaissait pas l'histoire de Felicity, qui n'avait pas grandi dans le coin. Elle avait à peu près son âge. Si Bailey avait toujours une part d'innocence en elle malgré le temps passé avec les Inca Boys, Felicity avait perdu la sienne longtemps auparavant. Elle ne parvenait pas à masquer la profonde douleur qui apparaissait parfois dans son regard. Elle ne se liait pas facilement d'amitié – à l'exception de Grace et de Cole, son partenaire en affaire. Elle travaillait dur et passait sa vie à la salle de sport.

Il la dévisagea un long moment. Il avait le sentiment étrange que Bailey et elle s'entendraient très bien, et pas seulement à cause des tatouages. Quelque chose, chez Felicity, lui donnait l'envie de la prendre dans ses bras pour lui promettre que tout irait bien. Elle ne le laisserait jamais faire, cependant, c'était le même sentiment qu'il éprouvait en présence de Bailey. Il était un excellent juge des caractères, et la douleur qu'il apercevait parfois dans le regard de Felicity ressemblait à celle de Bailey. Oui, elles avaient sans doute bien plus en commun que tous le croyaient.

Soupirant, il décida de répondre à sa question précédente.

— Je les aime bien tous les deux, d'accord ? avoua-t-il à voix basse. Mais elle ne veut rien avoir à faire avec moi ou n'importe quel homme. Je ne peux pas lui en vouloir. Alors, je l'aide en tant qu'ami.

Felicity soutint son regard un long moment, avant de hocher la tête et de changer de sujet.

— Crois-tu que Grace va les avoir un jour, ces bébés ?

Nathan sourit en pensant à ses neveux têtus.

— J'espère qu'elle va tenir une semaine de plus. J'ai parié sur le week-end prochain.

Felicity éclata de rire.

— Moi, je me fiche de la date à laquelle elle va accoucher. Il me tarde de les prendre dans mes bras et de serrer leurs petites joues. Je suis prête pour mon rôle de marraine.

Tout en se chargeant des décorations, Nathan repensa à la joie de Felicity quand Grace lui avait demandé d'être la marraine de ses enfants. À ce moment-là, elle ignorait ce que cela signifiait réellement, mais elle avait été aux anges d'avoir été choisie. Pour elle, cela voulait dire qu'elle avait le droit de les gâter.

Ils continuèrent à accrocher des guirlandes, mettre des nappes *Star Wars* et des décorations de table sur chacune d'elles. Felicity avait pris des cadeaux pour les invités, tels que de faux sabres laser et de petites boîtes de Lego qu'ils pourraient rapporter chez eux à la fin de la journée.

Nathan avait commandé des cupcakes plutôt qu'un gros gâteau, se disant que ce serait plus facile à manger pour les enfants. La boulangerie devait les lui livrer d'ici une demi-heure.

— La vache, Nathan. Tu as acheté tout le magasin ou

quoi ? s'exclama Felicity quand elle avisa la table des cadeaux.

Il la regarda à son tour.

— Hum, marmonna-t-il. C'est trop ?

— Trop ? Nathan, il y a au moins vingt cadeaux, là !

— Mais c'est trop ?

Elle le dévisagea un long moment.

— Pas si tu veux impressionner Bailey.

Il leva vivement les yeux vers les siens.

— Je ne cherche pas à l'impressionner.

— Hum hum. Tu auras beau le nier, c'est évident que tu l'apprécies.

Le voyant se raidir, elle ajouta rapidement :

— C'est une bonne chose.

— C'est trop, rétorqua-t-il simplement en empilant trois boîtes de jeux dans ses bras. Je vais aller les remettre dans la voiture. Je dois pouvoir les rapporter au magasin.

Felicity posa une main sur son bras pour l'interrompre.

— Nathan, tout va bien. Repose-le. Les apprécier Joel et elle n'est pas une mauvaise chose, ajouta-t-elle d'une voix plus douce après qu'il se fut exécuté. À l'âge de Bailey, j'aurais tout donné pour rencontrer un homme comme toi.

Il la fixa dans les yeux. Cette douleur qu'elle cachait en temps normal était présente. Il pouvait également voir combien elle était sincère.

— Que t'est-il arrivé ? souffla-t-il, désireux de l'aider.

Il détestait que quelqu'un soit blessé, surtout une femme dont il était proche, ainsi que toute sa famille.

Sa question la sortit du souvenir dans lequel elle s'était plongée, et elle cligna des yeux. On ne pouvait plus y lire qu'un intérêt poli.

Merde. Il avait failli y parvenir.

— Je vais bien. Bref, c'est génial, ce que tu as fait. Joel va être aux anges.

Elle se détourna et tripota un centre de table.

— Salut, les gars ! lança une voix féminine.

Se tournant, Nathan vit Alexis arriver du parking. Elle portait trois bouteilles de deux litres de Coca.

— Il doit y en avoir vingt de plus dans le coffre, si jamais vous voulez nous aider.

Felicity sauta sur l'occasion d'échapper au regard perçant de Nathan. Elle salua bruyamment Alexis et s'empressa d'aller chercher les boissons dans la voiture.

Quarante minutes plus tard, Nathan jeta un coup d'œil à sa montre, nerveux. Il était dix heures, et toujours aucune nouvelle de Bailey et Joel. Les cupcakes avaient été livrés, appétissants à souhait. Ils lui rappelaient bizarrement Bailey : une œuvre d'art à l'extérieur, et doux et moelleux à l'intérieur. C'était nunuche, mais vrai.

Logan et Grace étaient venus aussi. Grace s'était installée sur une chaise de camping apportée par son mari. Il l'avait aidée à s'y asseoir puis lui avait dit d'un ton menaçant de ne pas bouger d'un pouce. Elle n'avait pas l'air de se sentir bien. Nathan préférerait finalement perdre son pari et qu'elle accouche au plus vite. Elle semblait sur le point d'exploser. Espérons qu'elle attende la fin de la fête pour cela.

Trois familles sur les quatre invitées étaient arrivées ; six enfants couraient désormais dans tous les sens en agitant leur sabre laser. Tout autour d'eux se trouvaient divers vélos et skateboards, et l'une des familles avait même apporté un cornhole[1].

Il ne manquait plus que le héros de la fête.

Nathan se dirigea vers le parking, sortit son portable et composa le numéro de Bailey.

Elle décrocha après deux sonneries.

— Allô ?

— Bonjour, c'est Nathan. Tout va bien ?

— Euh... Bonjour, Nathan.

Elle fit une pause.

— Pourquoi m'appelez-vous ?

— On est samedi. Je suis au parc pour l'anniversaire de Joel.

— Oh, c'est vrai. Nous avons annulé. Il ne veut pas de fête.

— Est-ce que je peux lui parler ?

— Je ne crois pas que ce soit une bonne idée. Il est de mauvaise humeur.

— Bailey. Je suis au parc avec mes frères, leurs femmes et une dizaine de personnes à peu près. Nous aimerions souhaiter un joyeux anniversaire à Joel.

— Oh mon Dieu, souffla-t-elle. Je suis vraiment désolée. J'aurais dû vous appeler.

— Pas la peine de vous excuser, la rassura-t-il gentiment. Laissez-moi parler à Joel.

— D'accord. Mais vous êtes prévenu.

Elle marcha puis tapa à une porte.

— Joel ? Chéri ? J'ai Nathan au téléphone, et il aimerait te parler.

La réponse du garçonnet fut étouffée, mais il entendit la porte s'ouvrir et les gonds grincer.

— Il a dit qu'il n'en avait pas pour longtemps, indiqua Bailey à son frère, avant de lui tendre manifestement le portable. Tiens.

— Salope, je t'ai dit de ne pas me déranger.

Nathan inspira vivement à cause de ces paroles offensantes et irrespectueuses. Il serra les dents et attendit de voir si le garçon allait accepter l'appel.

Finalement, après ce qui avait dû être une bataille de

volonté, avec Bailey tendant fermement le combiné, Joel souffla « Très bien » et prit l'appareil.

— Quoi ? aboya-t-il.

— Salut, Joel. Joyeux anniversaire, lui dit Nathan d'un ton calme.

— Super, marmonna-t-il.

— Alors... tu as décidé que tu ne voulais pas de fête ?

— Elles sont stupides. Et pour les bébés. Personne ne va venir de toute façon.

Nathan put entendre la douleur dans sa voix.

— Ah bon ? Hum, c'est bizarre, parce que je suis au parc et qu'il y a une tonne de personnes devant moi. Il y a aussi une table, qui penche à cause du nombre de cadeaux dessus, des enfants qui courent dans tous les sens et assez de sodas pour vous envoyer sur la Lune. Oh, et des sabres laser pour tout le monde.

Joel se tut quelques secondes. Nathan l'imagina assis sur son lit, bouche bée.

— C'est vrai ? demanda-t-il enfin.

— C'est vrai. Nous sommes impatients de te voir, mes frères et moi. Mais si tu ne veux pas venir...

Il laissa sa phrase en suspens, sans se sentir coupable de manipuler le garçon.

— Vos frères sont là aussi ?

— Oui. Je t'avais dit qu'ils viendraient, et ils l'ont fait. Je tiens mes promesses.

Nathan entendit Joel marcher à toute vitesse, puis dire à sa sœur :

— J'ai changé d'avis. Je veux y aller. On peut partir tout de suite ?

— Est-ce que Nathan est toujours au bout du fil ? demanda-t-elle.

— Oh, oui. Tiens, parle-lui, je dois trouver mes chaussures !

Il y eut un bruit sourd, puis des sons étouffés avant que Bailey ne reprenne la communication.

— Désolée, j'ai fait tomber le téléphone. J'imagine que vous avez entendu qu'il avait changé d'avis.

— Oui.

— Que lui avez-vous dit ?

— Simplement que je l'attendais.

— Merci, Nathan, dit Bailey d'une voix plus douce. Sincèrement. Je pense qu'il a découvert cette semaine qu'aucun de ses camarades ne venait, alors, ça l'a déprimé. Je le comprends. Je n'aurais pas voulu me rendre à une fête sans invités, moi non plus.

— Allez, dépêchez-vous de venir, Bailey, répondit-il gentiment. Je suis là, nous pourrions jouer au football.

Il ne mentionna volontairement pas la petite armée qui les attendait.

— D'accord. Nous serons bientôt là. Je l'entends mettre le désordre dans sa chambre.

— À tout à l'heure, petite fée.

— Hum. Oui. À tout de suite.

Il raccrocha son portable et le fixa quelques instants. Il ignorait pourquoi il continuait à l'appeler « petite fée ». Si ce n'est que le surnom lui allait bien. La première chose qu'il avait remarquée chez elle, c'était sa taille. Elle semblait petite et délicate, à côté de lui. Alors, « petite fée » lui convenait bien. En outre, elle ne s'était jamais plainte de ce surnom. Cela signifiait sans doute qu'il ne la dérangeait pas.

Vingt minutes plus tard, il était toujours sur le parking lorsqu'il vit la Chevelle de collection arriver. Il lui fit signe de se garer sur la place qu'il lui avait gardée. Joel et Bailey écarquillèrent les yeux quand ils virent le nombre de personnes présentes et le pavillon décoré. Des serpentins noir et bleu voletaient dans le vent, et la bannière qui disait « Que la Force soit avec toi : Joyeux Anniversaire » claquait, comme pour les saluer.

Une fois qu'elle eut coupé le moteur, Bailey et son frère descendirent de voiture. Joel courut jusqu'à Nathan et passa ses bras autour de sa taille. Nathan, surpris par le geste, fit un pas en arrière, mais ensuite, il s'immobilisa et posa un bras sur les épaules de Joel avec hésitation.

— Salut, mon pote.

— C'est pour moi, tout ça ?

— Bien sûr. Tu vois un autre garçon qui fête ses dix ans aujourd'hui ?

— Non ! s'écria Joel en reculant la tête pour regarder Nathan. C'est qui tous ces gens ?

— Viens, je vais te présenter à tout le monde, et tu pourras démarrer la fête.

— D'accord !

Joyeux, Joel lâcha Nathan et se tourna vers sa sœur.

— Bail, regarde !

— Je vois, chéri.

Quand elle croisa le regard de Nathan, il vit ses yeux noyés de larmes. Elle le salua d'un simple « Bonjour » sans rien dire.

— Salut, répliqua-t-il.

Il aurait aimé la prendre dans ses bras, mais il fourra à la place ses mains dans ses poches. Il se souvint qu'elle ne voulait pas le fréquenter. Qu'elle n'était venue que pour le bonheur de son frère.

Elle était mignonne, avec son jean moulant et ses baskets. Elle portait un tee-shirt turquoise et un cardigan à manches longues par-dessus, pour masquer ses tatouages. Elle s'était aussi enlacée d'un bras, comme pour se donner du courage. Cela déplut à Nathan ; il voulait être celui qui la réconfortait. Mieux encore, il désirait être à ses côtés pour la soutenir afin qu'elle n'ait pas *besoin* d'être réconfortée.

— Venez, tous les deux. Je vais vous présenter. Et, Bailey, vous pourrez vous détendre pendant que votre frère s'amusera.

Il tendit le bras pour leur faire signe de passer devant. Joel courut sur le trottoir, suivi par sa sœur à une allure plus mesurée.

— Vous n'étiez pas obligé de vous donner tout ce mal, déclara-t-elle, une fois son frère hors de portée de voix.

— Ça m'a fait plaisir, surtout, petite fée. C'était amusant.

Elle lui jeta un regard en coin.

— J'en doute.

— C'est vous qui avez fait le plus dur en réservant le pavillon. Tout ce que j'ai fait, c'est ajouter quelques décorations et commander de la nourriture, répliqua-t-il, en arrangeant juste un peu la vérité.

— Bail ! Regarde ces cadeaux ! cria Joel depuis le bout du chemin.

Sans s'arrêter de marcher, Bailey se tourna vers lui.

— Des cadeaux ? C'est trop, Nathan.

— Non. Maintenant, taisez-vous et profitez, la sermonna-t-il gentiment.

Arrivé au pavillon, il présenta Joel et Bailey à toutes les personnes présentes. Il remarqua la réticence de la jeune femme face à Grace et Alexis, mais pas avec Felicity, avec laquelle elle sembla s'entendre immédiatement, comme il l'avait prédit.

Les tatouages de Felicity leur permirent de briser la glace ; elles s'installèrent très vite à une table pour discuter.

Nathan et Logan regardaient Joel saluer les enfants

présents et se mettre à jouer avec eux comme s'il les avait toujours connus.

— Ça a l'air d'être un bon gamin, constata son frère.

— Oui, confirma Nathan.

— La vie aux côtés des Inca Boys n'a pas laissé de séquelles ?

— Je ne dirais pas ça.

Logan le dévisagea un long moment, puis jeta un coup d'œil à sa femme pour voir comment elle se portait, avant de se concentrer à nouveau sur Joel.

— Tu l'aideras à surmonter ça.

Nathan lança un regard sceptique à son frère.

— Si, si, tu vas y arriver, insista Logan. Tu es le plus patient de nous tous, le moins susceptible de péter un câble s'il répond à Bailey avec insolence. Tu es le seul capable de rester calme au milieu de la tempête. C'est ce que j'admire chez toi.

Nathan avala la boule qu'il avait soudain dans la gorge. Quand il était petit, il avait le sentiment d'être le frère dont il fallait prendre soin. Il détestait ce sentiment, donc il avait fait son possible pour s'occuper des autres, surtout des femmes et des enfants qui se faisaient embêter ou harceler. Il avait tout fait pour ne pas être un poids pour ses frères depuis qu'ils avaient démarré *Ace Sécurité*. Il n'était certainement pas aussi fort qu'eux, mais il avait connu quelques bagarres. Alors, entendre Logan lui avouer sans hésiter qu'il croyait en lui et l'admirait lui fit très plaisir. Il ne doutait pas de l'amour de Logan et Blake pour lui, mais entendre son frère affirmer « Tu vas y arriver » comptait à ses yeux.

— Merci.

— Je t'en prie. Des nouvelles de Donovan ou des Inca ?

Nathan secoua la tête en essayant de reprendre ses esprits.

— Non, mais je pense que ce n'est qu'une question de temps. Si nous multiplions les événements de ce genre, dit-il en indiquant d'un signe du menton la fête qui battait son plein, ils ne mettront pas longtemps à trouver Bailey et à agir. Elle m'a accusé de me servir d'elle comme appât. C'est bien la dernière chose que je veux.

— Qu'est-ce que tu aimerais faire, alors ? Battre en retraite ? La laisser tranquille ?

— Franchement ? Non. Mais c'est ce que je devrais.

— Rien à foutre de ce qu'il faudrait faire. Regarde-la. Regarde Joel. Sans toi, ils n'auraient pas eu tout ça. Tu veux le leur refuser ? Le *lui* refuser ?

Nathan jeta un coup d'œil du côté de Bailey, et la vit rire à gorge déployée à quelque chose que lui avait dit Felicity. Elle semblait si insouciante que son cœur se serra douloureusement, car il savait qu'elle n'avait pas dû l'être depuis longtemps. Puis il regarda Joel. Il courait après une petite fille, en veillant à ne pas trop s'approcher ni aller trop vite pour ne pas lui faire de mal. Il reporta alors son attention sur Logan.

— Je ne suis pas comme Blake et toi. Je ne sais pas du tout comment les protéger. J'ai peur qu'elle se retrouve blessée à cause de moi. Je peux battre Donovan, mais je ne peux pas tenir dans un combat trop long.

— Tu sais exactement quoi faire pour les protéger. Tu te sous-estimes. Je t'ai vu maîtriser des suspects plus grands et plus forts que toi. Tu utilises ton cerveau, tu trouves leur faiblesse, et tu arrives même à te servir de leur force contre eux. Fais pareil avec Donovan. Tu es le plus qualifié pour ce travail parmi nous tous. Tu as toujours été le plus intelligent de nous. Te souviens-tu du jour où nous avons voulu aller à la fête des anciens élèves, au lycée, mais que maman refusait de nous y autoriser ?

Nathan hocha la tête.

— Blake et moi étions en colère, mais pas toi. Tu lui as apporté une bière dès qu'elle est rentrée à la maison le vendredi soir, et tu l'as servie sans arrêt. Alors même que tu savais que chaque bière supplémentaire la rendrait encore plus méchante et qu'elle te frapperait, tu as continué. Elle a sombré à la... dix-huitième, je crois ?

— Un truc comme ça, oui, murmura Nathan, qui se souvenait de l'incident comme si c'était hier.

— Papa nous a dit de bien nous amuser et qu'il laisserait la porte arrière ouverte. Nous sommes allés à cette fête, nulle à chier, mais bon sang, nous y sommes allés. Tu avais un œil au beurre noir, moi, un bleu au poignet, car j'avais bloqué un de ses coups de batte, mais nous étions présents tout de même. Nous n'aurions pas pu l'être sans toi. C'était sournois, mais très malin.

— Vous preniez toujours tous les coups à ma place. Je me disais que ça ne vaudrait pas la peine d'y aller si nous étions recouverts de bleus.

— C'est vrai, confirma son frère.

Puis il lui donna une claque dans le dos et alla voir comment se portait Grace.

Nathan médita les paroles de son frère un long moment. Logan avait raison. Il avait étudié le judo et appris qu'en veillant à rester simple et à se fier à des forces telles que l'équilibre, la puissance et le mouvement, même un homme pesant cinquante kilos de moins que son adversaire pouvait gagner dans un face-à-face. Il avait cependant l'impression que Donovan ne se battrait pas loyalement. Il était le genre d'homme à apporter un pistolet ou un couteau dans une bagarre juste pour pouvoir prendre le dessus. Alors, malgré la confiance de son frère en sa capacité à soumettre Donovan physiquement, Nathan avait le sentiment qu'il vaudrait mieux qu'il se montre plus rusé que lui dès le départ. S'il jouait bien ses cartes, Donovan serait mis au tapis avant de se rendre compte qu'il avait été dépassé par plus malin que lui. L'esprit de Nathan fourmillait de scénarios et de possibilités.

Jusqu'à ce jour, il envisageait de rester en retrait, de laisser Bailey et Joel tranquilles, de les regarder de loin. Mais maintenant qu'il avait vu comme il était facile de rendre les deux Hampton heureux ? Il avait réalisé qu'il n'abandonnerait pas sans se battre. Ce ne serait pas évident, et cela nécessiterait beaucoup de travail de sa part, néanmoins, il était prêt à le faire.

Bailey en valait la peine.

Joel en valait la peine.

À partir d'aujourd'hui, l'opération « Courtiser Bailey » était lancée.

CHAPITRE 12

Nathan était assis à côté de Joel, sur une colline surplombant le pavillon du parc. Ils observaient Felicity et Bailey nettoyer à la hâte le bazar que la fête avait occasionné.

— Tu as passé une bonne journée ? demanda Nathan.

— Grave, répondit Joel en souriant.

— Bien. As-tu remercié tout le monde d'être venu ?

— Je crois.

— Ah bon ? répliqua-t-il en haussant les sourcils.

Joel pouffa.

— Tout le monde sauf toi. Merci, Nathan. J'aime tous mes cadeaux.

— Ils sont de la part de nous tous.

Joel secoua la tête.

— Non, ce n'est pas vrai. J'ai entendu Blake dire à Alexis que tu avais tout acheté toi-même et que tu avais refusé qu'ils te remboursent. Ils étaient assez vénères.

— Ils *étaient* assez vénères, rectifia-t-il.

Puis il haussa les épaules, un peu intimidé. Il ne savait pas quoi dire.

— Tu sais qu'il te suffit de demander à ma sœur pour

148

qu'elle couche avec toi, commenta Joel nonchalamment. Elle couche avec tout le monde. Pas la peine de lui cirer les pompes en me faisant des cadeaux.

Il le dit sur la même intonation que s'il lui racontait ce qu'il avait pris pour le déjeuner. Nathan inspira vivement, comme s'il avait reçu un coup. C'était une déclaration à la fois offensante et irrespectueuse.

Sur le ton de la réprimande, Nathan répliqua d'une voix basse et dure.

— C'était très blessant, non seulement pour ta sœur, qui n'est pas là pour se défendre elle-même, mais aussi pour moi. Excuse-toi.

Joel le regarda, surpris.

— Je suis désolé, répondit-il immédiatement, avant d'ajouter, plus bas. Je ne le disais pas pour être méchant.

Nathan était perplexe. Comment était-ce possible de ne pas dire cela méchamment ?

— Explique-toi, ordonna-t-il.

Joel remonta ses genoux et les serra entre ses bras, les yeux rivés sur le pavillon plus bas.

— Donovan répète tout le temps que les femmes ne sont douées que pour baiser. Que si on a une femme et qu'on la dresse bien, en la cognant et lui criant dessus, elle fera tout ce que tu voudras dans la chambre et en dehors. Je l'ai vu faire, et il avait raison. Les femmes faisaient ce qu'il voulait dès qu'il les avait frappées. Et chaque fois qu'il me donnait quelque chose, il regardait juste Bailey, et elle allait s'enfermer dans la chambre avec lui. Toutes les filles le faisaient. Donovan disait que plus une fille se tape de mecs, plus elle vaut la peine.

Nathan crut qu'il allait vomir. Il savait que Donovan était un connard, mais apprendre qu'il avait raconté cela à un gamin de neuf ans à l'époque, et a fortiori à propos de sa propre sœur, c'était un crime.

— Tu as rencontré Grace et Alexis, aujourd'hui, n'est-ce pas ?

Joel acquiesça.

— D'après toi, est-ce qu'elles vont dans une chambre avec n'importe quel homme ? Penses-tu que mes frères accepteraient que quelqu'un d'autre les touche ?

Le petit garçon confus tourna la tête vers lui et la secoua.

— Crois-tu qu'ils les frappent ?

De nouveau, Joel nia.

— Exactement. Ils les chérissent. Ils ne toucheraient jamais à un seul de leurs cheveux et ni eux ni moi ne resterions sans rien faire si quelqu'un frappait une femme, n'importe laquelle, d'ailleurs. Joel, la valeur d'une femme ne se mesure pas au nombre de personnes qu'elle fréquente dans une chambre à coucher. Tout dépend de ce qu'elle a dans le cœur et de sa façon de traiter les autres. C'est dans sa manière de te regarder comme si tu étais le seul être qui compte dans sa vie. C'est dans sa façon de se comporter envers sa *famille*, insista-t-il en faisant un signe de tête vers l'endroit où Grace était restée assise toute la matinée. Grace va accoucher des enfants de Logan. Il l'aime tellement qu'il tuerait quiconque essaierait de lui faire du mal ou à ses fils. La vraie valeur d'un homme se mesure à la manière dont il traite les gens qu'il aime. Que ce soit sa femme, son frère, sa sœur ou ses amis. J'hésite un peu à te dire ceci, car je sais que tu as passé beaucoup de temps avec Donovan et ses amis, mais ce ne sont pas des hommes bien, et tu ne devrais pas prendre au mot tout ce qu'ils t'ont dit.

Nathan transperça Joel du regard.

— Tu as dix ans, maintenant. Tu n'es plus un enfant. Tu

dois avoir conscience, au fond de ton cœur, que ce que Donovan a dit ou fait n'était pas bien.

Joel baissa la tête et arracha l'herbe avec ses doigts.

— Juste avant notre déménagement, on a regardé des films ensemble.

— Qui ça, mon grand ?

— Donovan et moi. Il m'a dit qu'il voulait m'apprendre comment traiter les femmes.

Le ventre de Nathan se souleva.

— Quels films ?

Joel haussa les épaules, mais ne releva pas la tête.

— Je ne crois pas qu'ils avaient des titres. Ils étaient très courts. Et mal joués. Tout le monde était nu, et ils se faisaient des trucs dégoûtants les uns aux autres.

— Du porno ? s'écria Nathan, en espérant vraiment se tromper, mais en ayant le sentiment que non.

— C'est comme ça que Donovan les a appelés. J'ai pas aimé, avoua Joel d'une toute petite voix. Ils étaient dégueu, et toutes les femmes pleuraient quand les hommes les baisaient.

Nathan n'était pas sûr que Joel comprenne le véritable sens du mot « baiser ». Son esprit tournait à plein régime. Il cherchait ce qu'il fallait dire. Il ne faisait que tâter le terrain, pour l'instant, néanmoins, il était ravi que le petit garçon lui parle de tout cela.

— As-tu dit à Donovan que ça ne te plaisait pas de visionner ça ?

Joel secoua la tête.

— Non, parce que je savais qu'il s'énerverait. Il m'a aussi fait fumer une drôle de cigarette. Ça m'a fait tourner la tête.

— Regarde-moi, mon grand, ordonna Nathan.

Le garçon mit quelques secondes à s'exécuter, mais il finit par le faire.

— Donovan n'est *pas* un homme bien, et il a tort. Ta sœur, comme toutes les femmes, devrait être traitée avec amour et respect. Ce que tu as vu, ce n'est *pas* normal. Quand deux personnes font l'amour, les deux doivent être consentantes, c'est-à-dire le vouloir. Si un homme oblige une femme à faire des choses, ce n'est pas un homme bien. Le fait que Donovan t'ait forcé à regarder ces films et à fumer cette drôle de cigarette, alors que tu n'étais même pas en âge de faire l'un comme l'autre, prouve que ce n'est pas un homme bien.

Malgré la lèvre de Joel qui se mit à trembler, Nathan poursuivit.

— Ta sœur t'aime plus que tout. Elle a peur de Donovan... Tu le savais ? Elle faisait ce qu'il voulait parce qu'elle avait peur de ce qu'il pourrait lui faire si elle refusait. Comme toi, qui craignais de lui dire que tu n'aimais pas les films. Elle ressentait la même chose. Maintenant, elle a peur que Donovan puisse la trouver, la brutaliser et lui faire faire ce dont elle n'a pas envie. Mais plus que tout, elle a peur qu'il te trouve. Sais-tu pourquoi vous avez déménagé de Denver ?

Joel secoua la tête. Il avait les yeux écarquillés alors qu'il absorbait toutes les paroles de Nathan.

— Pour te protéger de Donovan.

Il prit gentiment le menton du garçon dans sa main.

— Les hommes qui font du mal aux femmes devraient être en prison, mon grand. Enfermés. Donovan y était à cause de ce qu'il a fait à Grace, la magnifique et adorable Grace. Et les amis de Donovan ont fait du mal à Alexis. Tu viens tout juste de les rencontrer, mais ce sont toutes les deux les femmes les plus merveilleuses que je connaisse. Si tu dois retenir une seule chose dans tout ce que je t'ai dit, c'est celle-ci.

Il marqua une pause et se pencha vers lui.

— Tu m'écoutes ?

Joel acquiesça très vite.

— Un vrai homme ne dénigre pas les femmes. Ni sa sœur, ni sa copine, ni sa femme. S'il est en colère, il lui parle calmement et de manière rationnelle. Il ne la traite pas de « salope », comme tu l'as fait avec ta sœur tout à l'heure, alors que Bailey essayait juste de te donner le téléphone pour discuter avec moi. Il ne lui crie pas dessus et jamais, *jamais*, il ne la frappe. Je me doute que tu es perdu à cause de ce que Donovan t'a dit et ce que tu as vu. Mais tu devrais plutôt remercier ta sœur tous les soirs de t'avoir fait quitter Denver et de t'avoir éloigné de ce fumier de Donovan et de ses amis.

— Je ne comprends pas. Donovan était gentil avec moi, murmura Joel, le front plissé sous l'effet de la confusion.

— Ah bon ? rétorqua Nathan en lui lâchant le menton. Repense à aujourd'hui. Comme tu t'es amusé. À ce moment où Blake t'a appris à faire du skateboard. À Logan qui s'est levé pour aller te chercher un autre cupcake parce que tu avais fait tomber le tien. Et maintenant, songe au temps que tu as passé avec Donovan, et réponds-moi sincèrement. Aurait-il fait pour toi une seule de ces choses ? T'aurait-il laissé courir partout avec ton sabre laser ? Aurait-il fait en sorte que tu reçoives des cadeaux et que tu aies des enfants avec lesquels jouer ?

Il vit Joel réfléchir. Enfin, il se lécha les lèvres et prit la parole d'une toute petite voix.

— Non. Il m'a dit un jour qu'il voulait m'apprendre à tirer. Mais les flingues me font peur et je n'ai pas envie de me servir d'une arme. Il m'a frappé quand je le lui ai dit et m'a traité de femmelette. Il m'a dit que si je voulais faire partie des Inca Boys, je devais m'endurcir. Il m'a aussi dit que les femmes étaient faibles, que si je voulais être membre de son gang plus tard, je devrais faire en sorte que ma sœur sache que je suis meilleur qu'elle.

— Sais-tu changer un pneu ? rétorqua Nathan sans laisser à Joel la chance de répondre. Sais-tu faire une vidange ? Conduire une voiture ? Gagnes-tu de l'argent pour faire les courses ou pour louer l'appartement ? Serais-tu capable de quitter tout ce que tu connais, tes amis, si c'était pour la sécurité de ta sœur ? Sauterais-tu devant une voiture en marche pour ta sœur ? Joel, tu n'es pas meilleur que ta sœur. Je ne suis pas meilleur qu'elle, et elle n'est pas meilleure que Grace ou Alexis. En règle générale, personne n'est « meilleur » que les autres. Que ce soit à cause de l'âge, de la couleur de la peau ou de la personne que l'on aime. Ça ne marche pas comme ça.

» Malgré tout, je sais sans l'ombre d'un doute que Bailey est meilleure que Donovan et ses amis. Elle ne ferait jamais de mal aux gens comme lui a pu le faire. À mes yeux, c'est ce qui rend une personne meilleure qu'une autre. Chaque fois que tu lui dis quelque chose de méchant, tu la rends triste. C'est ce qui me fait dire que, à l'heure actuelle, et tant que tu n'auras pas vu la valeur de ta sœur, elle restera meilleure que toi. Elle ferait tout pour toi. *Tout.* Tu ne comprends pas ? Tu ne comprends pas que Donovan lui a fait du mal ? Et qu'elle l'a laissé faire afin qu'il *te* laisse tranquille ? Tout ce qu'elle a fait ces dernières années, c'était pour toi. Et tu la traites comme une moins que rien. Tu lui cries dessus. Tu la fais souffrir. Et pourtant, elle continue, non ? De t'acheter de la nourriture, des jeux vidéo, des vêtements. Et toi, tu continues à te montrer irrespectueux envers elle. Tu veux être fort ? Être un homme et plus un petit garçon ? Alors, ouvre les yeux et vois l'amour que Bailey ressent pour toi. Et prends conscience que Donovan n'est qu'un tyran.

Les larmes débordèrent des yeux de Joel et coulèrent sur ses joues.

— Je...

Nathan ne le laissa pas poursuivre. Il continua, d'une voix bien plus douce qu'auparavant.

— Si ta sœur me regardait avec ne serait-ce que la moitié de l'amour qu'elle a dans les yeux chaque fois qu'elle te voit, je la chérirais. Je lui dirais chaque jour combien je suis fier d'elle et combien je l'admire. Les femmes ne sont pas faibles, Joel. Elles sont plus fortes que les hommes, rien que pour devoir gérer tout ce qu'elles endurent chaque jour à cause d'hommes qui pensent à tort, comme Donovan, qu'ils sont « meilleurs » qu'elles, pour le simple fait qu'ils sont des hommes. Si Bailey était avec moi, je remuerais ciel et terre pour qu'elle ne souffre plus jamais. En fait, même si elle n'est pas avec moi, c'est exactement ce que je vais faire.

— Je suis désolé, Nathan, dit Joel en reniflant. Je répétais juste ce que Donovan disait toujours.

— Je sais. Et je suis désolé, moi aussi.

— Pourquoi ?

— Parce que j'ai été plutôt dur avec toi. Je n'aurais pas dû être aussi cash.

— Ça veut dire quoi « cash » ?

— Aussi direct. J'aurais dû t'expliquer tout ça plus gentiment.

— Est-ce que Donovan a vraiment fait du mal à Bail ?

— Oui, mon grand. Il lui en a fait.

— Elle ne voulait pas cou... euh... aller dans la chambre avec lui ?

— Non.

— Et les autres filles ?

— Comment ça, les autres filles ?

— Est-ce qu'elles voulaient aller dans la chambre avec

Donovan ?

Contrarié par le fait que Donovan ait ouvertement trompé Bailey, sans être surpris pour autant, Nathan répondit :

— Je ne sais pas. Peut-être que certaines, oui, mais les autres non.

— Je suis désolé, répéta Joel, sur un ton clairement plein de remords.

Il était sincère.

— J'aime Bailey. C'est juste que je suis tellement énervé, parfois. Mes amis et mon ancienne école me manquent. Je n'aime pas être le nouveau.

— Ne t'excuse pas pour une chose que tu n'as pas faite. C'est la faute de Donovan. Le mieux que tu puisses faire maintenant, c'est avancer. Sois amical avec les enfants de ta classe. Ils ne te connaissent pas, c'est tout. Si tu te comportes avec eux comme avec les gamins que tu as rencontrés aujourd'hui, je suis sûr qu'ils voudront tous être amis avec toi. À partir de maintenant, réfléchis bien avant d'agir. Prends la responsabilité de tout ce que tu fais. Ça craint, je sais. Tu devrais avoir le droit d'être un enfant. Mais tu dois aussi aider Bailey à prendre soin d'elle, plutôt que de la laisser tout faire seule. Est-ce que tu participes aux tâches de la maison ?

Joel secoua la tête.

— Donovan disait que c'était le boulot des femmes.

Nathan se contenta de hausser un sourcil.

— Mais Donovan était méchant, alors il avait sans doute tort, admit Joel à voix basse.

— Je vis seul. D'après toi, qui fait à manger, le ménage, la lessive, les courses, sort les poubelles, fait la poussière et nettoie les toilettes ?

— Toi, répondit Joel sans hésiter.

— Exactement. Veux-tu vivre avec Bailey jusqu'à la fin de ta vie ?

Joel secoua la tête.

— Alors, il est temps que tu apprennes à faire certaines choses toi-même, non ?

— Si.

— Ah, une dernière chose. Enfin, deux, ajouta Nathan gentiment.

Joel le regarda. Ses larmes s'étaient désormais taries.

— Si jamais tu vois Donovan en ville, tu dois immédiatement le dire à Bailey, moi ou mes frères.

— Pourquoi est-ce qu'il viendrait ici ?

— Pas pour de bonnes raisons. Il est en colère parce que Bailey l'a quitté. Il croit qu'elle lui appartient, qu'elle devrait faire tout ce qu'il lui ordonne. Il n'est pas ravi qu'elle soit partie.

Il vit Joel méditer ses paroles.

— Les gens ne peuvent pas posséder d'autres personnes. J'ai appris ça à l'école. L'esclavage, c'est mal. Mais, Nathan, même si Bailey ne veut pas... Donovan, lui, il veut la ramener chez lui et lui faire... les choses que j'ai vues dans les films... C'est ça ?

— Oui. En effet. Il va lui faire du mal, mon grand. Mais ce n'est pas tout. Il souhaite également que *tu* reviennes.

— Il m'aime tant que ça ?

Nathan posa la main sur l'épaule du petit garçon.

— Il veut te rendre aussi mauvais que lui.

Joel inspira vivement. Nathan poursuivit.

— Il veut que tu haïsses ta sœur. Que tu te retournes contre elle. Puis il le lui balancera à la figure pour bien la faire souffrir.

— Je ne pourrais jamais détester Bailey, protesta Joel.

— Tu lui as dit un tas de choses méchantes, aujourd'hui,

répliqua Nathan. Je t'ai entendu la traiter de « salope » au téléphone alors que j'avais demandé à te parler. Tu oses me dire que tu n'étais pas en colère contre elle ? Que tu ne voulais pas la faire souffrir autant qu'elle t'a fait souffrir ?

Joel ne répondit pas.

— Je t'aime beaucoup, mon pote. Tu es un enfant formidable. Je sais que tout ceci est perturbant, alors, voilà ma deuxième requête. Si tu as des questions, tu peux me les poser. Tu peux *tout* me dire. Je suis certain que tu peux aussi discuter avec ta sœur, mais parfois, c'est plus facile de demander certaines choses à un autre homme. Tu peux m'interroger sur ces films que tu as regardés, me parler de tes sentiments, de tes devoirs de maths, si tu es triste, si Donovan te manque... de n'importe quoi. Je ne m'énerverai jamais. Je ne crierai jamais. Tout ce que je te demande, c'est de traiter ta sœur avec respect.

— Je t'aime beaucoup, moi aussi. Et merci... J'aimerais bien te parler de certains trucs. C'est pas que j'aime pas Bailey, mais c'est moins gênant d'en parler à un homme, comme tu l'as dit.

— Bien. Nous sommes amis. Nous venons d'avoir une conversation d'homme à homme. Ce n'était pas facile, pour toi comme pour moi. Nous n'avons pas crié. Et nous nous apprécions toujours, n'est-ce pas ?

— Oui.

Joel lui fit un sourire hésitant.

Nathan attrapa un portable jetable, qu'il avait calé dans la poche arrière de son jean. Il le tendit au garçon.

— Dernier cadeau.

— Un téléphone ? Pour moi ? souffla Joel, émerveillé, en caressant l'appareil.

— Oui. J'y ai déjà programmé mon numéro. Ainsi que ceux de mes frères, de Grace, d'Alexis et même de Felicitiy.

Et de tous les collègues de ta mère chez Clayson. Je te préviens, ce n'est pas un téléphone sophistiqué. Tu ne peux pas envoyer de mail ou jouer à des jeux vidéo. C'est seulement en cas d'urgence ou si tu as besoin de me parler.

— Je peux le dire à Bailey ?

Nathan hésita. Il ignorait comment elle réagirait au fait qu'il ait donné un portable à son frère, mais il ne voulait pas non plus le lui cacher.

— Je m'en charge. Comme ça, tu n'auras pas d'ennuis.

— Cool. C'était le meilleur anniversaire de ma vie, conclut le garçon avec un immense sourire aux lèvres.

Nathan ne savait pas du tout s'il s'en était bien sorti dans cette conversation. Il avait sans doute été trop dur avec Joel, mais il était temps de lui dire que Donovan n'était pas un homme bien. La confusion du garçonnet était évidente. Donovan lui avait dit un tas de choses pour lui retourner le cerveau, et l'avait même autorisé à regarder du porno et fumer de l'herbe. Et cela ne lui avait jamais posé problème de montrer à Joel qu'il frappait les femmes ou les emmenait dans la chambre pour coucher avec elles. C'était complètement tordu, et Nathan était énervé.

Il espérait qu'il s'en était bien sorti, au moins un peu. Son besoin de protéger Bailey, même simplement des paroles blessantes de son frère, le rongeait.

— Et si tu allais aider Felicity à finir de ranger ? dit Nathan à Joel en voyant Bailey monter la colline vers eux.

Le petit garçon sauta sur ses pieds et lui fit un signe de la main avant de trottiner vers le pavillon. Il ne s'arrêta qu'un instant pour faire un câlin à sa sœur, puis il repartit en courant.

Stupéfaite, Bailey leva les yeux vers Nathan.

Première conversation difficile terminée. C'est parti pour la deuxième.

CHAPITRE 13

— Est-ce que je peux m'asseoir ? demanda Bailey, mal à l'aise.

Elle avait vu Nathan parler avec Joel et n'avait pas apprécié l'air bouleversé de son frère. Felicity lui avait dit de leur laisser un peu de temps, mais elle n'avait finalement pas réussi à attendre plus longtemps.

Alors qu'elle gravissait la colline, elle avait vu Joel sourire, glisser quelque chose dans sa poche puis de partir en courant. Elle avait été prise par surprise par son étreinte et le fait qu'il la remercie pour la fête, avant de filer à toute allure.

Elle avait le sentiment d'avoir passé les dernières heures dans un état de stupéfaction totale. Quand Joel et elle étaient arrivés, elle avait cru dans un premier temps s'être trompée d'endroit, mais ensuite, elle avait vu Nathan qui les attendait.

Elle avait été stupéfaite par le nombre de personnes présentes.

Elle avait été stupéfaite par les décorations.

Elle avait été stupéfaite par les vingt pizzas qui avaient été livrées à l'heure du déjeuner.

Elle avait été stupéfaite par le nombre de cadeaux pour Joel.

Elle avait été stupéfaite par le fait que Nathan et ses frères soient amis avec une femme comme Felicity. Les tatouages de manche ne semblaient pas être leurs trucs, pourtant, elle avait très vite découvert que les frères Anderson étaient les hommes les plus gentils et tolérants qu'elle ait rencontrés. Elle s'était même sentie assez à l'aise pour retirer son pull quand il s'était mis à faire plus chaud. Personne ne lui avait jeté de regard étrange ou mauvais en voyant ses tatouages.

Dans l'ensemble, la journée avait été géniale, et elle savait qu'elle le devait à Nathan. Elle avait passé la semaine à regretter d'avoir renoncé à tous les hommes, tout en étant persuadée que c'était la bonne chose à faire. Néanmoins, elle avait espéré sans cesse que Nathan l'appelle.

Elle n'aurait pas dû l'accuser de vouloir se servir d'elle comme appât. Maintenant qu'elle avait aussi rencontré Logan et Blake, elle savait sans l'ombre d'un doute qu'aucun d'eux n'envisagerait un jour cette solution. Leur métier consistait à protéger les gens, pas à les mettre en danger.

— Bien sûr que oui, asseyez-vous, je vous en prie, confirma Nathan en tapotant l'herbe à côté de lui, là où Joel avait été installé peu avant.

Elle s'assit, les jambes tendues, et s'appuya sur ses mains pour lever le visage vers le ciel. Une légère brise soufflait, divinement agréable sur sa peau échauffée. Elle s'était fait une queue de cheval à la va-vite, qui lui permettait de savourer l'air sur son cou.

— Vous n'auriez pas dû vous donner tout ce mal, dit-elle à Nathan sans le regarder.

— Et pourquoi pas ?

Cela attira son attention et la poussa à se tourner vers lui.

— Pourquoi pas ? Eh bien, parce que. Vous venez de nous rencontrer.

— Et donc ?

Elle le fixa. Il avait l'air sincèrement perplexe. Il ne voyait honnêtement rien de mal à dépenser des centaines de dollars en cadeaux et nourriture pour un enfant qu'il connaissait à peine.

— Nathan, ça ne se fait pas, c'est tout.

— Je sais où vous avez grandi et qui étaient vos amis. Pardon de le dire, mais c'étaient des bons à rien. Nous ne nous sommes peut-être rencontrés que la semaine dernière, mais vous occupez mes pensées depuis des mois. Et la réalité dépasse nettement mon imagination. Vous vous débrouillez seule depuis très longtemps, j'ai saisi. Mais vous n'êtes plus seule, désormais. Je vous apprécie. J'apprécie Joel. C'était amusant d'acheter des Legos, des petites voitures, des trucs *Star Wars* et des pistolets NERF. De jouer au football avec lui et de voir ses yeux s'illuminer chaque fois qu'il ouvrait un cadeau, c'était un plaisir pour moi.

— Merci.

— Je vous en prie. Et je suis désolé de ne pas vous avoir contactée cette semaine.

Elle fut surprise par le changement de sujet, mais elle balaya son excuse d'un haussement d'épaules.

— Pas grave.

— Si. Je vous avais dit que j'appellerais, et je ne l'ai pas fait. J'étais contrarié à cause de ce dont vous m'avez accusé, et je me suis comporté comme un enfant. Cela ne se reproduira plus.

Incrédule, elle observa Nathan.

— Quoi ? Pourquoi me regardez-vous comme ça ?

— Je... vous...

Elle ne savait pas franchement quoi dire.

— Vous êtes surprise que je m'excuse et dise que j'ai eu tort, commenta-t-il.

Il avait raison. Il lui fit un grand sourire.

— J'imagine que vous n'avez pas l'habitude des hommes qui admettent leurs erreurs. Laissez-moi deviner. Chaque fois que Donovan ou un autre en faisait une, c'était vous qu'ils accusaient.

Comment pouvait-il savoir précisément ce qu'elle avait à l'esprit et ce qu'elle traversait ? Elle l'ignorait. Et pourtant, il en était toujours conscient. Elle appréciait qu'il ait admis ses torts. Elle était contrariée de l'avoir énervé, mais, au moment où elle l'avait fait, cela avait été son but. Le fait qu'elle y soit parvenue et qu'il l'ait avoué la mettait mal à l'aise.

— Oui. Désolée de vous avoir accusé de me vouloir comme appât. C'était déplacé.

— En fait, non. Vous ne me connaissez pas, et je venais de vous dire un tas de choses désagréables. Vous avez eu peur.

— Malgré tout, insista Bailey, je suis désolée.

— Excuses acceptées, répliqua-t-il immédiatement.

— Cela dit, tout ceci, ajouta-t-elle en indiquant le pavillon et ce qu'il restait de la fête, ne signifie pas que j'ai envie de sortir avec vous.

Elle avait le sentiment que ce devait être dit.

Elle vit Nathan grimacer, mais son ton ne trahit pas son agacement. En fait, il fut même compréhensif et compatissant.

— Bailey, quand je fais quelque chose pour Joel ou vous, je le fais parce que je le veux. Pas parce que j'ai envie de quelque chose de vous en retour. Ce n'est pas comme ça que je fonctionne. Si je désire un truc, je viendrai vous poser la question directement. Je ne vous mettrai jamais dans une situation où vous auriez à me devoir une faveur en échange d'une chose que j'aurais faite. J'ai compris, vraiment, et je respecte votre souhait. Vous n'êtes pas prête à sortir avec quelqu'un. Vous avez besoin de savoir que vous êtes capable de vous en sortir seule, besoin de reprendre confiance en vous. Mais j'espère que vous m'accepterez comme ami. Et comme celui de Joel.

— Vous voulez continuer à nous surveiller ?

Elle n'avait pas eu l'intention d'être aussi désobligeante, mais Nathan ne parut pas perturbé le moins du monde.

— Oui. Ce n'est pas parce que vous ne souhaitez pas d'une relation romantique tout de suite que mes sentiments ont disparu.

— Je viens de dire...

Il leva la main pour l'interrompre.

— Je sais. Et je le respecte.

— Je ne veux pas vous faire souffrir, Nathan.

— Avec tout le respect que je vous dois, ce n'est pas votre problème. C'est le mien.

— Vous méritez mieux. Ne tombez pas amoureux de moi.

— Trop tard, souffla-t-il, avant de reprendre d'une voix plus haute. Mais c'est moi que ça regarde. Je peux être votre ami, Bailey. Je vous le jure. J'ai l'habitude. Je sais me retenir, et tout ira bien pour moi. Je veux seulement faire partie de votre vie et de celle de Joel, de quelque façon que ce soit.

Bailey regarda son frère, en bas de la colline. Il riait avec Felicity et, pour la première fois de sa vie, il ramassait les déchets. Elle avait l'intuition que c'était grâce à Nathan qu'il se montrait serviable.

— Qu'avez-vous dit à Joel pour lui donner envie d'aider ?

Nathan sembla tout à coup décontenancé. Il se passa la main dans les cheveux et regarda au loin.

— Il est... Donovan lui a dit beaucoup de choses terribles, qu'on ne devrait jamais dire à un enfant de neuf ans. Joel est perdu. Nous en avons discuté un moment, puis je lui ai dit que, quoi que Donovan lui ait affirmé ou quoiqu'il ait pu voir, un vrai homme ne parle pas mal à une femme.

Les mains de Bailey se mirent à trembler. Elle se doutait que l'attitude de Joel était due à Donovan, mais elle n'avait pas su quoi faire. Chaque fois qu'elle avait tenté de lui parler, il s'était refermé et enfermé dans sa chambre. Il avait sans doute besoin de consulter un psychologue, cependant, elle ne voulait pas prendre le risque qu'il dise quoi que ce soit qui finisse par impliquer la police. C'était égoïste, mais elle s'inquiétait sans cesse que l'État lui retire la garde de Joel s'il savait à quelle vie elle l'avait exposé.

Nathan posa une main sur la sienne et la serra.

— Il s'est montré dédaigneux face à toutes ces tâches « réservées aux femmes », comme il les a appelées. Je lui ai rappelé que je vivais seul et que je les effectuais moi-même.

Il haussa les épaules.

— J'imagine qu'il a compris.

— On dirait, confirma-t-elle.

Elle se mordit la lèvre et le regarda.

— Vous êtes bon avec lui et pour lui. J'aimerais beaucoup être votre amie, ne serait-ce que parce que Joel a besoin de vous. Mais ce n'est pas uniquement pour ça. J'apprécie votre compagnie, Nathan. J'aime l'opinion que vous me donnez de moi, le fait que vous ne me considériez pas seulement comme un rebut des Inca Boys. J'aimerais être assez forte pour vous affirmer que Joel et moi pourrions nous en sortir seuls, mais je ne crois pas que ce soit vrai. Je suis trop égoïste. Je sais que je vais vous faire souffrir, à la fin, et ça me tue, mais je ne peux pas refuser votre amitié.

Elle tourna la main pour serrer celle de Nathan dans la sienne.

Il recouvrit leurs deux mains jointes de sa deuxième.

— Vous n'êtes pas égoïste, Bailey, vous êtes prudente. C'est totalement différent. Ne vous inquiétez pas, je n'insisterai jamais pour que vous me donniez plus que ce que vous voudriez me donner. Si je ne peux avoir que votre amitié, manger avec vous, regarder des films en votre compagnie, aider Joel à faire ses devoirs de maths et vous soutenir quand votre passé se rappelle à vous, ça me va. Sans réserve.

— Merci, murmura-t-elle.

Quand Nathan se pencha vers elle, elle retint son souffle. Elle craignait qu'il n'essaie de l'embrasser, après avoir affirmé que son amitié lui suffirait, mais elle aurait dû savoir qu'il ne ferait jamais rien pour la mettre mal à l'aise.

Il déposa un baiser léger comme un plume sur son front avant de reculer.

— Au fait, je n'aime pas les textos. C'est trop long à écrire. Je préfère appeler, si j'ai envie de te parler.

— D'accord.

— Oh, une dernière chose. J'ai offert un téléphone portable à Joel.

Bailey fronça les sourcils.

— Il n'a que dix ans, Nathan.

— Je sais. C'est pour ça que c'est un simple prépayé bon marché, et non un smartphone. Il peut seulement passer des appels. Il n'y a pas Internet. J'ai déjà entré ton numéro, celui du garage et de tous tes collègues, celui d'*Ace Sécurité*, de *Rock Hard Gym*, ceux de Logan, Grace, Blake et Alexis. Et le mien. Je voulais qu'il puisse contacter quelqu'un s'il se produisait quoi que ce soit.

C'était malin, bon sang. Elle aurait dû y songer.

— J'aurais dû le faire.

Nathan balaya sa protestation d'un mouvement d'épaule.

— Tu y aurais pensé un jour ou l'autre. Allez, allons voir s'ils ont encore besoin d'aide, conclut-il sur un ton nonchalant en se levant.

Comme il tenait toujours sa main, elle fut contrainte de l'imiter. Ils descendirent main dans la main, mais Alexis les intercepta. Elle resta un instant silencieuse, comme si elle ignorait quoi dire, avant de balbutier :

— Je suis tellement contente que Nathan t'ait trouvée... ou, enfin, que tu aies trouvé Nathan. Nous n'avons pas arrêté de te chercher. Nous étions vraiment inquiets pour toi. Je ne sais pas comment tu as fait pour tenir aussi longtemps auprès de ces connards !

Bailey ne sut pas quoi dire. Un après-midi en compagnie de Logan, Blake et Nathan lui avait cependant permis de réaliser que Donovan et les Inca Boys étaient loin de leur arriver à la cheville.

— Euh...

— Et Kelly ! Argh ! Je sais que vous étiez amies autrefois, quelle garce. Franchement ! Je suis vraiment, vraiment désolée si tu la croyais ton amie, mais elle voulait carrément Donovan et était vénère qu'il soit avec toi.

— Nous n'étions pas amies, rectifia rapidement Bailey. Je savais qu'elle ne m'aimait pas.

— Ma fille, elle te détestait grave !

Bailey ne put s'empêcher de sourire à Alexis. Cette

dernière semblait tellement jeune et naïve, pourtant, elle se surprit à l'apprécier.

— Alexis, essaies-tu d'effrayer l'amie de Nathan ? intervint Blake en s'approchant pour enlacer sa copine par-derrière.

La jeune femme posa immédiatement les mains sur ses avant-bras et leva la tête vers lui.

— Bien sûr que non. Je voulais juste qu'elle sache que je suis contente qu'elle soit ici avec nous et pas là-bas à Denver avec ces enfoirés.

Blake tourna son regard amusé vers Bailey.

— Ce qu'elle essaie de te dire, c'est qu'elle est ravie de te rencontrer et de te savoir en sécurité.

— Blake, riposta-t-elle en plissant les yeux, c'est ce que j'ai dit !

Tout le monde rit. Bailey s'était sentie mal à l'aise avant de faire connaissance avec Alexis, qui avait failli mourir des mains du gang. Mais l'autre femme l'avait tout de suite mise à l'aise et ne semblait pas éprouver le moindre ressentiment, à son grand soulagement.

— Merci de vous être inquiétés pour moi, dit-elle au couple qui lui faisait face.

— Après avoir passé du temps avec eux, je peux te dire que je me suis inquiétée pour toutes les femmes ou les gamines de leur entourage. J'espère que ces filles, qui traî-naient à la seule fête à laquelle j'ai assisté, sont passées à autre chose.

Bailey n'en était pas certaine. Elle ignorait de qui parlait Alexis précisément, cependant, maintenant que Donovan était de retour, les filles allaient sans doute rester le plus possible avec les derniers membres afin de se rapprocher du leader. Tout comme elle l'avait fait, à l'époque où elle était au lycée. Elle frémit de dégoût. Elle aurait aimé pouvoir remonter le temps, écouter son père quand il lui avait dit que Donovan n'était pas un homme fréquentable.

Comme s'il avait lu dans ses pensées, Nathan lâcha sa main pour l'enlacer aux épaules.

— Bailey doit y aller, dit-il fermement. La journée a été longue et elle a encore des choses à faire.

— Tu as raison. Il me faut absolument ton numéro, ajouta Alexis, tout à fait sincère, en se tournant vers Bailey. Je dois pouvoir te contacter quand Grace commencera le travail, histoire que tu viennes à l'hôpital avec nous.

Elle fut sidérée par cette déclaration. Elle avait passé un peu de temps avec Grace à s'excuser du rôle joué par Donovan dans ce qui lui était arrivé. Elle savait qu'elle n'était pas responsable elle-même, mais puisqu'elle sortait avec Donovan à cette époque-là, elle se disait qu'elle aurait dû réussir à le convaincre de ne pas agir ainsi. Grace avait refusé ses excuses et affirmé que Bailey n'avait rien à voir avec cela. Puis elle avait changé de sujet et s'était plainte que les bébés n'arrivaient pas assez vite. Bailey n'aurait jamais cru être considérée comme membre du cercle intime au point d'être conviée à venir à l'hôpital pour l'accouchement.

— D'accord, balbutia-t-elle en dictant son numéro à Alexis, qui l'entra immédiatement dans son portable.

— Je t'envoie un texto, pour que tu aies le mien aussi. Nathan t'a dit qu'il était allergique aux SMS ?

Bailey regarda l'intéressé à temps pour le voir lever les yeux au ciel.

— Oui, confirma-t-elle.

— C'est ridicule. C'est tellement plus facile d'envoyer un message que d'appeler, mais il refuse.

— C'est parce que j'aime entendre ta voix, répliqua Nathan avec un sourire narquois.

Ce fut au tour d'Alexis de lever les yeux au ciel.

— C'est ça. N'importe quoi. Tu aimes juste m'emmerder. Tu es prêt à partir, Blake ?

— Oui. Tu as dit au revoir à Joel ?

— Ouaip. Il admirait sa nouvelle version de *This Is War* que Nathan lui a offerte. Je te préviens, Bailey, il compte y jouer toute la soirée.

— Compris. Il s'est bien comporté, aujourd'hui. Il a bien mérité du temps de jeu, répliqua-t-elle honnêtement.

Blake adressa un signe du menton à son frère.

— On se voit demain ?

— Oui. Dix heures ?

— Comme prévu, confirma Blake.

Puis il fit pivoter Alexis jusqu'à pouvoir poser son bras sur ses épaules, un peu comme Nathan avec Bailey, et ils se dirigèrent vers le parking.

Elle vit Alexis passer un bras autour de la taille de Blake par-derrière, l'autre autour de son ventre, et l'enlacer tandis qu'ils avançaient. C'était mignon et dénotait une femme très câline ; Bailey aurait juré qu'un homme avec l'apparence de Blake ne tolérerait jamais ce genre de comportement. Encore que ses propres expériences en matière de relations étaient biaisées. Si elle avait tenté de montrer la moindre affection à Donovan en public, ne serait-ce qu'en lui tenant la main, il l'aurait frappée en affirmant qu'elle gâcherait sa réputation dans la rue. Elle ignorait ce qu'il entendait vraiment par là.

Elle y songea tandis que Nathan la guidait jusqu'au pavillon, son bras toujours autour de ses épaules, sans se soucier de qui pouvait les voir et de ce qu'il pouvait en penser.

— Bail ! s'écria Joel quand il la vit. Ce jeu est trop *cool* ! Il a un mode en ligne, qui permet de jouer avec cinq autres personnes, ce qui fait que tu deviens une équipe de Delta

Force qui va en Irak et sauve un otage, un autre Delta Force blessé. Son bras lui a été arraché, alors tu dois trouver comment l'empêcher de saigner à mort et le sauver sans te faire tirer dessus tout en essayant de sortir du pays en même temps. J'ai trop envie d'y jouer !

— Tu vas devoir au moins attendre de rentrer à la maison, répliqua Bailey en riant. Tu crois que tu pourras patienter aussi longtemps ?

— J'imagine que oui, répondit-il en boudant.

— Peux-tu m'aider à porter un carton dans la voiture ?

Joel s'apprêtait à répliquer quand Nathan le prit de vitesse.

— Tu devrais t'asseoir, Bailey, pendant que nous, les hommes, nous occupons des choses lourdes, suggéra-t-il en l'entraînant vers une table de pique-nique.

— Oh, mais je...

— Assieds-toi, Bailey, insista-t-il en la coupant. Nous nous en chargeons. N'est-ce pas, Joel ?

Le jeune garçon hésita un instant, déchiré entre son envie de regarder ses autres cadeaux et la nécessité de faire du travail manuel. Cependant, sa volonté d'impressionner Nathan fut la plus forte. Il hocha la tête.

— Oui, on s'en occupe. Tu as travaillé dur aujourd'hui, Bailey. Merci.

Stupéfaite, Bailey dévisagea son frère. Il l'avait déjà remerciée, mais « en passant ». Cette fois-ci, il semblait vraiment sincère.

— Je t'en prie. Mais c'est Nathan que tu dois remercier. C'est lui qui a pratiquement fait tout le travail.

L'homme en question balaya sa remarque d'un geste de la main.

— N'importe quoi. Tu t'es assurée que tout le monde était satisfait, tu as distribué les serviettes, les cupcakes.

C'est toi qui as loué le pavillon, toi qui as joué Dark Vador attaqué par tous ces sabres laser... tu as fait le plus dur, répliqua-t-il en souriant.

Alors, Bailey s'assit. Et elle regarda son petit frère qui ne s'était jamais porté volontaire pour quoique se soit, qui ne faisait rien sans qu'elle lui demande quinze fois et finisse par le menacer, faire des corvées. Sans se plaindre, contrairement à d'habitude.

Ce jour-là fut différent, en effet. Nathan et lui mirent quatre cartons à l'arrière de la Chevelle, puis trois sacs-poubelle jusqu'à celle de Nathan. Ils firent même le tour du pavillon pour s'assurer qu'aucun déchet ne traînait par terre. Elle entendit Nathan lui dire que pour être polis et corrects, ils devaient faire en sorte de laisser la zone en meilleur état qu'à leur arrivée.

Enfin, quand le pavillon fut impeccable, il fut l'heure de partir.

Ils se dirigèrent ensemble vers le parking, où Nathan posa la main sur l'épaule de Joel et s'agenouilla devant lui.

— J'ai parlé du téléphone à ta sœur, donc tu n'as pas besoin de le lui cacher.

Joel leva les yeux vers elle.

— Tu es fâchée ?

— Non, pas du tout. Tu es assez grand pour en être responsable, et c'est une bonne idée.

— Au cas où Donovan nous trouverait.

Ce n'était pas une question.

Bailey inspira vivement. Nathan lui avait dit qu'ils avaient parlé de Donovan, mais elle ne s'attendait pas à cela.

— Oui, confirma-t-elle, la voix nouée.

— Tu n'es plus avec lui, si ? insista Joel.

— Non, Joel, je ne suis plus avec lui et je ne veux plus

jamais le revoir. Il n'est pas content que je l'aie quitté et j'ai peur qu'il vienne me récupérer. Et toi.

— Pour te faire aller dans sa chambre avec lui, commenta-t-il d'un air solennel en hochant la tête. S'il se pointe, j'appellerai Nathan ou quelqu'un d'autre.

— Joyeux Anniversaire, bonhomme, intervint l'intéressé en lui serrant l'épaule. Vas-y, monte en voiture pendant que je dis au revoir à ta sœur.

— D'accord, dit Joel, qui n'avait pas conscience de la bombe qu'il venait de lâcher.

Dès qu'il fut installé et la portière refermée derrière lui, Nathan l'attrapa par la main et la guida jusqu'à l'arrière de la Chevelle, dos à l'habitacle.

— Respire, Bailey, ordonna-t-il.

— A-t-il vraiment dit ce que je pense ? demanda-t-elle d'une voix étranglée.

— Oui. Effectivement, mais il t'aime, Bailey, affirma Nathan en la prenant par les épaules et en se penchant pour être à son niveau, et il est content que tu ne sois plus obligée de faire ce que tu ne veux pas.

Elle ferma les paupières.

— Bon sang, je l'ai très mal élevé.

— Oh, que non, rétorqua fermement Nathan. Regarde-moi.

Elle s'exécuta et croisa ses intenses yeux noirs.

— Tu en es sortie. Tu l'en as fait sortir. Tu dois aller de l'avant. Tu ne peux pas retourner en arrière. Vis dans le présent et le futur, pas dans le passé, d'accord ?

C'était sensé. Quelle que soit son envie de remonter le temps, c'était impossible. Cela ne lui plaisait pas que Joel soit conscient, en quelque sorte, de ce qui s'était passé derrière la porte close de Donovan, mais il était en sécurité à présent, loin de Donovan, et elle ferait tout pour qu'il en reste ainsi.

— Tu as raison. Merci de lui avoir parlé et donné le téléphone. Ça me rassure.

— Je t'en prie. Je t'appellerai demain.

— Pourquoi ? demanda-t-elle sans réfléchir, sur un ton plus impoli qu'elle ne l'aurait voulu.

— Parce que nous sommes amis. Et que les amis s'appellent pour papoter.

Bailey pouffa.

— Allons-nous aussi nous faire faire les ongles ensemble ? plaisanta-t-elle.

Quand Nathan lui décocha un sourire, Bailey remarqua pour la première fois combien ce dernier illuminait son visage. Des papillons voletèrent dans son estomac, mais elle dut se souvenir qu'elle ne voulait que de l'amitié de cet homme fascinant. Juste son amitié.

— Non, mais je peux t'y emmener, si tu veux. Allez, rentre chez toi. Appelle-moi si tu as peur ou une impression étrange. Je ne serai jamais loin.

Bizarrement, cela la fit se sentir plus en sécurité. C'était idiot, puisqu'elle vivait à l'écart de Castle Rock et donc certainement loin de l'endroit où résidait Nathan, mais le fait qu'il lui assure qu'elle pouvait le contacter n'importe quand lui donnait le sentiment de ne plus être seule.

— D'accord. Merci.

— De rien. Merci d'avoir fêté l'anniversaire de Joel avec ma famille et moi.

Elle secoua la tête. Elle comptait lui dire une fois de plus que c'était *elle* qui devrait le remercier *lui*, quand elle vit combien il était sérieux. Ce n'était pas des paroles en l'air. Il appréciait honnêtement d'avoir pu passer du temps avec Joel et elle.

— Ça nous a fait plaisir, dit-elle.

Puis elle se mit sur la pointe des pieds pour l'embrasser sur la joue. Ses lèvres la picotèrent à l'endroit où elles avaient touché sa peau légèrement râpeuse. Sans un mot, elle recula, lui fit un petit signe de la main et monta en voiture.

CHAPITRE 14

Lorsque le portable de Bailey sonna le lendemain matin, elle gémit et se tourna vers le réveil pour voir l'heure. Joel et elle étaient restés éveillés tard à regarder chacun de ses cadeaux. De toute façon, Joel avait été bien trop excité et chargé de soda et de sucre pour aller dormir.

Grâce à Nathan et ses frères, elle se sentait toutefois plus en sécurité dans sa petite maison. La présence de l'alarme évitait qu'elle ait à fouiller chaque pièce avant de laisser son frère y entrer. Quand elle était à l'intérieur et que le système était enclenché, elle pouvait faire comme si tout était normal, qu'elle n'attendait pas que son ex vienne la trouver, sans doute la tuer, et lui enlever Joel pour toujours, afin de le transformer en violeur, en tueur et en voyou.

Elle plissa les yeux et vit qu'il était 5 h 41 sur le réveil. Plus alerte tout à coup – aucun appel à cette heure-là ne pouvait être pour une bonne nouvelle –, elle prit son portable et décrocha.

— Allô ?

Sa voix rauque et râpeuse ne laissait aucun doute à la personne à l'autre bout du fil : elle dormait avant l'appel.

Elle ne comprenait jamais pourquoi les gens essayaient toujours de prétendre qu'ils étaient parfaitement réveillés quand ils décrochaient. C'était la personne qui les contactait trop tôt, qui était impolie, alors pourquoi serait-ce à elle de faire comme si elle était bien en forme afin que l'autre ne se sente pas mal ?

— Bailey ! C'est Alexis ! Grace a commencé le travail ! Tu dois venir à l'hôpital.

— Maintenant ? s'écria-t-elle, incrédule.

— Oui ! Maintenant ! insista Alexis, qui semblait à la fois excitée et paniquée.

— Mais les bébés mettent en général du temps à naître.

— Je sais, mais apparemment, Grace a commencé à avoir des contractions cet après-midi, pendant la fête. Sauf qu'elle ne l'a pas dit à Logan. Ensuite, il a été contacté pour un boulot en urgence, et quand il est revenu vers vingt-deux heures, il l'a trouvée courbée en deux tellement elle avait mal.

— Pourquoi ne t'a-t-elle pas appelé ? Ou Blake ? Ou Nathan ?

Bailey était maintenant debout et cherchait son jean.

— Elle a dit qu'elle ne voulait pas nous déranger et qu'elle pensait que Logan serait rentré plus tôt. Enfin bref, elle a passé la nuit à l'hôpital et Logan vient de nous informer. Le médecin a dit que ce n'était plus qu'une question de minutes. Alors, ramène tes fesses à l'hôpital ! conclut Alexis, criant presque.

Ayant saisi l'urgence, même si elle ne connaissait pas vraiment Grace ou Alexis, Bailey enfila son jean et dit à cette dernière :

— D'accord, d'accord. Je réveille Joel et j'arrive au plus vite.

— Je suis si excitée ! Il me tarde tellement ! Dépêche-toi. À tout à l'heure !

Elle raccrocha, et Bailey resta dans le noir à fixer son portable. Elle fut à moitié tentée de retourner au lit, mais elle savait aussi que si elle se recouchait, Alexis continuerait à l'appeler. En outre... elle avait vraiment envie de voir les bébés. Grace et Alexis ne nourrissaient visiblement aucune rancœur à son égard à cause de son lien avec les Inca Boys et Donovan. Alors, si elles ne tenaient pas compte de son passé, Bailey essaierait de faire de même.

Avoir des amies lui manquait, et les deux autres jeunes femmes semblaient être le genre dont elle aimerait faire la connaissance... sans oublier Felicity. Elle avait été surprise par le nombre de tatouages que possédait cette dernière. Cependant, plus elle avait discuté avec elle, plus elle avait compris, à son regard, que Felicity cachait une histoire horrible. Bailey voyait le même quand elle s'observait dans le miroir. Pourtant, Felicity souriait et profitait de sa vie le mieux possible. Bailey aimerait apprendre à la connaître davantage, ainsi que Grace et Alexis.

Alors, elle retira le tee-shirt dans lequel elle dormait et ramassa le soutien-gorge qu'elle avait laissé par terre la veille. Dans sa commode, elle attrapa un haut à manches longues. Elle n'était pas encore prête à exhiber ses tatouages dans tout Castle Rock, malgré sa volonté de ne pas s'en inquiéter.

Consciente que le plus dur l'attendait, elle alla ouvrir la chambre de Joel. Il était sur le dos, les deux bras au-dessus de la tête, dormant du sommeil du juste.

— Joel ?

Il ne broncha pas.

— Joel ? essaya-t-elle plus fort.

Comme il ne tressaillit même pas, elle s'avança dans la pièce pour lui toucher l'épaule.

— Joel, il faut que tu te lèves.

Cette fois-ci, il grogna.

Elle le secoua doucement et parla plus fort.

— Joel ! Lève-toi ! Nous devons aller à l'hôpital. Grace va accoucher.

Il roula sur lui-même et déclara, les paupières à peine ouvertes :

— Veux pas. M'en fous des bébés.

Bon Dieu. Il semblerait que le Joel grincheux et irrespectueux soit de retour.

— S'il te plaît. Logan, Blake et Nathan seront là aussi.

Elle s'en voulut de l'amadouer en évoquant les hommes qu'il admirait ; elle aurait préféré qu'il fasse ce qu'elle lui demandait sans soucis. Néanmoins, elle utiliserait tous les moyens à sa disposition qui permettraient à Joel d'accélérer le mouvement.

— Les femmes ne servent qu'à baiser, faire des bébés et nettoyer la maison, marmonna-t-il en posant les jambes par terre, à l'opposé d'elle.

Sous le choc, elle recula d'un bas. *Seigneur*. Elle avait cru à l'époque que laisser son petit frère avec Donovan ne serait pas un problème, cependant, pendant le peu de temps qu'il avait passé avec les Inca Boys, il avait assimilé leurs conceptions tordues de la vie. Elle s'en sentit déprimée. Elle était la pire sœur au monde. Si Joel finissait dans un gang, ce serait entièrement sa faute à elle.

Elle n'allait toutefois pas le réprimander à l'heure actuelle. Il était en train de se lever, c'était déjà ça.

— Je vais nous préparer le petit déjeuner pendant que tu t'habilles, dit-elle tout doucement avant de sortir de la chambre sans lui donner l'occasion de l'insulter davantage.

À l'extérieur, elle s'adossa contre le mur du couloir et ferma les yeux, imaginant ce que serait sa vie dans quatre ans. Un Joel de dix ans qui lui manquait de respect, c'était une chose. Un adolescent de quatorze qui la traiterait comme de la merde, comme si elle était revenue parmi les Inca Boys, c'en serait une tout autre. Elle ne pouvait pas. Plus maintenant. Elle était sortie du gang, hors de question d'y retourner.

Elle devait faire quelque chose au sujet de Joel, mais elle ignorait quoi. Ce n'était cependant pas le moment. Elle alla à la cuisine préparer à manger pour son frère et elle, puis ils sortirent.

Trente minutes plus tard, ils entraient dans les urgences de l'hôpital de Castle Rock. Dès leur arrivée, Bailey remarqua Nathan, Blake et Alexis assis dans un coin. La jeune femme se rua vers eux.

— Il était temps ! s'écria-t-elle. La dernière fois que Logan est sorti, il nous a dit que ce ne serait vraiment plus très long !

Blake fut le suivant à s'approcher, d'un pas tranquille. Il enlaça sa compagne et l'attira contre lui.

— Calme-toi, Alexis. Bon sang, tu es encore plus survoltée que Logan... et ce n'est pas peu dire !

Puis se tourna vers Joel et elle.

— Salut. Content que vous soyez là.

— Merci de nous avoir appelés. Je sais que nous venons juste de nous rencontrer, mais je suis très excitée.

Alexis s'apprêtait à répondre quand Joel intervint.

— C'est n'importe quoi, rétorqua-t-il avec mauvaise humeur. Qui s'intéresse aux bébés, de toute façon ?

Nathan fut à ses côtés avant même la fin de sa phrase.

— Bonjour, Joel. Je suis content de te voir.

Son frère lança un regard coupable à Nathan, qu'il dévisagea un moment avant de détourner les yeux. Il répondit d'un simple grognement.

— Je sais que tu es fatigué et que tu n'as pas l'habitude de te lever à cette heure-là, mais peux-tu réessayer ?

C'était dit sous forme de question, cependant, cela n'en était pas vraiment une. Bailey retint son souffle, gênée non seulement du comportement de Joel, mais aussi du fait que c'était Nathan qui l'avait réprimandé, et non pas elle.

— B'jour, répliqua Joel, juste un peu moins grognon.

— C'est mieux, mais toujours irrespectueux, le prévint Nathan sans détourner le regard. As-tu déjà oublié notre conversation d'hier ?

Joel poussa un profond soupir, se mordit la lèvre et baissa le nez vers le sol.

— Bonjour, dit-il enfin.

C'était sa première phrase sans agressivité depuis son réveil ce matin-là.

Nathan posa une main sur son épaule.

— Encore une chouette journée, après celle de ton anniversaire. Je suis désolé que tu aies dû te lever si tôt, mais nous sommes tous très impatients de rencontrer les jumeaux. J'imagine que tu es un peu jeune pour ressentir de l'amour pour les bébés, mais ce n'est pas grave. Viens t'asseoir. J'ai apporté mon iPad. Tu peux jouer à un jeu en attendant, si tu veux.

Cela attira l'attention de Joel, qui quitta le sol du regard pour fixer Nathan.

— Cool. Merci.

— Je t'en prie.

Avant que le frère de Bailey n'ait pu s'approcher des chaises, Nathan se pencha pour lui murmurer à l'oreille, puis il se redressa.

— Ne recommence plus à te montrer irrespectueux, c'est bien compris ? lui demanda-t-il d'un ton ferme.

Joel hocha la tête et se mordilla la lèvre.

— Bien. Tu peux y aller, lui dit-il avant de lui serrer une dernière fois l'épaule.

Tous les adultes observèrent le garçonnet qui allait s'installer sur le siège indiqué par Nathan et prendre la tablette sur ses genoux. Il se retrouva très vite fasciné par le jeu qu'il avait choisi.

— Qu'est-ce que tu lui as dit ? voulut savoir Bailey.

Nathan haussa les épaules.

— Juste le mot de passe de mon iPad.

Il se tourna alors vers elle, avec un regard si intense qu'elle tenta de déchiffrer ses émotions... en vain. À bien des égards, Nathan était un livre ouvert ; à d'autres, toutefois, il était un véritable mystère.

Les quatre adultes se dirigèrent à leur tour vers des sièges.

— Vous savez ce qui est encore plus cool dans cette histoire ? demanda Alexis.

— Quoi ? répliqua Blake, une main sur le dos de sa compagne tandis qu'ils marchaient.

Bailey était incapable de détacher les yeux de cette main. La marque sur ses reins la picota et la démangea. Elle sentait Nathan qui avançait derrière elle, et elle l'imagina poser sa main sur sa peau. Puis elle visualisa son expression de dégoût quand il la verrait nue pour la première fois et qu'il constaterait comment le tatouage la cataloguait. Lorsqu'il comprendrait qu'elle était souillée par les Inca Boys. Qu'elle le serait toujours. Elle accéléra légèrement l'allure pour le cas où il serait tenté de la toucher comme son frère le faisait avec Alexis.

— C'est que j'ai gagné le pari, fanfaronna la jeune femme, un sourire diabolique aux lèvres.

Nathan pouffa tandis que Blake levait les yeux au ciel.

— J'aurais aimé pouvoir dire que je suis déçu, mais je suis content que Grace n'ait pas eu à attendre une semaine de plus avant d'accoucher, commenta Nathan. Je suis ravi d'avoir perdu ce pari.

— J'avais déjà perdu, de toute façon, dit Blake pour sa part, sans le moindre remords. Que comptes-tu faire de ton argent ?

Alexis fit mine d'y réfléchir.

— Une soirée entre filles dès que Grace sera en état. Bailey, Grace, Felicity et moi, nous irons au *Hideaway Bar* pour nous amuser.

Blake haussa un sourcil et contempla sa copine alors qu'ils s'asseyaient.

— Tu as vraiment envie de boire après ce qui s'est passé...

Il s'interrompit, jeta un coup d'œil à Joel, plongé dans son jeu, puis poursuivit.

— ... les deux dernières fois que tu as bu ?

Alexis fit la grimace et secoua la tête.

— Nous n'allons pas enchaîner les verres jusqu'à nous rendre malades, Blake, le réprimanda-t-il. Comme des femmes civilisées, nous boirons du vin, grignoterons et papoterons. Et quand nous aurons fini de faire des commérages, nous pourrons vous appeler pour que vous vous joigniez à nous.

— Ce plan me plaît, commenta Blake.

Il se pencha vers elle et glissa une main dans son dos, et son nez contre son cou.

Leur démonstration d'affection mit Bailey mal à l'aise sans qu'elle sache bien pourquoi. Quand elle détourna les yeux, elle croisa ceux de Nathan, qui la dévorait du regard, comme si elle était un mets savoureux offert à un homme n'ayant pas mangé depuis des jours.

Il avait eu beau lui dire qu'il serait son ami, l'expression qu'il arborait en cet instant n'était pas le genre qu'elle avait déjà vu chez l'un de ses amis autrefois. Ni de la part de Donovan, d'ailleurs. Ce n'était pas du désir, c'était... de l'affection. Comme si le seul fait de la voir satisfaisait un besoin élémentaire en lui.

Puis il cligna des paupières, et le regard disparut comme s'il n'avait jamais été présent. Il sourit.

— Je ne suis pas sûr d'avoir beaucoup de ragots à rajouter, mais je ne refuserai pas une invitation à traîner avec les plus jolies filles de cette ville.

Bailey fronça les sourcils. Elle n'aimait pas qu'il se dévalorise ainsi, même en plaisantant. Elle n'eut cependant pas l'occasion de répliquer quelque chose, puisque Blake lui demanda où elle travaillait.

Au cours des quarante minutes suivantes, tous les quatre discutèrent tandis que Joel les ignorait, fasciné par l'iPad. Enfin, alors que Bailey était persuadée qu'Alexis allait exploser tant elle était excitée, Logan arriva dans la salle d'attente.

— Tout le monde va bien et est en bonne santé, proclama-t-il, les bras levés au-dessus de la tête, comme s'il était le roi de cet hôpital et que toutes les personnes attendant étaient ses sujets.

Ses frères s'approchèrent immédiatement, suivis de Bailey et Alexis, pour le féliciter et lui demander comment se sentait Grace.

— Bien. Pendant un moment, ils ont cru qu'ils allaient devoir l'emmener en salle d'opération pour faire une césarienne, mais elle a finalement tenu bon et nos fils sont nés.

Ils sont petits, mais en bonne santé. Ils ont été mis en soins intensifs néonatals pour l'instant, le temps de s'assurer que leurs poumons fonctionnent bien, mais ça a l'air d'aller, d'après le médecin. S'il n'y a pas le moindre souci, nous devrions pouvoir les ramener à la maison dans la semaine.

Blake donna une tape dans le dos de son frère et Nathan lui adressa un grand sourire.

Alexis sautillait dans tous les sens, excitée, comme si elle ne savait pas qui étreindre ou quoi dire.

Bailey resta légèrement à l'écart à s'abreuver de l'amour que dégageaient les frères Anderson. C'était facile de voir à quel point ils s'aimaient tous les trois. Savoir que de nouveaux petits êtres humains allaient entrer dans leur cercle, et baigner dans toute cette affection, c'était la cerise sur le gâteau.

— Allez, ne nous fais plus poireauter. Comment les avez-vous appelés ? demanda Blake.

— Nous avions quelques noms à l'esprit, mais Grace souhaitait attendre qu'ils naissent avant de prendre la décision.

Logan fit une pause, pour ménager son effet.

— L'aîné s'appelle Ace Blake Anderson et le second Nate Bradley. Nous avions envie de leur donner les prénoms des hommes qui ont tellement compté dans notre vie.

Si elle n'avait pas regardé Nathan à ce moment-là, Bailey aurait manqué sa réaction en apprenant les prénoms de ses neveux. Incrédulité, choc, puis tellement d'amour que c'en était éblouissant. Les yeux de Nathan se remplirent de larmes. Il les ferma pour essayer de contenir son émotion.

Sans réfléchir, Bailey posa la main sur son bras. Pour lui apporter son soutien, le féliciter et lui dire, sans un mot, qu'elle comprenait son émoi.

Blake enlaça son frère et le serra fort contre lui. Les deux hommes se claquèrent dans le dos et éclatèrent d'un rire joyeux. Alexis fut la suivante à étreindre son presque beau-frère. Puis ce fut le tour de Nathan.

— Tu as donné mon prénom à ton fils ? demanda-t-il, hésitant. Es-tu sûr de toi ? Il va sans doute finir comme un geek, si tu fais ça.

Logan fixa son frère dans les yeux et répondit honnêtement.

— Je serais extrêmement fier que mon fils devienne ne serait-ce que la moitié de l'homme que tu es, Nathan. Je sais que tu te crois bizarre, qu'il te manque quelque chose puisque tu n'es pas bâti comme nous. Mais, frangin, tu ne te rends pas compte que tous ceux qui te connaissent t'admirent sincèrement.

— Ferme-la, marmonna Nathan d'une voix étranglée, en enlaçant son frère.

Leur étreinte dura un long moment, puis Blake posa son bras sur les épaules de Nathan, et les triplés – ces hommes sur lesquels personne à Castle Rock n'aurait parié autrefois, ces hommes qui s'étaient personnellement engagés à protéger les hommes et les femmes agressés et victimes de négligence – célébrèrent sans honte leur amour et la création de la nouvelle génération de Anderson.

Bailey essuya une larme sur sa joue, embarrassée, jusqu'à ce qu'elle regarde Alexis et la voie faire la même chose. Les deux femmes se sourirent et attendirent que les hommes se reprennent.

Nathan s'écarta enfin de Logan.

— Je crois qu'il va falloir que j'aille faire du shopping, déclara-t-il d'une voix un peu tremblante. Je dois trouver un tee-shirt en taille naissance à mon nom à l'effigie de *Star Wars*.

Tout le monde éclata de rire. Logan lui posa un bras sur les épaules.

— Voulez-vous rencontrer vos neveux ?

Blake et Nathan s'écrièrent « Oui ! » d'une même voix, puis Nathan lança un regard interrogateur à Bailey.

— Je vais attendre ici avec Joel.

— Ça ira très bien pour lui, viens avec nous.

— Non, répliqua-t-elle en secouant la tête. Allez-y. Je les verrai bientôt.

— Allez, frangin. Attends un peu de voir Nate. Il est légèrement plus grand qu'Ace. Aucun doute, il va te ressembler, commenta Logan.

— Tu es sûre ? lui demanda Nathan, dont le regard ne cessait d'aller et venir entre elle et la porte menant à ses neveux.

— Oui. Vas-y. Je t'attends ici, lui assura-t-elle.

Quarante-cinq minutes plus tard, il revint. Joel n'avait pas dit grand-chose à Bailey, mais il n'avait pas été impoli non plus, c'était donc un progrès par rapport à plus tôt.

Quand Nathan s'avança droit vers elle, elle se leva, inquiète. Il avait l'air si sérieux, et non heureux et insouciant comme lorsqu'il était parti voir les bébés.

— Est-ce que tout va...

Il la coupa en la soulevant par la taille pour la faire tourner dans les airs.

— Nathan ! Repose-moi ! s'exclama-t-elle en riant.

Lorsqu'il arrêta enfin de virevolter et lui permit de remettre les pieds par terre, il la regarda.

— Merci d'être là. Merci d'avoir partagé ce moment avec moi.

Bailey se mordit la lèvre et, au lieu de répliquer qu'elle ne savait pas vraiment ce qu'elle faisait ici ni pourquoi on l'avait appelée, elle se contenta de dire « Je t'en prie. Ils sont mignons ? »

— Mignons ? rétorqua-t-il, incrédule.

Au lieu de répondre, il prit son portable et lui montra les photos.

Ils étaient adorables. Mais l'image qui fit faire un soubresaut à son cœur, ce fut celle de Nathan tenant l'un des bébés, très certainement Nate, son homonyme. Il était assis sur une chaise et berçait le minuscule nourrisson. Des tubes sortaient du nez de ce dernier, probablement de l'oxygène, mais ce n'était pas cela qui lui donna envie de pleurer. C'était le regard qu'ils s'échangeaient.

Nate avait les yeux ouverts et rivés sur son oncle comme s'il pouvait vraiment le voir. Nathan, quant à lui, fixait son neveu avec un réel émerveillement, comme s'il n'arrivait pas à croire que le bébé était vraiment là, dans ses bras.

Les Anderson n'avaient peut-être pas grandi entourés de l'amour de leur mère, néanmoins, ils en possédaient à la pelle. La boule ne cessa de grossir dans la gorge de Bailey à mesure que défilaient les photos des frères et des bébés. Elle en montra soudain une.

— Tu devrais faire encadrer celle-ci.

Elle représentait Logan, tenant un bébé dans chaque bras avec Nathan et Blake de chaque côté. Chacun d'eux avait un bras posé sur les épaules de Logan et l'autre sous le bébé le plus près d'eux. Nate et Ace dormaient, mais les trois frères avaient pour leur part un immense sourire aux lèvres. Leur ressemblance était frappante et leur amour évident. C'était une photo magnifique. Le genre que les trois hommes devraient avoir chez eux.

— Je le ferai, lui assura-t-il. Tu es prête à partir ? Je te raccompagne.

Bailey hocha la tête. Il était encore tôt, puisque la

journée avait commencé à l'aube. Ils n'avaient rien de prévu aujourd'hui, mais connaissant son frère et son humeur actuelle, il fallait le ramener à la maison pour qu'il puisse faire une sieste et, peut-être, changer un peu de cette attitude qui semblait planer au-dessus de lui comme un nuage menaçant.

— Viens, Joel, il est temps d'y aller.

— Je suis occupé. J'ai presque fini mon niveau, se plaignit Joel sans lever la tête.

— Ta sœur t'a dit qu'il était temps de partir, la soutint Nathan. Tu pourras jouer la prochaine fois que nous nous verrons.

Joel ne répondit pas, mais continua à taper sur l'écran comme si sa vie en dépendait.

Bailey attrapa rapidement l'iPad, et ce fut là que Joel bougea.

Il leva brusquement le bras qui tenait la tablette, comme pour la mettre hors de portée de sa sœur, et le coin frappa Bailey au visage.

Elle vit volte-face, une main sur sa joue. La douleur irradiait de l'endroit où l'appareil l'avait cognée. Elle inspira vivement et ferma les yeux en essayant de faire partir son inconfort.

Nathan fut à ses côtés en un instant. En face d'elle, il posa ses mains sur les siennes, sur son visage.

— Laisse-moi voir, lui dit-il d'une voix ferme, mais tendre.

— Ça va, répliqua-t-il.

Elle n'avait pas envie d'écarter sa main. Nathan la prit par les épaules et la fit reculer jusqu'à ce qu'elle soit au niveau des sièges, puis la fit asseoir doucement. Ensuite, il s'agenouilla devant elle et l'attrapa gentiment par les poignets, attendant.

Bailey, les yeux toujours fermés, essaya d'arrêter ses vertiges. Joel l'avait frappée. D'accord, elle ne pensait pas qu'il avait eu conscience de la portée de son geste, mais tout de même. Il l'avait *frappée*. Donovan le faisait sans arrêt sans qu'elle y pense vraiment. Cependant, se faire cogner par son propre frère la dévastait.

— Laisse-moi voir, Bailey, répéta Nathan en tirant délicatement sur ses poignets pour essayer de la convaincre d'écarter ses mains de son visage.

Quand elle ouvrit les yeux, elle tomba droit sur ceux de Nathan. Elle le laissa faire. En douceur, sans trahir la moindre expression, il vérifia que rien n'était cassé. Il toucha sa joue, appuyant, juste légèrement pour ne pas lui faire mal.

— C'est rouge, mais ça ne saigne pas.

Il passa le pouce sur sa pommette, là où elle avait reçu le coup. Ce ne fut pas une réelle caresse, à peine plus qu'un courant d'air, pourtant, cela la fit frissonner.

— Je ne voulais pas faire ça, dit Joel d'une voix basse et effrayée.

Bailey oublia instantanément sa blessure, désireuse de le rassurer.

— Je sais. Ce n'est pas grave.

— Que souhaitais-tu faire, dans ce cas ? demanda Nathan, toujours accroupi.

— Je... euh...

— Tu as levé le bras comme si tu étais en colère. Est-ce que tu en voulais à ta sœur de t'obliger à arrêter de jouer et à partir ?

— Oui, mais...

— Tu étais en colère et tu n'avais pas envie qu'elle te prenne l'iPad, insista Nathan.

— Nathan, protesta-t-elle, mal à l'aise de le voir faire ainsi pression sur Joel.

Cependant, il ne quitta pas son frère des yeux.

— Regarde sa joue, Joel. Elle est rouge, et il va certainement y avoir un bleu.

Joel leva la tête, observa le visage de sa sœur, puis la baissa rapidement vers ses doigts, qui tripotaient l'iPad.

— Donovan fait toujours ça quand il est énervé, avoua doucement Joel. Mais je ne voulais vraiment pas le faire. J'ai cru que c'était toi, Nathan, et que tu comptais me frapper pour avoir répondu.

Bailey poussa un petit cri de surprise et oublia instantanément sa douleur. *Seigneur.* Elle ouvrait la bouche pour rassurer son frère, mais Nathan la coiffa au poteau. Il alla s'accroupir devant Joel et prit son petit visage dans sa main pour l'obliger à le regarder.

— Nous en avons déjà parlé, mon grand. Je sais que tu t'en souviens. Mais ce n'est pas bien de frapper une femme. Jamais. Tu as compris ?

Il attendit que Joel acquiesce avant de poursuivre.

— Mais ce n'est pas bien non plus de frapper un enfant. Je ne te donnerai jamais le moindre coup. *Jamais.* Et il me semble que nous avons déjà établi que Donovan n'est pas un homme bien, n'est-ce pas ?

— Oui, souffla Joel.

— Tu as le droit d'être en colère. Je ne dis pas le contraire. Mais tu *n'as pas* le droit de t'en prendre à quelqu'un à cause de ça. Ou d'être méchant avec ta sœur. Tu peux dire ce que tu veux à condition de te montrer respectueux. Compris ?

— Compris.

— Maintenant, dis-moi, tu vas bien ? demanda Nathan à Joel en lui lâchant le menton.

— Moi ?

— Oui. Est-ce que tu t'es fait mal à cause de l'iPad, quand il a cogné ta sœur ?

Joel regarda sa main, puis de nouveau Nathan.

— Pourquoi est-ce que ça t'inquiète, alors que c'est Bailey qui a une trace rouge sur le visage ?

Nathan lui sourit.

— Parce que je t'aime beaucoup, mon grand. Donc je veux être sûr que tu vas bien, toi aussi.

Joel se tourna vers elle à ce moment-là.

— Je suis désolé, Bail. Je ne recommencerai plus. Promis.

— Merci. Ça compte beaucoup pour moi, répondit-elle, sincère. Je suis désolée que tu aies vu Donovan me frapper. Ce n'est pas bien. Je n'aurais pas dû t'emmener chez lui aussi souvent.

— Il n'est pas gentil, hein ? demanda Joel, hésitant.

— Non, Joel, il n'est pas gentil, confirma Bailey.

Tout à coup, il grimpa sur ses genoux, comme s'il avait encore quatre ans, passa les bras autour de son cou et posa sa tête sur son épaule. Sans Nathan, elle aurait sans doute fait tomber son frère, très encombrant. Mais Nathan s'empressa de la rejoindre, s'assit à côté d'elle et l'aida à soutenir le poids de Joel, sans un mot.

Bailey enlaça et berça son frère quelques minutes, en lui caressant les cheveux et en lui murmurant des paroles sans importance.

— Est-ce qu'on peut rentrer à la maison ? demanda-t-il en levant enfin le nez.

— Oui, Joel. Allons-y.

Nathan aida son frère à se lever, puis elle. Ils sortirent sans un mot de la salle d'attente bondée et rejoignirent le parking. Bailey aurait aimé dire à Nathan qu'il n'avait pas besoin de la raccompagner jusqu'à sa voiture, qu'elle allait bien, mais elle était secrètement ravie. Elle ne pouvait pas être certaine que Donovan ne s'était pas déjà lancé à sa recherche, alors elle se sentait plus en sécurité avec Nathan à ses côtés.

Il ne reprit la parole qu'une fois Joel attaché en voiture.

— Il doit consulter un psy, Bailey.

— Je sais, soupira-t-elle. J'ai peur qu'un thérapeute juge que je suis une femme horrible et qu'il m'enlève la garde. Mais il est clair que ce qu'il a vu et ce que Donovan a fait l'ont marqué bien plus que je ne le pensais.

— Grace va en voir une, et elle l'apprécie beaucoup. Je lui demanderai son nom et je verrai si elle peut recevoir Joel. Et sinon, nous trouverons quelqu'un d'autre, quelqu'un spécialisé dans les traumatismes des enfants.

Ce fut encore plus terrible de l'entendre le formuler à voix haute.

— Est-ce que ça va vraiment ? la questionna-t-il en prenant son visage en coupe, avec son pouce effleurant la marque sur sa joue.

— J'ai connu pire, répondit-elle en acquiesçant.

— Ça ne me rassure pas vraiment, commenta-t-il d'un ton triste.

Se sentant courageuse, elle posa une main sur la sienne et pencha la tête pour savourer sa caresse un instant.

— Merci de lui avoir parlé.

— C'est quand tu veux. J'étais sérieux hier lorsque je t'ai dit que je souhaitais être ton ami, Bailey. Je ne te mentirai pas en affirmant que je ne désire rien de plus, mais je suis là pour toi. Pour tous les deux, tant que vous aurez besoin de moi.

— Je ne te mérite pas.

— Ha. C'est moi qui ne te mérite pas, répliqua-t-il.

Puis il se pencha, l'embrassa sur le front et recula.

— Rentre chez toi. Détends-toi. Vous vous sentirez mieux après une sieste, tous les deux. Je t'appelle ce soir pour voir comment vous allez, Joel et toi.

— Félicitations pour ton homonyme, lui dit-elle avec un sourire qu'il lui rendit.

— Merci. Je n'en reviens toujours pas que Logan lui ait donné mon nom.

— Il t'aime.

— Je sais. Et je l'aime tout autant. Allez, rentre. Mets un peu de glace sur ton visage, ça empêchera le bleu d'apparaître. On se reparle plus tard.

Il fit un nouveau pas en arrière.

— Fais attention sur la route. Et appelle-moi si besoin.

— Ça marche. À plus.

— À plus.

Nathan fit son habituel signe de main un peu enfantin à Joel, qui y répondit avec empressement en reculant de la voiture.

Alors qu'elle s'éloignait, Bailey jeta de fréquents coups d'œil dans le rétroviseur et se rendit compte que Nathan n'arrêta de leur faire signe et ne rentra dans l'hôpital qu'une fois qu'elle fut entièrement hors de vue.

Elle soupira. Si elle se sentait un jour prête à avoir une relation, ce serait avec un homme comme Nathan.

Plein de compassion.

Compréhensif.

Tendre.

Aimant.

Et jouant totalement dans une autre cour.

CHAPITRE 15

Deux mois plus tard

Bailey regarda son frère et Nathan penchés sur les devoirs de Joel. Leurs têtes se touchaient presque, et les cheveux noirs de Joel formaient un contraste saisissant contre le châtain clair de Nathan. Celui-ci faisait partie de leur quotidien depuis l'anniversaire de Joel. Bailey essaya de se souvenir des jours où elle ou Joel n'avait ni vu ni parlé à Nathan par téléphone, et très peu lui revinrent à l'esprit.

Il s'était comporté en parfait gentleman, en ami, comme il l'avait annoncé. Il n'insistait jamais pour lui demander davantage, ne la touchait jamais d'une manière inappropriée, et, au cours des deux derniers mois, il lui était devenu indispensable. Elle ne savait pas quand cela s'était produit exactement, cependant, chaque fois qu'elle le voyait, elle s'attendait toujours à ce qu'il fasse quelque chose qui la conforterait dans son choix de ne plus jamais s'impliquer avec un homme... sauf qu'il ne le faisait pas. C'était même tout le contraire. Tout ce qu'il avait fait pour son frère et elle rendait sa promesse vaine.

Il n'était pas comme Donovan.

Loin de là.

Nathan était foncièrement honnête, lui transmettait sincèrement toutes les informations qu'il découvrait sur Donovan et le reste du gang ; il était loufoque, riait beaucoup et n'avait pas peur de le faire en public. Il avait une obsession pour la science-fiction, un point commun avec Joel. Il ne traitait pas ce dernier comme un enfant, mais ne disait rien non plus d'inapproprié si Joel était à portée de voix. Il le conduisait chez son thérapeute puis l'emmenait dîner. Il ne rabaissait jamais Bailey et ne perdait jamais son sang-froid avec Joel ou elle. Il discutait avec ses collègues du garage même s'il n'avait rien en commun avec eux... et, étonnamment, les gars l'appréciaient. Nathan était lui-même et l'assumait.

Il n'était pas parfait. Pas du tout. Cependant, les choses agaçantes qu'il faisait étaient loin d'être repoussantes. Il ne rinçait pas les assiettes après manger et les laissait traîner dans l'évier, ce qui les rendait plus difficiles à nettoyer par la suite dans le lave-vaisselle. Il laissait les lumières allumées tout le temps. Joel et elle étaient allés quelques fois chez Nathan, et il y avait systématiquement eu les lampes allumées. Ses vêtements étaient toujours froissés ; cela ne posait honnêtement aucun souci à Bailey, mais démontrait simplement qu'il n'était pas parfait. Il était incapable de faire deux choses à la fois, comme discuter et regarder la télévision, mais puisque c'était le cas de la plupart des hommes qu'elle avait rencontrés, elle ne lui en tenait pas rigueur. Et il changeait sans arrêt d'habits. Si elle pouvait sans problème se contenter d'enfiler le même tee-shirt chaque soir pendant une semaine en rentrant du garage, ou le même jean deux ou trois jours avant de le laver, elle s'était rendu compte que les bassines de linge de Nathan débordaient et qu'il parlait sans cesse de se changer, alors qu'elle trouvait que ses vêtements lui allaient très bien et qu'il sentait bon.

Lorsqu'elle lui avait posé la question un jour, il lui avait expliqué qu'enfants, ses frères et lui avaient peu d'habits, et que leur mère se fichait de leur apparence et de leur hygiène. On s'était si souvent moqué de lui que, adulte, il voulait toujours être sûr d'être bien propre. Bailey en avait eu le cœur brisé.

Somme toute, Nathan était un ami extraordinaire. Pourtant, Bailey savait qu'il désirait toujours être davantage. Elle le voyait dans ses yeux qui la suivaient du regard avec envie. Cependant, il ne disait rien pour essayer de la faire changer d'avis quant au statut de leur relation. Il ne la faisait jamais se sentir mal pour tout ce qu'il leur donnait à Joel et elle. Il leur dispensait généreusement son temps, son énergie et son amitié, sans contrainte, comme il le lui avait promis.

Ils étaient donc amis. Point barre. Chaque fois que Nathan riait avec Joel, ou qu'elle l'entendait étouffer un bâillement alors qu'ils se parlaient au téléphone puis niait qu'il était fatigué, affirmant que discuter avec elle était mieux que dormir, ou chaque fois qu'il venait chez *Clayson* papoter avec Ozzie ou Bert sans donner le sentiment d'être dix fois plus intelligent qu'eux... Petit à petit, les murs que Bailey avait érigés s'effritaient peu à peu.

En cet instant, Nathan et Joel riaient, *ils riaient*, pendant que Joel faisait ses exercices de math. Pas une fois dans toute l'histoire de l'école Bailey n'aurait imaginé que l'on puisse s'amuser autant à résoudre des problèmes mathématiques.

Pourtant, Nathan avait réussi à rendre les devoirs de Joel divertissants et intéressants. Bailey découvrait que son frère était vraiment intelligent. Elle-même avait fini le lycée avec peine, mais elle savait que Joel allait y parvenir sans effort. Ses notes n'étaient pas parfaites, il avait principalement des *B* et des *C*, sans doute à cause de ce que Nathan lui avait dit le jour de leur rencontre. Cela ne dérangeait toutefois pas Bailey, car il était évident que son frère comprenait ce qu'il faisait. Il préférait simplement le faire à sa façon plutôt qu'à la manière « officielle ».

— Alors, tu veux apprendre quelque chose d'amusant ? demanda Nathan une fois les devoirs terminés.

Il arborait ce petit sourire que Bailey adorait.

— Oui ! s'écria Joel avec enthousiasme.

— Très bien. Tu sais faire les arrondis, n'est-ce pas ?

— Oui, acquiesça Joel.

— Donc si je te dis que tu as trois dollars et quarante-huit cents, quel est l'arrondi ?

— Trois dollars cinquante.

— Exact. On va s'amuser avec les arrondis dans un instant. Avant ça, disons que nous allons manger quelque part tous les trois et que l'addition est de vingt-deux dollars et soixante-huit cents. Bailey veut savoir quel pourboire laisser. Si elle te dit qu'elle veut donner cinquante pour cent, comment fais-tu pour calculer ?

— Euh..., répondit Joel, dont le visage se chiffonna pour exprimer sa confusion totale.

— Il y a une façon facile de le faire. Regarde, commença Nathan en notant la somme évoquée sur un papier. Repense à la base dix. C'est la même chose avec l'argent. Il y a dix « dix » dans un « cent ». Et dix pièces de dix cents dans un dollar. Tu me suis ?

— Hum hum, confirma Joel, les yeux rivés sur la feuille.

— Bien. Donc, regarde ce chiffre. Pour calculer dix pour cent de cette somme, tu dois simplement décaler la décimale.

Bailey, assise dans un fauteuil à lire un livre, vit Nathan tracer une flèche afin de faire comprendre à Joel.

— Alors, qu'est-ce que nous avons ? demanda-t-il à ce dernier.

Son frère étudia la feuille, puis son idole.

— Deux dollars et vingt-six cents.

— Bien. Tu as deux dollars et vingt-six cents. Ça représente dix pour cent. Maintenant, sans trop réfléchir... quelle est la moitié de ça ?

Joel fixa à nouveau le papier, compta sur ses doigts quelques secondes, puis répondit avec hésitation.

— Un dollar et treize cents ?

— Parfait ! s'écria Nathan, faisant sursauter Joel et Bailey. Alors, c'est quoi dix pour cent de vingt-deux dollars soixante-huit ?

— Deux dollars et vingt-six cents.

— Et la moitié de ça ?

— Un dollar treize.

Nathan griffonna les deux nombres sur le papier.

— Maintenant, additionne-les.

Joel ne s'interrompit qu'un instant avant de répondre « Trois dollars et trente-neuf cents. »

Bailey esquissa un immense sourire. Joel était vraiment intelligent.

— C'est donc quinze pour cent de vingt-deux dollars soixante-huit, conclut Nathan en souriant et en s'adossant à sa chaise. Tu peux sans problème arrondir à trois dollars et quarante cents, ce sera plus pratique pour compter l'argent. Quand tu cherches à déterminer un pourcentage, c'est facile de trouver dix pour cent, parce qu'il te suffit de déplacer la virgule. Ensuite, tu divises par deux et tu obtiens cinq pour cent. Tu les additionnes, ça fait quinze. Alors, dis à ta sœur quel pourboire elle doit laisser.

Joel tourna la tête vers elle, et elle se mordit la lèvre pour garder contenance. Si seulement elle avait pu avoir un enseignant comme Nathan quand elle était plus jeune, les devoirs n'auraient pas été un tel calvaire. L'étincelle dans les yeux de Joel était un véritable plaisir. C'était comme si Nathan lui avait révélé un passage secret menant tout droit au Faucon Millennium et à Luke Skywalker.

— Bail ! Tu as vu ça ? s'écria-t-il, stupéfait.

— Oui. C'est cool, répondit-elle avec un grand sourire.

— Ouais, cool. Un autre ! demanda-t-il à Nathan.

Sans un mot, ce dernier nota un nouveau nombre sur le papier. Il suivit le même raisonnement que précédemment, et Joel saisit encore plus vite.

Une fois que Joel eut compris les quinze pour cent, Nathan poursuivit.

— Et si par hasard le service était si bon que Bailey veut laisser vingt pour cent, qu'est-ce que ça donne ? l'interrogea-t-il en haussant les deux sourcils pour appuyer sa question.

Joel baissa le nez vers la feuille et se mordit la lèvre. Quelques secondes plus tard, il répondit avec un sourire confiant.

— Comment es-tu arrivé à cette conclusion ? voulut savoir Nathan.

— Oh, ce n'est pas juste ? s'inquiéta Joel, dont les épaules s'affaissèrent.

— Ce n'est pas ce que j'ai dit. Je souhaiterais simplement connaître ton raisonnement, bonhomme, le rassura-t-il.

— Eh bien, si ça, c'est dix pour cent, expliqua Joel en indiquant une série de nombres, alors il suffit de multiplier par deux.

Nathan se pencha vers lui jusqu'à ce que leurs nez s'effleurent presque.

— Ding, ding, ding, murmura-t-il. C'est tout à fait ça ! Bon travail !

Le sourire de Joel fut si lumineux qu'il aurait pu éclairer toute une pièce.

— Plus. Donne-m'en plus, exigea-t-il.

Nathan s'exécuta avec plaisir et nota d'autres nombres.

— Commence avec ça. Je vais aller parler avec ta sœur, puisque tu n'as visiblement plus besoin de moi.

Joel ne répondit même pas, perdu dans les chiffres et les nombres. Penché sur la feuille, il se mit à griffonner.

Nathan recula sa chaise et ébouriffa les cheveux du frère de Bailey avant de se diriger vers elle. Il n'avait pas changé depuis la première fois qu'elle l'avait vu, cependant, d'une certaine façon, elle le trouvait encore plus séduisant que deux mois auparavant.

Ses cheveux châtain clair étaient en désordre à force d'y passer la main dedans, et il arborait une légère barbe de trois jours. Lorsqu'il récupéra un livre qu'il avait posé sur une petite table un peu plus tôt dans la soirée, les muscles de ses bras fléchirent. Sa silhouette longiligne ne pouvait pas se comparer à la carrure de ses frères ou de Donovan, et pourtant, cela l'attirait bien plus qu'elle ne l'aurait cru.

Bailey ne l'avait vu qu'une seule fois torse nu, et il avait paru gêné qu'elle l'ait remarqué. Joel et lui faisaient une expérience scientifique dans la cuisine, en mélangeant deux produits ménagers pour voir le résultat, puis discutant des raisons de la réaction. L'une de leurs préparations avait littéralement explosé. Pas dans le sens de « partir en fumée », mais le liquide dans le saladier s'était mis à former des bulles de plus en plus grosses qui avaient fini par éclabousser Joel et Nathan. Ils avaient ri comme des hystériques et décrété que l'expérience était un fiasco. Joel s'était rendu dans sa chambre pour se changer, mais Nathan n'avait rien ici pour le faire.

Comme Bailey savait qu'il ne serait pas à l'aise dans le tee-shirt humide, elle lui avait proposé un haut très grand qu'elle portait généralement pour dormir, le temps que celui de Nathan sèche. Il avait accepté et s'était enfermé dans la chambre de Bailey pour l'enfiler. Elle avait ouvert la porte pour lui dire quelque chose – elle ne se souvenait même plus quoi – et l'avait surpris au moment où il allait attraper le tee-shirt.

Il possédait de larges épaules et des poils épars sur le torse. Il avait la taille fine sans une once de graisse. Il n'avait pas de tablettes de chocolat, néanmoins, elle avait vu ses abdos qui se crispaient quand il s'était figé sur place, alors qu'ils se dévisageaient.

Nathan avait été le premier à se remettre ; il avait rougi furieusement et fait volte-face pour lui présenter son dos le temps d'enfiler le vêtement. Bailey s'était excusée et avait fermé la porte en vitesse avant de repartir dans le salon.

C'était évident que Nathan n'était pas très sûr de lui, pourtant, de son avis à elle, il n'avait aucune inquiétude à avoir. Il n'avait certes pas la carrure d'un bodybuilder, mais il n'était pas une grande asperge pour autant. Elle avait de plus en plus de difficultés à ne pas le toucher quand il était présent. C'était pour cette raison qu'elle s'était mise à s'installer dans le vieux fauteuil confortable plutôt que sur le petit canapé. Ainsi, Nathan était inaccessible, l'empêchant de faire quelque chose de stupide par accident, comme se jeter sur ses genoux pour le supplier de lui faire l'amour.

Elle avait toujours aimé le sexe... enfin, avant que Donovan ne la prenne quand et comme il le voulait sans se soucier si elle était excitée ou non, ou même si son corps était prêt pour lui. Au début, le sexe était exaltant. Donovan lui avait montré des choses qu'elle n'aurait jamais cru possibles. Il l'avait traitée comme s'il appréciait sincèrement sa compagnie. Ils avaient beaucoup ri au lit. Cependant, plus il avait gravi les échelons du gang, plus il s'était montré grossier avec elle. En grandissant, elle avait fini par comprendre que ce n'était pas parce qu'un homme couchait avec elle qu'il l'appréciait ou la respectait.

Cela faisait longtemps qu'elle n'avait été avec personne, près d'un an, et elle était en manque et frustrée. Elle ne voulait pas avoir le genre de relations sexuelles que Donovan l'avait obligée à avoir, mais elle désirait plus que tout connaître le lien intime que le sexe forgeait entre deux personnes, ressentir cette sensation de son corps nu contre celui d'un homme. La présence de Nathan chaque jour ne l'aidait en rien. Ni même le fait de se masturber tous les soirs.

— Ton livre est bien ? demanda-t-il en s'installant sur le canapé avec le sien.

— Ça va, répliqua-t-elle en haussant les épaules.

Encore un détail concernant Nathan. Il avait emmené Joel à la bibliothèque un jour et lui avait pris sa propre carte. Désormais, plutôt que de jouer à des jeux vidéo tous les soirs, son frère lisait des bandes dessinées de science-fiction. Comme c'était Bailey qui l'accompagnait à présent pour rendre les livres et en choisir de nouveaux, elle s'était fait une carte pour elle-même et avait découvert qu'elle aimait vraiment lire, maintenant que ce n'était plus un devoir pour les cours nécessitant qu'elle écrive un compte-rendu.

— Merci d'avoir aidé Joel, lui dit-elle tranquillement. Chaque fois que j'essaie de le faire, je ne fais que l'embrouiller. Les études, ce n'est pas mon fort.

— Ne te déprécie pas, Bailey, répliqua Nathan en la fixant d'un regard intense. La vie ne se résume pas à savoir conjuguer un verbe ou à connaître la racine carrée d'un nombre premier.

— Puisque je ne sais faire ni l'un ni l'autre, je vais te prendre au mot, plaisanta-t-elle.

— Ne fais pas ça, rétorqua-t-il sans réagir à sa tentative d'humour.

— Pas quoi ?

— Ne te dévalorise pas de la sorte. Je t'apprécie telle que tu es. Tu n'as pas besoin d'afficher une tonne de diplômes au mur ou de savoir calculer les estimations trimestrielles ou encore de connaître la différence entre les formats MLA et APA pour être une femme bien.

— Tant mieux, marmonna-t-elle en baissant le nez vers son livre, sans distinguer les mots pour autant.

— Bailey.

À son ton, elle comprit qu'il voulait qu'elle le regarde. Elle leva les yeux.

— Tout le monde est doué dans un domaine. Nous ne pouvons pas comparer les talents des uns et des autres.

— Je sais, souffla-t-elle.

— Vraiment ?

Elle acquiesça sans un mot.

— Je n'en suis pas sûr. J'ai bien remarqué que tu étais mal à l'aise avec Grace et Alexis, quand nous avons passé du temps ensemble.

— Grace est si distinguée. Elle sait exactement quelle fourchette correspond à quel plat. Elle est discrète et digne. Alexis, elle, est extravertie et rend coup pour coup à Blake quand il la taquine. Elle n'a pas peur de lui ni de personne. J'admire ta famille, Nathan. Je sais que tu m'as assuré du contraire des centaines de fois, mais j'ai quand même l'impression qu'ils ne jouent pas dans la même cour que moi.

— Que dirais-tu d'aller jouer à des jeux vidéo, Joel ? J'ai

besoin de parler à ta sœur, lança Nathan d'une voix forte à son frère, sans la quitter des yeux.

— Est-ce que je peux finir ces problèmes dans ma chambre d'abord ?

— Bien sûr. Range bien la table avant de partir, par contre.

Bailey ferma les paupières, envahie par une envie puissante. Depuis que Nathan venait tous les soirs chez eux, il s'était mis à se comporter plus comme un père que comme un ami avec Joel. Non, pas un père. Plus comme un mentor. Si Joel disait quelque chose d'inapproprié, à Bailey ou en général, Nathan se raclait la gorge et lançait un regard entendu à Joel, qui rougissait et s'excusait.

Il l'aidait à faire ses devoirs, l'encourageait à l'assister dans la préparation du dîner et à nettoyer après. Joel avait même commencé à faire sa part, sortant la poubelle ou portant les sacs de courses sans qu'elle ait à insister avant.

Nathan faisait du bien à son frère. Bon sang, il leur faisait du bien à tous les deux. Et Bailey le désirait. Cependant, elle ne savait pas comment lui dire qu'elle avait changé d'avis quant à sa volonté qu'ils ne soient que des amis. Elle ne voulait pas qu'il voie l'horrible tatouage sur ses reins, mais dans un éclairage tamisé voire sans lumière, ou s'ils faisaient l'amour dans la position du missionnaire, elle pourrait s'en tirer sans que Nathan remarque le dessin.

Elle envisageait même de coucher avec lui ; c'était effrayant, néanmoins, plus elle apprenait à le connaître, plus elle avait envie de lui. Elle mouillait, à l'instant, rien qu'à l'imaginer l'embrasser et poser ses lèvres sur son corps.

Bailey regarda d'un air absent son frère qui rassemblait ses livres, ses papiers et les remette, sauf une feuille, dans son sac à dos, qu'il alla ensuite poser contre le mur, prêt à être pris le lendemain matin.

— Bonne nuit, mon grand, lança Nathan alors que Joel partait vers sa chambre.

— Bonne nuit, Nathan.

— Quarante minutes, indiqua Bailey. Puis au lit.

— O.K.

— Bonne nuit, ajouta-t-elle.

Il ne répondit pas et referma la porte de sa chambre. Elle se tourna vers Nathan.

— Viens là, Bailey, ordonna-t-il gentiment.

Si elle se retrouvait assise près de lui, elle risquait de lui sauter dessus, surtout maintenant qu'elle s'était avouée qu'elle le désirait. Alors, elle secoua la tête.

— Je suis très bien ici.

— Viens là, répéta-t-il, entêté.

Elle frémit. Son allure ne suggérait pas qu'il puisse être très puissant. Néanmoins, il avait visiblement pris quelques tendances de mâle alpha de ses frères, car il était évident, à l'instant, que si elle refusait, il se contenterait de la soulever pour la faire bouger. Il ne lui ferait jamais de mal ni ne la forcerait à faire ce qu'elle ne désirait vraiment pas faire, mais il n'hésitait pas à l'encourager à faire ce qu'il voulait. Comme maintenant.

— Très bien, grommela-t-elle.

Elle décroisa les jambes, se leva et s'assit sur le canapé.

Sans attendre, il l'attira contre lui, mettant un bras sur ses épaules et une main sur ses genoux pliés. C'était leur position habituelle quand ils s'installaient ensemble ici. Elle avait alors la tête blottie contre le cou de Nathan, ses bras glissés entre leurs corps, et ses jambes relevées, avec une appuyée sur la cuisse de Nathan. Elle appréciait cette position très confortable. Et jamais Nathan ne franchissait la limite et n'insistait pour en avoir plus.

Ce soir, pourtant, c'était Bailey qui en désirait davantage.

Oh que oui. Elle inspira profondément, emplissant ses poumons de l'odeur de Nathan. Cela sentait le propre, le frais. Et lui. Avant de le fréquenter, elle n'avait jamais réalisé que la fragrance d'un homme pouvait être aphrodisiaque.

Donovan ne prenait pas vraiment soin de lui, notamment parce que, lorsqu'il voulait coucher avec une femme, il n'avait pas besoin de la séduire ou de la convaincre. Il se contentait de lui donner un ordre. Généralement, il sentait la transpiration, la fumée de cigarette, l'alcool ou l'herbe. Il ne s'embarrassait pas d'hygiène corporelle.

Nathan, en revanche... *Seigneur*. Bailey inspira de nouveau pleinement et savoura l'odeur de l'après-rasage qu'il utilisait. Sentant ses tétons poindre, elle se tortilla.

Sans un mot, Nathan attrapa la télécommande, alluma la télévision et régla le volume assez fort pour masquer leur discussion, mais pas trop pour déranger Joel ou l'intriguer et le faire sortir de sa chambre.

C'était très attentionné de sa part. C'était une seconde nature chez lui, et elle ne l'en appréciait que davantage.

Il reprit la conversation comme s'ils ne l'avaient pas interrompue cinq minutes plus tôt.

— Pour la centième fois ni Grace, Alexis ou moi ne jouons dans une autre cour, Bailey. Bon sang ! Mes frères et moi nous faisions tabasser tous les jours et nous étions connus comme les moins que rien d'Anderson. Et sais-tu pourquoi Grace est si distinguée ?

Il poursuivit sans attendre sa réponse.

— Parce que sa mère et son père ont psychologiquement abusé d'elle. Ils ont veillé à ce qu'elle soit convenable dans toutes ses actions, quand elle mangeait, dans sa manière de s'habiller, dans les amis qu'elle fréquentait, et elle ne pouvait rien faire sans qu'ils le sachent. Elle vivait l'enfer et n'a pu s'en libérer que lorsque Logan est entré dans sa vie.

Bailey prit une inspiration et se mordit la lèvre. Elle l'ignorait. Elle se sentit mal.

— Et Alexis est comme ça, car c'est dans sa nature. Ses parents sont géniaux, son frère aussi, et elle possède un optimisme à toute épreuve. Ça a un peu changé après qu'elle a failli se faire enterrer vivante, mais Blake l'a aidée à se retrouver. Et toi, continua-t-il, tu es extraordinaire, Bailey. Tu as été élevée à la dure, tu as perdu tes parents tôt. Mais, le moment venu, tu as choisi le bien-être de ton frère plutôt que le tien. Je sais que cela n'a pas été facile, pourtant, tu as persévéré. Tu as gagné notre gratitude éternelle le mois dernier en sauvant Grace et mes neveux.

— Ce n'était pas grand-chose, souffla-t-elle. Je n'allais pas ignorer son appel.

— Ce n'est pas grand-chose pour toi, rétorqua-t-il. Mais quand Logan a appris qu'elle avait eu un pneu crevé sur l'autoroute, qu'elle avait Ace et Nate dans la voiture avec elle, et qu'elle n'arrivait pas à le joindre... Il a pété un câble.

— C'était juste un pneu à changer, protesta-t-elle.

— Non. Ce n'était pas que ça. Grace était sur le bord de l'autoroute, à côté de voitures qui passaient à cent trente kilomètres-heure à côté d'elle. Les enfants étaient dans l'habitacle et elle était effrayée. Tu as tout laissé tomber, tu as quitté ton travail plus tôt, roulé une trentaine de kilomètres, et tu as non seulement mis la roue de secours, mais tu l'as également suivie jusqu'à la prochaine sortie et la station-service. Tu as intimidé les mécaniciens qui essayaient de la faire payer une fortune pour réparer son pneu, puis tu as supervisé la remise du pneu sur la voiture. Ce n'était pas rien, non.

Bailey rougit. Elle avait failli ne pas décrocher quand elle avait vu que c'était Grace, mais s'était sentie mal de l'ignorer. Lorsqu'elle l'avait entendue renifler et parler d'une voix effrayée, elle avait informé Clayson qu'elle devait s'en aller, et elle était partie. Elle n'avait pas terminé la réparation du véhicule dont elle se chargeait, mais cela n'avait pas d'importance.

Changer un pneu et faire en sorte que Grace ne se fasse pas arnaquer n'était pas grand-chose pour elle. Néanmoins, le câlin que lui avait fait cette dernière à leur retour à Castle Rock était gravé dans sa mémoire. Et lorsque Logan avait découvert ce qu'elle avait fait, il avait insisté pour les inviter Joel et elle à dîner, et il ne manquait jamais de la remercier chaque fois qu'il la croisait.

— Et quand Alexis a demandé si tu aimerais aller faire de l'escalade avec elle, tu y es allée, alors même que je sais que ce n'est pas ton truc. Elle t'a prise en traître en affirmant vouloir parler des Inca Boys, mais au lieu de la repousser, tu l'as laissée dire ce qu'elle avait besoin de dire. J'ignore de quoi vous avez discuté, cependant, Blake la trouve plus détendue depuis votre conversation et a dit qu'Alexis n'était plus seule désormais. Qu'il pouvait compatir, mais toi, tu *sais* ce qu'elle a traversé. C'est épatant, putain, insista-t-il d'une voix pressante.

Le fait qu'il jure autant lui indiqua qu'il était touché.

— Alexis parle à des thérapeutes depuis plusieurs mois, pourtant, aucun n'a réussi à l'aider autant que toi ce jour-là. Tu as gagné la confiance de Blake cette fois-là d'ailleurs. Il ne savait pas trop quoi penser de toi jusqu'à présent, puisque tu es restée membre des Inca Boys si longtemps, mais maintenant, il est prêt à te défendre contre quiconque dirait du mal de toi.

— Ah bon ? demanda Bailey d'une petite voix.

— Oui. Là où je veux en venir, c'est qu'en aucune façon nous ne sommes dans une cour différente de la tienne. Nous sommes juste des gens, Bailey. Nous avons tous notre histoire, certaines meilleures que d'autres, mais nous nous en sortons tant bien que mal, en faisant de notre mieux en temps voulu. Regarde toujours vers l'avenir, jamais vers le passé.

Elle ne répondit pas, se laissant simplement imprégner de ces paroles formidables. Elle essayait de changer ses croyances, mais c'était difficile. Elle n'avait été qu'une citoyenne de deuxième ordre pour les Inca Boys, et l'une de leurs putes pendant si longtemps qu'elle ne savait pas vraiment qui elle était en dehors de cela.

Nathan posa un doigt sous son menton et le lui releva pour la fixer dans les yeux.

Son désir et son besoin se lisaient dans son regard. Elle les avait déjà remarqués, bien sûr, cependant, ce soir-là, c'était la première fois qu'elle voulait faire quelque chose à ce sujet. Il y avait encore beaucoup d'incertitudes dans sa vie. Tant qu'elle ne serait pas sûre que Donovan ne viendrait pas la chercher ou qu'il l'avait oubliée, toute personne qui la fréquentait était en danger. Elle avait essayé de le faire comprendre à Nathan le mois précédent. Il s'était contenté de lever les yeux au ciel et de répliquer « Comme si j'avais peur. »

Il aurait dû, mais cela ne l'avait pas dissuadé pour autant. Lorsqu'elle avait évoqué le risque que pourraient courir ses neveux, il avait rétorqué « Tu crois vraiment que Logan laisserait quoi que ce soit arriver à ses enfants ? »

Présenté ainsi, elle n'avait pu que répondre « non », cependant, cela ne l'empêchait pas de s'inquiéter. Elle se détesterait encore plus qu'aujourd'hui si Nate, Ace, Grace, Alexis, les frères de Nathan ou même Felicity étaient blessés à cause d'elle.

— Embrasse-moi ? murmura-t-elle.

Ce fut davantage une question qu'autre chose, mais il

avait affirmé si souvent ces deux derniers mois qu'ils n'étaient qu'amis qu'elle en était venue à se demander si elle avait imaginé les étincelles de désir dans les yeux de Nathan.

Le souffle de ce dernier s'accéléra tout à coup, et il se lécha les lèvres, mais il ne protesta pas. Il ne vérifia pas si elle était sûre. Il semblait plutôt vouloir saisir l'occasion qu'elle lui offrait avant qu'elle ne puisse changer d'avis.

Il décala lentement sa main, de son menton jusqu'à son cou, puis dans ses cheveux, pour la maintenir tendrement immobile. Il croisa son regard un instant avant d'observer sa bouche. Puis il posa ses lèvres sur les siennes. Bailey ne put retenir le geignement qui lui échappa. Elle eut l'impression d'être frappée par l'éclair. La chair de poule l'envahit, et elle leva les bras pour enlacer Nathan.

Ce n'était pas un baiser pour faire connaissance. Il fut charnel et passionné. Leurs langues se battirent en duel, leurs dents se cognèrent, tandis qu'ils se léchaient et se mordillaient.

Se décalant, Bailey chevauchait désormais ses cuisses et refusait de le laisser s'écarter, continuant le baiser. Il n'essayait pas vraiment de s'échapper non plus. Il avait posé ses mains sur ses hanches pour la maintenir contre lui, et elle glissa les siennes dans ses cheveux, à la base de sa nuque.

Le baiser se poursuivit, et elle avança le bassin jusqu'à pouvoir se presser contre l'érection qui palpitait contre le cœur de sa féminité. Alors qu'elle s'apprêtait à retirer leurs deux tee-shirts pour pouvoir le sentir contre sa peau, il décala ses mains pour l'encourager à se frotter contre lui, les posant sur son dos, une en haut, une en bas.

Ce fut cette dernière qui la fit s'immobiliser. La paume de Logan était grande, elle sentait ses doigts sur son dos et son flanc. Mais surtout, ils lui rappelèrent le dessin sur sa peau. La raison même pour laquelle elle ne pouvait pas l'encourager.

Dès qu'il la sentit se raidir, il recula, s'appuya contre le canapé et se figea, mais sans décaler ses mains.

Bailey se trémoussa pour essayer de les déloger, sans succès.

— Qu'est-ce qui te déplaît dans le fait que je te touche ? demanda-t-il sur un ton tranquille.

Elle distinguait néanmoins la rage dans son regard. Il serrait les mâchoires très fort.

— Ça... Ça ne me dérange pas que tu me touches, mentit-elle à moitié.

Elle adorait qu'il la caresse à certains endroits, mais pas le bas du dos.

— N'importe quoi. Je ne suis pas bête, rétorqua-t-il en appuyant la main contre ses reins, la faisant se figer davantage. Est-ce que ce connard t'a violée ?

Elle inspira vivement. Bon sang, elle oubliait parfois combien il pouvait être franc.

— Non, pas vraiment.

Il se contenta de hausser un sourcil. Elle céda.

— D'accord. Certaines fois, je n'étais pas d'humeur, mais je l'ai fait quand même. Ce n'est pas la même chose.

— Mon cul, oui.

Il se pencha au point que leurs nez se touchèrent presque.

— Si tu ne le voulais pas et qu'il l'a fait quand même, c'est un viol. S'il a pris ce qu'il voulait sans s'assurer à cent pour cent que tu étais partante et prête, c'est un viol.

— Nathan, souffla-t-elle, sans trop savoir quoi dire pour autant.

Il recula pour lui donner un peu d'espace, puis écarta les bras et les allongea sur le dossier du canapé.

Cela avait beau être ce qu'elle avait souhaité – éloigner ses mains de ses reins – c'était nul. Elle eut froid et se sentit mal à l'aise d'être sur ses genoux ainsi sans qu'il la touche.

Alors qu'elle se décalait pour s'asseoir à côté de lui, il reprit la parole d'une voix basse et rauque.

— Je n'ai jamais et je ne forcerai jamais une femme à coucher avec moi. Encore moins toi.

— Je le sais, Nathan. Sincèrement, ce n'est pas ta faute. C'est la mienne.

— Non. Ce n'est pas la tienne. C'est celle de cet enfoiré. Je peux partir, si tu le souhaites. Je refuse que tu associes mes caresses avec quelque chose qu'il t'a fait.

— Non, répliqua-t-elle immédiatement en posant une main sur son bras pour l'empêcher de bouger. Je ne veux pas que tu t'en ailles.

Il la dévisagea si longtemps qu'elle eut l'impression d'être une mouche sous un microscope, puis il dit d'une voix douce :

— J'avais envie de goûter à tes lèvres depuis le jour de notre rencontre. Mais je n'ai pas insisté. J'ai attendu que tu fasses le premier pas. Et ce soir, tu l'as fait. Je ne vais toujours pas insister pour en avoir davantage. Mais je veux que tu saches que je te désire. Et ce qui vient de se passer a changé les choses entre nous.

Bailey acquiesça.

— Cependant, j'ai envie que tu me désires pour l'homme que je suis. Pas parce que tu as pitié de moi ou pour n'importe quelle raison tordue. Je suis un grand garçon, Bailey. Je peux tout à fait gérer de n'être que ton ami et celui de Joel. Ça craint, je ne vais pas te mentir, mais je peux y parvenir. Ce que je ne peux pas gérer, en revanche, c'est que tu me laisses te toucher, t'embrasser, te faire l'amour si ça doit raviver de mauvais souvenirs. Je peux sortir avec toi sans que nous ayons la moindre étreinte physique. Je peux attendre le temps qu'il faut pour que tu te sentes à l'aise avec moi. Je peux y aller lentement, si c'est ce dont tu as besoin. Même si ça doit prendre des années. Des décennies. Je t'apprécie vraiment, Bailey. Si je suis là aujourd'hui, c'est à cause de celle que tu es au fond de toi. Pas à cause de ton apparence ou parce que j'espère coucher avec toi. Je suis tombé amoureux de toi. Totalement. J'admire tout chez toi. Je suis parfaitement conscient que Joel et toi avez des problèmes à régler à cause de votre fréquentation des Inca Boys. Je n'en doute pas une seconde. Mais je ne suis pas comme eux. Tu n'as pas à être effrayée avec moi.

— Je n'ai pas peur en ta présence, affirma-t-elle instantanément. Ça vient de moi. Je suis juste... Il... Il m'a marquée, Nathan.

— Marquée.

Les narines de Nathan s'évasèrent, et il serra les poings. Toutefois, comme elle l'avait dit, elle ne le craignait pas. Pas comme Donovan. Nathan ne fit pas le moindre geste contre elle. Il était évident qu'il était énervé *pour* elle et non *contre* elle. Elle aimait cette facette de sa personnalité. Cela lui donnait l'impression d'être une de ces princesses vierges des dessins animés pour enfants et d'être en présence d'un prince magnifique qui souhaitait la protéger de tous les méchants de ce monde. Dommage qu'il arrive trop tard.

Elle détourna le regard.

— Il m'a marquée, Nathan. Il m'a forcée à me faire tatouer dans le dos alors que je ne le voulais pas. Je déteste ce tatouage. Il est... horrible et j'en ai honte. Honte de ce que j'ai fait et de celle que j'étais.

— Quel connard, jura-t-il avant de prendre une grande inspiration par le nez. Je suis sincèrement désolé de ce qui t'est arrivé. Veux-tu en parler ?

Elle secoua la tête.

— Je préférerais vraiment tout oublier. Mais j'en suis incapable. Je le sens chaque fois que je fais un geste. C'est comme s'il me brûlait la peau. C'est aussi à vif et douloureux qu'après le moment où ils me l'ont fait.

— Ils te *l'ont* fait ?

— Donovan et ses copains m'ont maintenue. Je n'étais pas vraiment consentante.

— Est-ce que je peux t'enlacer, s'il te plaît ?

Ce n'était pas ce qu'elle s'attendait à entendre. Elle leva les yeux vers lui. Elle ne savait pas trop ce qu'elle pensait y trouver. Le dragon furieux, peut-être. De la pitié, peut-être. Elle n'y vit que de la compassion. Et de la tendresse. Elle en avait besoin.

Elle hocha la tête et se blottit contre lui, tandis qu'il l'attirait contre lui, veillant à poser la main sur le haut de son dos.

Ils restèrent dans cette position un long moment. À chaque minute qui s'écoulait, Bailey réalisa qu'elle devenait plus forte. Nathan ne parlait pas, ne tentait pas de balayer de quelques mots ce qui lui était arrivé, n'essayait pas non plus de prétendre savoir ce qu'elle avait traversé. Il se contentait d'être là pour elle. De la laisser gérer ses émotions à sa façon.

Après de longues minutes de silence, elle reprit la parole.

— Donovan n'a pas toujours été un enfoiré. Au début, il était gentil avec moi. Il m'a aidée à terminer le lycée. Il me faisait me sentir bien, me sentir la partie d'un tout. C'était amusant de traîner avec le gang. Un peu dangereux, mais rien de trop méchant.

Nathan la serra contre lui, mais la laissa parler.

— La première fois qu'il a voulu coucher avec moi et que

j'ai refusé, il m'a laissée faire. La deuxième fois, il n'était pas aussi heureux. Au bout d'un moment, le sexe a fini par ne tourner qu'autour de Donovan. Il se fichait de moi ou de mes envies. Il a commencé à me voir comme son objet. Voilà pourquoi il m'a fait faire ce tatouage.

— Je me contrefous de ce que ce connard a gravé sur ta peau, affirma Nathan. Ce qui est marqué dans ton dos ne te définit pas. Néanmoins, il est évident que tu en souffres. Si tu veux, je peux te mettre en contact avec Felicity. Elle connaît des tas de tatoueurs géniaux qui pourraient certainement te le recouvrir.

Bailey se raidit.

— Il est gros et moche, Nathan. Une simple fleur ne pourra pas le recouvrir.

Nathan prit son visage en coupe et se pencha pour l'embrasser sur le front, si doucement, si tendrement que les larmes envahirent ses yeux.

— Je déteste cette situation. Je ferais tout pour remonter le temps et régler ça.

— Tu ne peux pas le faire. Ce sont les décisions que j'ai prises qui m'ont menée à ça. Je n'ai plus qu'à vivre avec.

— Tu l'as dit toi-même, petite fée. Donovan n'a pas toujours été un enfoiré. Et tu étais adolescente. Ce n'est pas un âge où nous sommes connus pour prendre les décisions les plus rationnelles. Je te l'ai déjà dit et je te le redirai. Nous avons tous l'envie de faire certaines choses différemment. Je t'admire tellement.

Bailey s'écarta un peu et le regarda, les sourcils froncés.

— Tu m'admires ? Moi ?

— J'ai rencontré certaines femmes qui traînaient avec le gang, Bailey. J'ai vu comment elles se comportaient. Tu ne leur ressembles pas. Loin de là.

— J'étais comme ça, rétorqua-t-elle.

— Non. Si c'était le cas, tu serais toujours là-bas, aux côtés de Donovan. Tu aurais collaboré avec Kelly pour enlever Alexis. Tu aurais ri de ce que Donovan a fait à Grace. Au contraire, quand les choses sont devenues trop difficiles à tolérer pour toi, tu es partie. Il faut du courage. Et une incroyable force intérieure.

Bailey réfléchit sérieusement aux paroles de Nathan plutôt que de les rejeter en bloc. Avait-il raison ? Elle songea à Kelly. C'était une femme méchante et manipulatrice. Elle avait tout fait pour prendre la place de Bailey, pour être avec Donovan, sans se soucier qui elle faisait souffrir au passage. Si elle avait eu un frère, elle se serait sans doute servie de lui pour obtenir ce qu'elle voulait dans le gang.

Eh oui, Bailey était jeune quand elle avait commencé à fréquenter le gang. Elle n'avait toujours que vingt-quatre ans, mais avait le sentiment d'avoir vécu une vie entière ces dix dernières années. Si elle pouvait revenir en arrière et dire une seule chose à celle qu'elle était à quatorze ans, ce serait de rester le plus loin possible de Donovan et des Inca Boys. Si elle devait donner des conseils à une adolescente aujourd'hui, elle lui dirait la même chose. Alors, pourquoi ne cessait-elle de s'autoflageller à cause de son passé ? Désormais, elle essayait de faire ce qu'il fallait. De retomber sur ses biens. Elle n'était pas une femme mauvaise.

Pour la première fois depuis très longtemps, elle se sentit très légère. Elle avait le sentiment de pouvoir enfin avancer. Peut-être qu'elle ferait recouvrir le tatouage, en fin de compte. Elle ne l'avait pas voulu, n'avait pas demandé à être traitée comme une moins que rien.

La soirée avait débuté par son désir de Nathan. Son envie charnelle de lui. Elle refusait de laisser Donovan lui enlever cela. Elle n'était pas prête en cet instant à avoir une relation sexuelle, cependant, pour la première fois depuis longtemps, elle avait le sentiment qu'elle allait y venir. Avec Nathan.

Ils restèrent enlacés un long moment, avant que Nathan ne l'embrasse sur le front en soupirant.

— Je dois y aller.

— Tu peux rester, balbutia-t-elle.

Elle faillit se liquéfier face à son regard si tendre.

— J'apprécie ta proposition, mais non. Je veux que tu y réfléchisses vraiment. À nous. Sois sûre de vouloir être avec moi, petite fée. Je pensais ce que je t'ai dit. Je peux être ton ami aussi longtemps que tu as besoin que je le sois. Je n'ai pas besoin de la partie physique d'une relation pour être avec toi.

— Je suis sûre, Nathan. Ces deux derniers mois, tu m'as montré le genre d'homme que tu es. Tu ne me forces jamais à rien. Tu es gentil, attentionné, patient, dur quand il faut l'être, mais tu cèdes tout aussi souvent. Tu ne laisses personne, Joel y compris, me manquer de respect, mais tu n'en as rien à cirer qu'on se moque de toi ou qu'on t'insulte. J'aime ça. Je t'aime beaucoup, Nathan. J'ai lutté contre mes sentiments pendant des mois, mais c'est fini. Si tu me veux, je serais idiote de te garder à distance.

Il ne répondit pas verbalement ; il baissa lentement la tête vers elle.

Elle leva le menton et le retrouva à mi-chemin.

Ils passèrent les dix minutes suivantes à s'embrasser. Le baiser fut aussi passionné que la fois précédente avant qu'ils ne s'interrompent. Bailey n'était pas trop embrumée pour ne pas se rendre compte que Nathan veillait à garder les mains loin du tatouage. C'était un homme délicat.

Il ne prendrait pas ce qu'il voudrait en ignorant ses désirs.

Il la laisserait le guider, lui montrer ce qu'elle aimait et comment bouger.

Et elle aurait la chance de lui retourner la faveur. De lui faire découvrir toutes ces choses qu'il n'avait jamais expérimentées. Bon sang, c'était excitant. Il lui avait répété plus d'une fois qu'il n'avait pas beaucoup d'expérience, et elle se demanda si on l'avait déjà sucé. Elle saliva à cette idée. Elle voulait être sa première.

Oh oui, elle désirait Nathan Anderson.

Elle sentit sa libido reprendre vie. Quand elle avait quitté Denver, elle avait cru qu'elle n'aurait plus jamais envie de coucher avec quelqu'un. Elle ne savait pas alors qu'il lui suffirait de rencontrer le bon pour changer d'avis. Nathan était le bon. Elle en était sûre.

Ce fut Nathan qui s'écarta le premier. Pendant leur baiser, Bailey s'était à nouveau installée à califourchon sur lui, et elle se frotta à son sexe érigé. Il gémit, mais lui sourit en prenant ses fesses en coupe pour l'appuyer plus fort contre lui.

— Tu vas devoir faire quelque chose pour ça ce soir, le taquina-t-elle en baissant le regard avant de le relever en souriant.

— Comme tous les soirs depuis notre rencontre.

Elle écarquilla les yeux, sous le choc.

— C'est vrai ?

— Oui, confirma-t-il.

— Ouah, s'exclama-t-elle, avant de reprendre d'une voix plus douce. Moi aussi. Du moins, ces deux dernières semaines à peu de choses près. J'aime... le sexe... et tu as commencé à me plaire vraiment.

Elle n'oublierait jamais le sourire qu'il esquissa à ce moment-là. Un mélange de suffisance, d'émerveillement, et surtout, de plaisir.

Il serra une dernière fois ses fesses puis la repoussa gentiment.

— Je dois y aller, et toi, tu dois aller voir Joel. Ça fait une heure. Il devrait être en train de dormir.

Bailey sourit.

— Qu'est-ce qui te fait sourire ? demanda-t-il en penchant la tête.

— Toi. Tu es excité, et pourtant, tu penses encore à mon frère et ce qui est le mieux pour lui.

— Je tiens à lui, Bailey. C'est un bon gamin.

— Oui.

Il l'embrassa gentiment sur le nez puis l'encouragea à descendre de ses genoux. Elle se releva et lui prit la main quand il l'imita. Ils se dirigèrent ensemble jusqu'à la porte, où Nathan entra le code de l'alarme avant de l'ouvrir. Il lui serra la main, puis la lâcha et commença à s'éloigner à reculons.

— Je t'appelle demain.

Il le lui disait chaque fois, et il le faisait toujours.

— D'accord.

— Bonne nuit, petite fée.

— Toi aussi.

— À plus.

— À plus.

Depuis le pas de la porte, elle regarda Nathan rejoindre sa voiture et monter dedans. Comme chaque fois, il lui fit de grands signes enthousiastes de la main. C'était ridicule. C'était embarrassant. Mais Bailey adorait.

CHAPITRE 16

— Que savons-nous sur les agissements récents de Donovan ? demanda Nathan à Blake et Logan le lendemain, au travail.

C'était un jeudi matin, et, pour la première fois depuis quelques semaines, ils n'avaient aucune mission ce jour-là, si bien qu'ils voulaient faire le point avant de prendre le large. En règle générale, Nathan et Alexis restaient seuls au bureau tandis que Logan et Blake effectuaient des missions, cependant, ce jour-là, les trois frères étaient à Castle Rock. Alexis passait la journée avec Grace et les enfants.

— Rien. Ce qui ne me rassure pas, répliqua Logan.

— Nous ignorons peut-être ce qu'il mijote, ajouta Blake, mais Alexis a découvert que ce n'était pas un type bien.

— Je crois que nous le savions déjà, commenta Nathan.

— Exact, sauf que tu ne sais pas la moitié. Pour commencer, Donovan a quarante-deux ans.

— Quoi ?

— C'est impossible.

Blake leva les mains pour devancer les autres questions de ses frères.

— C'est vrai. Nous savons tous comment il a démarré sa vie criminelle, mais Alexis a creusé davantage. Il a commis un tas de larcins pour lesquels il ne s'est jamais fait attraper. Il a tué des gens simplement parce qu'ils l'énervaient. Pendant deux décennies, il s'en est pris aux adolescentes. Bailey n'était pas la première, mais il l'a gardée plus long-temps que les autres.

— Est-ce qu'Alexis les a retrouvées ? Pour les rencontrer ? demanda Logan.

— Non. Elles ont disparu. Du jour au lendemain. Plus aucun membre du gang n'en parle une fois qu'elles ne sont plus là.

— Merde, souffla Nathan. Est-ce qu'il les a tuées ?

Blake haussa les épaules.

— D'après les rumeurs sur le dark web, il les a vendues. Ce seraient ses frères qui arrangeraient l'échange et récupé-reraient l'argent.

Le silence tomba sur le bureau avant que Nathan ne reprenne la parole.

— Des esclaves sexuelles ?

— D'après ce qu'Alexis a découvert, très certainement.

Nathan songea au tatouage sur le dos de Bailey. Il ne l'avait pas vu, mais pourquoi Donovan marquerait Bailey s'il comptait la vendre comme esclave sexuelle ? Le crétin qui l'achèterait n'aurait pas envie de voir cela sur l'esclave qu'il aurait acquise.

Blake poursuivit, comme s'il avait lu dans ses pensées.

— Alexis s'est heurtée à un mur en faisant des recherches sur lui, alors elle a demandé de l'aide à son mentor... Vous savez, ce retraité de la Navy. Il a découvert qu'ils essayaient de piéger Bailey pour lui faire porter le chapeau d'un braquage de banque.

— Quoi ? Comment ça ? s'écria Nathan, les dents

serrées. Je croyais que Donovan voulait Bailey... En tout cas, c'est l'impression qu'il donne. Alors, pourquoi la piéger ? En plus, le gang est connu pour braquer des supérettes, mais une banque ?

Blake hocha la tête.

— C'est tordu, c'est clair. Donovan veut Bailey, oui, mais peut-être parce qu'elle l'a fui. Il veut sans doute davantage faire de Joel un Inca Boy qu'il ne veut récupérer sa sœur. Je n'en ai aucune idée. En tout cas, on a découvert dans son ordinateur toute une conversation effacée avec ses frères, où ils parlaient de tuer toutes les personnes présentes dans la banque puis de se faire la malle en veillant bien à ce que Bailey soit prise la main dans le sac.

— Comment ? demanda Logan.

— Ils voulaient lui tirer une balle dans la jambe pour qu'elle soit incapable de partir. Elle serait arrêtée, la police verrait ses tatouages de gang et la mettrait en prison pour homicide involontaire.

Il y avait tellement de choses qui clochaient dans ce plan stupide que ce n'était même pas amusant. Découvrir que Donovan n'allait pas vendre Bailey comme esclave sexuelle, mais comptait lui faire passer le reste de sa vie derrière les barreaux, tout en sachant que Donovan prendrait soin de Joel pendant ce temps pour le transformer en lui-même, ne le faisait pas se sentir mieux le moins du monde.

— Nous devons faire tomber Donovan, commenta Nathan, dont la rage montait.

— J'ai parlé à Ross hier, qui m'a dit qu'il était introuvable depuis une semaine. Il a disparu.

La voix de Logan était emplie de colère, elle aussi, après avoir entendu tout ce dont Donovan était capable.

— Est-ce que c'est possible ? demanda Blake. Enfin, c'est pratiquement lui qui maintient le gang à flot, maintenant que ses lieutenants sont morts. Il a énervé les autres membres et, aux dernières nouvelles, ils étaient prêts à se révolter. Tu crois qu'ils l'ont éliminé ?

Logan secoua la tête.

— Non. Il y a peut-être des dissensions, mais je pense que les autres ont trop peur de lui pour tenter quelque chose.

— Est-ce que l'antigang a pu en apprendre plus grâce aux femmes qui gravitent toujours autour ? Grâce aux lycéennes, peut-être ? demanda Nathan, inquiet.

— Non. Elles refusent toutes de parler.

— Merde, jura Blake. Je vais informer Alexis... même si elle doit déjà être au courant. Elle devient une sacrée bonne hackeuse. Je crois que Donovan peut s'en prendre aussi bien à elle qu'à Grace ou Bailey.

Nathan secoua la tête.

— Je pense que tu as tort. Oui, Grace et Alexis doivent être prudentes, mais Grace n'était qu'un boulot pour lui.

Il leva la main pour interrompre la protestation que Logan allait émettre.

— Je sais. Il est allé en prison à cause de ce boulot la concernant, mais j'ai l'impression qu'il va considérer ça comme un aléa des affaires, et pas comme une histoire personnelle.

— Et Alexis ? intervint Blake.

Nathan haussa les épaules.

— Il n'était même pas là quand elle était sous couverture. Oui, ses frères ont été tués, mais bon, ils n'étaient pas très proches les uns des autres. Souvenez-vous. Ross nous a dit que Donovan avait menacé Damian et Dominic de les tuer dès sa sortie s'ils faisaient n'importe quoi avec le gang pendant son absence. Bailey, en revanche, était *à lui*. Ça doit être un sacré coup à son ego de savoir qu'elle s'est barrée.

C'est le genre de connard à penser qu'elle lui appartient. Et il veut sans doute la récupérer pour en faire un exemple et la faire souffrir à la hauteur de ce que sa réputation de leader a souffert à cause d'elle. En plus, il avait des projets pour elle.

— Joel, déclara Logan, sur un ton définitif.

— Oui, Joel. Donovan avait bien commencé à le modeler pour faire de lui un membre du gang. Et honnêtement, il faisait du bon boulot, putain. Il a fallu deux mois de thérapie pour que Joel avoue enfin qu'il n'aimait pas Donovan ni sa façon de se comporter. C'est un bon début, mais j'ai le sentiment qu'il faudra des années pour réparer les dégâts mentaux que ce connard a causés au frère de Bailey.

— Nous devons concevoir un plan. Cet enfoiré va se pointer un jour. Et vu que tout le monde ignore où il est à l'heure actuelle, je crains que ce ne soit dans pas longtemps.

— Nous pouvons protéger Bailey, commenta Blake.

Nathan nia de la tête.

— Non, nous ne pouvons pas, à moins de rester collés à ses basques vingt-quatre heures sur vingt-quatre, ce qui n'arrivera pas, tu le sais aussi bien que moi.

— *Toi*, tu peux le faire, frangin. Tu es plus souvent chez elle que chez toi. D'habitude, tu restais tard le soir à travailler ici. Maintenant, tu pars juste avant cinq heures, et parfois même au milieu de l'après-midi, intervint Logan sans rancœur.

— Tu sais aussi bien que moi que si Donovan veut s'en prendre à elle, il y parviendra. Il peut enlever Joel à l'école et attendre le retour de Bailey. Ou il peut se pointer à son boulot et l'obliger à partir avec lui. Bon sang, il pourrait même causer un accident de voiture, comme avec toi,

Logan. Non, le mieux à faire maintenant, c'est d'être prêts à l'arrêter quand il viendra.

Blake et Logan l'observèrent avec respect.

— À quoi penses-tu ? demanda Logan. À une embuscade ?

— Quelque chose comme ça, oui, confirma Nathan. Mais je vais avoir besoin de votre aide à tous les deux. J'ai quelques idées, mais j'ai besoin de votre expertise en matière de sécurité et de votre expérience de combat acquise à l'armée.

— J'en suis.

— Moi aussi.

— Nous devrions également mettre au point une sorte de signal silencieux entre nous. Bailey habite au bout de Wolfensberger Road. Je dois pouvoir ralentir Donovan s'il se montre, mais s'il vous faut plus de trente minutes pour venir, je ne pense pas que mes tentatives servent à grand-chose. Soit il tuera Bailey et se barrera avec Joel, soit il leur fera du mal, à l'un ou aux deux. En plus, je suis une inconnue dans l'équation, pour lui. Nous ne pouvons pas anticiper sa réaction s'il me voit quand il se pointera.

— Aucun problème. Nous pourrions installer une alarme silencieuse qui envoie un signal sur nos trois télé-phones. Si celui-ci se déclenche, nous appellerons la police. Qui sera sans doute au courant, grâce à l'alarme que tu as fait poser qui prévoit de les contacter si elle se déclenche.

— Nous devrons les prévenir de ce qui les attendra à leur arrivée, indiqua Nathan.

— C'est déjà fait, le rassura Blake. Depuis un an, nous travaillons en étroite collaboration avec eux. Nous nous sommes fait des amis dans les forces de police, et des offi-ciers du SWAT. Ils seront prêts.

Nathan soupira de soulagement.

— Bien. Alors... Devrions-nous prévoir un plan ?

— Carrément, lui dit Logan. À quoi as-tu pensé ?

Pendant les deux heures suivantes, les trois frères discutèrent, argumentèrent et rejetèrent divers scénarios dépeignant ce qu'il se passerait quand Donovan retrouverait enfin son ex-copine. Tous étaient trop risqués et ne dépendaient que d'une seule chose : de la volonté de l'homme de faire mal à Bailey en l'informant qu'il prendrait Joel avec lui, avant de torturer et peut-être tuer Bailey. Mais qu'il ne tuerait ni Bailey ni le petit garçon dès qu'il les verrait.

À la fin de la conversation, ils avaient planifié tout ce qu'ils pouvaient. Logan se leva, s'avança vers Nathan et lui posa une main sur l'épaule.

— Tu le tiens, frangin.

— Ce n'est que mon avis, mais je suis d'accord avec toi sur le fait qu'il va agir bientôt, intervint Blake. Mais il est impossible que cet enfoiré ait le dessus sur nous trois. Et il est hors de question, après ce que Grace et Alexis ont enduré, que nous laissions Bailey souffrir encore plus entre ses mains. Il est fini.

Nathan hocha la tête.

— Carrément.

Logan sourit et lui serra une dernière fois l'épaule avant de reculer et de récupérer sa veste pour l'enfiler.

— Alors... es-tu parvenu à briser certains des murs qu'elle a érigés ?

Nathan lui décocha un immense sourire, sans répondre.

— Tu l'as fait ! s'écria Blake. Bien joué !

— C'est la bonne ? demanda Logan.

Nathan savait ce qu'il voulait dire.

— Oui. Avant, elle était cette femme mystérieuse qui avait réussi à fuir le gang, mais maintenant que je la connais ? Que je sais ce qu'elle a traversé avec eux, à quoi elle a échappé ? Je suis admiratif. Elle est la personne la plus forte de ma connaissance. Elle est fantastique, mais n'en a aucune idée. Je ne lui arrive pas à la cheville, mais j'espère pouvoir la convaincre de me donner une chance de pouvoir leur offrir à Joel et elle le genre de vie qu'ils méritent.

— Tu y parviendras, affirma Blake.

Nathan se tourna vers lui en haussant les sourcils.

— J'ai vu sa façon de te regarder. Oui, elle est prudente, et on ne peut pas le lui reprocher. Mais tu lui as donné de l'espace, tu n'as pas insisté, et tu as été toi.

— Qu'est-ce que ça veut dire ?

— C'est plus qu'évident que tu souhaites sortir avec elle, mais tu as attendu ton heure et tu as gagné sa confiance. Tu as passé du temps avec Joel et elle en étant toi-même. Je parie qu'elle a fréquenté un tas de connards. Mais toi, tu n'es pas comme ça. Tu ne lui ferais jamais le moindre mal. Tu es attentif aux besoins des autres plus qu'aux tiens.

Son frère avait raison, et pas seulement à propos de l'ex-périence de Bailey avec de sales types. Nathan était gêné par son refus de coucher avec une femme dès le premier rendez-vous. Il voulait apprendre à la connaître avant de se retrouver nu avec elle. Cependant, il n'avait pas les mêmes réticences avec Bailey. S'il l'avait pu, il l'aurait ramenée chez lui dès qu'il en avait eu l'opportunité. Toutefois, comme elle s'était attendue à ce comportement de sa part, il avait pris son mal en patience. En plus, ce n'était pas du tout une corvée de passer du temps avec Joel et elle.

— Je ne suis pas sûr..., commença-t-il, avant de s'inter-rompre, pas certain de souhaiter en parler avec ses frères.

— De quoi ? demanda Logan en se penchant vers lui. Tu peux tout nous dire.

— Je ne veux pas la décevoir.

Il hésita, mais poursuivit quand même. S'il ne pouvait

pas poser la question à ses frères, alors qui pourrait-il interroger ?

— J'ai déjà eu des relations sexuelles, mais j'ai toujours eu l'impression de ne pas faire ça bien. Les dernières expériences de Bailey n'étaient pas agréables, et je refuse de la blesser avec mon inexpérience. Je me disais que peut-être...

Il rougit, mais continua.

— Vous avez toujours été populaires auprès des filles. Pouvez-vous me donner des astuces ?

Nathan s'était préparé à toutes les réactions possibles. Des rires. Des railleries. De l'exaspération. Cependant, il reçut un tout autre cadeau. Du respect et de l'acceptation. Ses frères ne se moquèrent pas de lui. Ils se rapprochèrent simplement de lui, puis passèrent la demi-heure suivante à lui parler des zones à caresser pour exciter Bailey. De celles à lécher et sucer, et avec quelle puissance. Ils lui expliquèrent les positions qui plaisaient le plus aux femmes, et ce qui serait le plus agréable pour lui une fois qu'elle aurait eu son orgasme. Ils lui donnèrent des astuces pour tenir plus longtemps afin qu'il ne jouisse pas avant elle, et le prévinrent que certaines femmes pleuraient après avoir pris du plaisir.

La conversation ne fut pas maladroite, et jamais ses frères ne le firent se sentir stupide de les interroger. Lorsqu'ils eurent terminé leur discussion, Nathan se sentait confiant en sa capacité à donner du plaisir à Bailey, à lui faire l'amour de manière mémorable, mais pour les bonnes raisons cette fois-ci.

— Merci, les gars. Je veux juste... Je ne veux rien faire qui pourrait lui rappeler ce type.

— Aucune chance qu'elle te compare à ce connard, insista Blake avec un regard intense. Faire l'amour, ça n'a rien à voir avec coucher avec quelqu'un. Je pense que Bailey et toi, vous allez faire l'amour pour la première fois... et vous le ferez ensemble. Fais-lui confiance, elle te dira ce qui est agréable pour elle et ce qu'elle aime. Suis ses indications et tu ne pourras pas te tromper.

— En plus, intervint Logan, si tu ne peux pas demander des conseils d'ordre sexuel à tes frères, à qui pourrais-tu poser la question ?

Nathan pouffa.

— C'est ce que je me suis dit avant de me lancer.

— Tu as bien fait, répliqua son frère en souriant, avant de sortir son portable de sa poche, qui lui avait annoncé l'arrivée d'un texto. Grace me dit que j'ai eu assez de temps pour renouer nos liens fraternels et qu'il est l'heure de rentrer à la maison.

Nathan haussa un sourcil.

Logan lui fit un sourire, un énorme sourire, avant de préciser :

— Le médecin lui a donné son feu vert pour « reprendre des activités normales », et il semblerait que ma Grace ait envie de retrouver notre vie maritale dans son ensemble.

Nathan et Blake lui sourirent.

— Loin de nous l'idée de t'éloigner de ton lit et de ta femme, répliqua Blake en se levant. Et comme nous avons un jour de congé, ce qui n'arrive que rarement, et que Grace va être occupée, je pense que je vais voir avec ma copine ce qu'elle compte faire ce soir. Peut-être qu'elle sera fatiguée d'avoir passé la journée avec tes fils et voudra faire la sieste.

Les trois hommes éclatèrent de rire, puis Logan reprit son sérieux et posa la main sur l'épaule de Nathan.

— Sois prudent. Ce connard est dangereux et je ne lui fais pas du tout confiance. Si tu as la moindre impression qu'il n'est pas loin, déclenche l'alarme ou appelle-nous.

— Promis, le rassura-t-il. Je ne jouerai pas avec la vie de

Bailey et de Joel. Je veux mettre un terme à cette histoire une bonne fois pour toutes afin qu'elle puisse aller de l'avant, même si ce n'est pas avec moi. Les douze derniers mois n'ont pas été faciles pour elle.

— Je vais contacter Ross et je t'appellerai demain pour te dire s'il a des nouvelles de Donovan. Souviens-toi de notre conversation. Détends-toi, sois toi-même. Tu vas très bien t'en sortir. Tu es un Anderson, après tout, conclut Logan très sérieusement.

Nathan acquiesça légèrement en se retenant de rougir furieusement.

— Oh, et Grace et Felicity disaient l'autre jour qu'elles appréciaient beaucoup Bailey, et que Felicity et elle pourraient manger ensemble un midi. Tu pourras le dire à Bailey, ajouta Logan en rangeant ses affaires.

— C'est une super idée. Elle n'a jamais eu beaucoup d'amies, je pense. Merci.

Nathan rassembla ses affaires après le départ de ses frères. Autrefois, il restait tard au bureau à travailler, mais désormais, il était impatient de voir Bailey. Il regarda sa montre. Il avait encore le temps d'acheter de quoi déjeuner avant d'aller la retrouver au garage. Puis il irait chercher Joel à l'école et le ramènerait chez lui, comme il l'avait fait ces deux dernières semaines.

D'abord, ils feraient les devoirs, et ensuite, Nathan regarderait Joel jouer à *This Is War*. Il ne participerait pas, car il ne serait pas doué. Puis ils iraient récupérer Bailey, Nathan leur préparerait à manger et resterait pour la soirée.

Enfin, avec un peu de chance, il pourrait mettre en pratique certains conseils et suggestions de ses frères. Rien que de penser à certaines choses dont il avait discuté avec Logan et Blake suffit à le rendre à moitié dur et à le faire saliver. C'était trop tôt, d'autant plus qu'il venait juste de découvrir les mauvais traitements que Donovan lui avait fait subir, pourtant, il voulait être avec Bailey. Souhaitant effacer, grâce à son corps contre le sien, tous les douloureux souvenirs de ses précédentes expériences sexuelles.

Il n'était pas un mannequin, mais peut-être qu'elle passerait outre et en voudrait plus, s'il arrivait à lui donner un orgasme.

Il l'espérait, du moins.

Nathan quitta *Ace Sécurité* en proie à diverses émotions contradictoires. Il était impatient de retrouver Bailey et Joel, mais inquiet de leur sécurité. Il ne cessa de regarder dans son rétroviseur en s'engageant sur Wolfensberger Road, avec le sentiment que la confrontation avec Donovan allait se produire très bientôt.

CHAPITRE 17

Bailey observa Felicity, assise à table en face d'elle. Elle ne savait pas trop quoi lui dire. Elle s'était sentie flattée, quand Nathan lui avait dit que Felicity voulait déjeuner avec elle. Mais maintenant qu'elles étaient au restaurant ensemble, elle était mal à l'aise.

— Comment vas-tu ? lui demanda Felicity, en rompant le silence qui régnait depuis qu'elles avaient passé commande.

— Bien, répondit-elle machinalement.

L'autre femme pencha la tête, puis la secoua.

— Non, dis-moi vraiment. Je veux le savoir, sincèrement. Tu as l'air d'aller mieux, d'être moins stressée qu'à la fête de Joel. Pourtant, je vois que tu ne tiens toujours qu'à un fil.

Bailey cilla.

— Tu as remarqué ça ?

— Oui, répliqua Felicity en posant les coudes sur la table pour se pencher vers elle. Je suis passée par là, Bailey. Tu peux me faire confiance.

Elle aurait voulu balayer les paroles de l'autre femme, cependant, elle en fut incapable. À cause de ce regard particulier qu'elle avait, hanté, comme celui de Bailey. Felicity paraissait certainement effrontée et sûre d'elle, mais sous l'enveloppe extérieure, il y avait... quelque chose.

— Tu es passée par là ? répéta-t-elle au bout d'un moment.

Felicity hocha la tête, puis poursuivit d'une voix plus basse.

— Je me croyais seule au monde. Je pensais que je ne serais jamais en sécurité, que je prendrais forcément de mauvaises décisions. Contrairement à toi, mon cauchemar n'a pas commencé à l'adolescence. Il est venu plus tard, mais depuis, j'ai un certain don pour reconnaître une âme sœur. D'abord Grace, puis toi. Tout ce que tu diras restera entre nous.

Bailey allait répondre, mais la serveuse choisit cet instant pour revenir, avec leurs plats.

— Et voilà. Sandwich bacon, salade tomate, avec supplément bacon et mayonnaise à part pour vous, et cheeseburger accompagné de frites de patates douces pour vous. Désirez-vous autre chose, mesdames ?

Bailey observa l'énorme hamburger sur son assiette et en eut l'eau à la bouche. Comme Nathan était sans arrêt avec eux et insistait toujours pour payer ou pour cuisiner, elle ne mégotait plus sur la nourriture. Son cheeseburger avait l'air carrément décadent.

— Tout va bien pour nous, merci, la congédia Felicity.

La serveuse hocha brièvement la tête, puis tourna les talons et alla saluer les clients de la table voisine.

Felicity prit son sandwich comme si elle n'avait pas, juste avant l'interruption de la serveuse, décoché une flèche qui l'avait atteinte droit au cœur.

— Je ne suis pas assez bien pour Nathan, avoua-t-elle tout à coup.

La seule réaction de Felicity fut de reposer son sandwich et s'essuyer la bouche.

— Pourquoi ?

— Pourquoi ? répéta Bailey, perdue.

— Oui. Pourquoi ne penses-tu pas être assez bien pour lui ? Qu'est-ce qui le rend bien meilleur que toi ?

— Euh... tout ?

— Allez, Bailey. Je veux des détails.

Bailey leva la main et compta sur ses doigts.

— J'ai couché avec pratiquement tous les Inca Boys. Mon frère a failli se faire embrigader par le gang par ma faute. Je suis une lâche, qui a fui plutôt que de dénoncer Donovan à la police. J'ai à peine obtenu mon bac, alors que Nathan est un génie. Oh ! Et je ne suis pas sûre de pouvoir lui donner ce qu'il veut.

Felicity prit une nouvelle énorme bouchée de son sandwich et mastiqua. Elle poursuivit après l'avoir avalée.

— O.K., reprenons-les une par une. Ton frère n'est *pas* dans le gang, donc ça ne compte pas. De tous les hommes que j'ai rencontrés, Nathan est celui qui ne te fera vraiment jamais remarquer ton absence de diplôme. Il se fiche totalement de ce genre de choses. Maintenant, passons au plus dur.

Elle tendit le bras pour attraper la main de Bailey.

— Parfois, fuir est la meilleure décision à prendre. S'il y a des choses que tu ne peux pas gérer, si tu sais que, même si tu essayais, elles te reviendraient en pleine face et que ça se terminerait mal pour toi, alors fuir est la seule chose que tu *peux* faire.

Bailey dévisagea l'autre femme. Ses cheveux bruns lui arrivaient aux épaules, et ses yeux bleus paraissaient encore plus lumineux en contraste avec sa peau pâle. Pour la première fois depuis très longtemps, Bailey eut le sentiment que quelqu'un pouvait vraiment saisir. Pouvait véritablement la comprendre.

Felicity poursuivit.

— Quant au fait d'avoir couché avec beaucoup d'hommes... Quand tu as rencontré Donovan, est-ce que c'était un connard ? T'a-t-il forcée à coucher avec lui ?

Bailey secoua la tête, son repas oublié.

— Non. Je ne serais pas sortie avec lui si ça avait été le cas. Enfin, j'aime à penser que je ne l'aurais pas fait, en tout cas. Il était gentil. Il me raccompagnait chez moi après le lycée. Il empêchait certaines brutes de s'en prendre à moi.

— Est-ce que tu aimais ça ? Était-ce agréable ?

— Oui, souffla Bailey.

— N'aie jamais honte de ta sexualité, ordonna Felicity. Le fait que tu aimes le sexe ne fait pas de toi une mauvaise personne. Dans notre société, c'est deux poids deux mesures, en matière de sexe. C'est écœurant. Rien ne justifie qu'un homme couchant avec de nombreuses femmes soit considéré comme un étalon, tandis qu'une femme est à l'inverse qualifiée de salope ou de pute. Une saine libido, ça n'a rien de répréhensible.

Bailey se lécha la lèvre et médita les paroles de Felicity. Elle savait qu'elle avait raison, mais il lui était difficile de ne pas se voir comme une pute, alors que Donovan avait justement tatoué ce mot sur sa peau.

— As-tu moins d'estime pour Nathan sous prétexte qu'il n'a pas la même expérience que toi ?

— Non, pas du tout. Je... J'aurais juste aimé être pure pour lui.

— C'est des conneries, déclara Felicity en s'adossant à sa chaise avec un gros soupir.

Elle regarda autour d'elle pour s'assurer que personne ne les écoutait, et se pencha à nouveau.

— Tout ce que ces histoires de pureté t'apporteraient, c'est d'avoir mal à ta première fois et de ne pas savoir ce que tu aimes ou non. Bailey, ce sera toi l'experte, avec Nathan. Tu as la chance de *lui* montrer ce que *tu* apprécies. Penses-y. Tu peux l'aider à faire de lui le partenaire sexuel que tu désires. Tu veux du sexe une seule fois par mois ? Parfait, tu peux l'habituer à ça. Tu souhaites le faire deux fois par jour ? Génial, montre-lui que c'est ce que tu veux. Tu as toutes les cartes en main. Dans ta situation, je pense que c'est une bonne chose, non ? As-tu déjà été la plus expérimentée au lit ?

Elle y réfléchit.

— Non.

— Bien. Alors, ce sera toi, désormais. C'est important. Le plus important, cela dit, Bailey, c'est que tu as le droit d'aimer le sexe. Tu as le droit d'être bouleversée à cause de ton passé, mais c'est tout. C'est du passé, justement. Oublie-le. Accueille ton avenir les bras ouverts. Tu es *totalement* assez bien pour Nathan. En fait, tu es parfaite pour lui. Tu es pile la femme dont il a besoin. Fais-moi confiance, c'est un homme bien. L'un des meilleurs. Mais je suis un peu triste qu'il n'y ait plus d'Anderson pour moi, conclut-elle avant de pouffer.

Bailey lui rendit son sourire.

— Tout ce que je dis, c'est que tu n'as pas à avoir honte des décisions que tu as prises par le passé. Tu étais enfant. Accorde-toi un peu de crédit. Et autorise-toi à être heureuse maintenant. Avec Nathan.

Elle en était déjà venue aux mêmes conclusions, mais entendre Felicity les énoncer l'aida à les assimiler.

— Tu as raison. Je n'ai pas demandé à me faire violer. Ce n'est pas non plus parce que j'ai aimé coucher avec Donovan que cela lui donnait le droit de me faire tourner entre ses amis. Je ne méritais pas ce qu'il m'a fait. C'était lui qui avait tort, pas moi.

Les yeux de Felicity s'embuèrent.

— Exactement.

— Et toi, ça va ? s'inquiéta Bailey.

— Je vais bien. Je suis contente que tu sois aussi forte, c'est tout. Crois-moi, toutes les femmes agressées par leur copain ne le sont pas, déclara Felicity, d'une voix qui ne vacilla qu'une seule fois.

Bailey aurait aimé creuser le sujet, mais elle se sentait à vif à cause de leurs confidences récentes et ne savait pas combien d'autres elle pourrait en supporter.

— Nathan m'a dit que tu connaissais de super tatoueurs, lança-t-elle, changeant de sujet, en montrant les bras de Felicity. J'adore tes dessins. J'envisageais de m'en faire faire d'autres, peut-être recouvrir les tatouages du gang.

Felicity lui prit le bras et l'examina.

— La plupart sont bien faits, conclut-elle au bout d'un moment. Il n'y en a que très peu que je recouvrirais, à ta place. Si ça t'intéresse vraiment, je connais deux artistes très doués pour cacher des tatouages. Je peux te les présenter, si tu veux.

Bailey prit une profonde inspiration. Puis se lança.

— Il y en a un que j'aimerais changer dans mon dos. Mais il est gros. Est-ce qu'ils font aussi les grands projets ?

— Oui, confirma Felicity. Ils sont géniaux. Je n'ai pas eu besoin de refaire mes tatouages, mais j'ai déjà vu des photos avant/après dans leur magasin, et je peux te dire qu'on ne devinerait jamais qu'il y avait un ancien dessin avant.

— Même si c'est gros ?

— Même si c'est gros, lui assura-t-elle. Je serais ravie de t'accompagner. N'importe quand. Tu n'as qu'à demander, et je serai là.

— Merci.

Elle prit une grande inspiration.

— Je meurs de faim. Et j'en ai assez de cette conversation pesante. Dis-moi, depuis combien de temps connais-tu Grace ?

La discussion prit une tournure plus légère après cela, tandis qu'elles mangeaient. Bailey en apprit davantage sur l'amitié qui liait Grace et Felicity, sur la naissance de la salle de gym avec Cole, le copropriétaire, et sur les projets d'avenir de leur entreprise.

C'était agréable de discuter de tout et n'importe quoi avec une autre femme. Bailey ne se sentait pas en compétition avec Felicity, contrairement aux autres filles qui gravitaient près du gang. Elle se sentait à l'aise. Pour la première fois de sa vie, elle eut le sentiment de pouvoir devenir celle qu'elle voulait. Et celle qu'elle voulait être, c'était une femme présente pour soutenir ses amies, telles que Felicity, Grace et Alexis... et être plus qu'une amie pour Nathan Anderson.

Elle avait fait le premier pas l'autre soir, mais Nathan avait ensuite pris un peu de recul suite à leur conversation intense. Elle avait envie de revenir à ce qu'ils avaient partagé avant qu'elle ne se raidisse sous son contact. Elle souhaitait assumer sa sexualité à nouveau. Elle avait aimé le sexe, autrefois, et était prête à le savourer à nouveau. Avec Nathan. Il ne restait plus qu'à le convaincre qu'elle était prête.

CHAPITRE 18

— Auriez-vous envie de rester dormir ? demanda Nathan, sur un ton qu'il espéra nonchalant.

Il ne voulait pas aller trop vite avec Bailey, cependant, après leur conversation quelques jours plus tôt et le déjeuner de la jeune femme avec Felicity, elle semblait avoir gagné en confiance. Elle le touchait de plus en plus, et avait même été l'instigatrice d'une intense session de pelotage l'autre soir.

Nathan la désirait. Ardemment. Il souhaitait néanmoins qu'elle soit à l'aise et prête à avoir des relations sexuelles. C'était plus important que son propre besoin d'assouvir ses pulsions. Après ce qu'elle avait traversé, il refusait de faire quoi que ce soit qui raviverait ses mauvais souvenirs. Il la laisserait mener la danse dans leurs interactions charnelles... Toutefois, il ferait tout son possible pour passer du temps avec elle. Y compris leur proposer, à son frère et elle, de rester chez lui pour la nuit.

— C'est vrai ? S'il te plaît ! s'écria Joel, excité, en se tournant vers sa sœur. Ça va être trop cool.

Bailey fronça les sourcils.

— Je ne sais pas... Il y a école, demain.

— Je te promets de me coucher à neuf heures. Nous sommes ici tous les soirs, de toute façon.

— Nous n'avons pas toutes tes affaires, tenta Bailey.

— Joel peut mettre l'un de mes tee-shirts pour dormir, intervint Nathan. Et nous pourrons nous arrêter chez vous demain avant l'école pour qu'il se change, et toi aussi, avant d'aller travailler.

Bailey sourit alors, et il soupira de soulagement. Elle cédait.

— Et pour ce qui est des brosses à dents, shampooings et tout ça ?

— Nous pouvons aller à la pharmacie juste à côté.

Bailey se tut quelques instants. Joel la supplia.

— Bail, s'il te plaît ?

— Il n'y a aucune obligation, dit Nathan d'une voix douce. Je t'ai un peu prise de court. Mais je vois bien que vous êtes fatigués, et j'ai une chambre de plus. Je vous promets que vous serez à l'heure à l'école et au travail demain.

Bailey hocha enfin la tête sans le lâcher du regard.

— D'accord. Si tu es sûr que ça ne te pose pas de problème.

— Plus que certain, la rassura-t-il, et ce n'est pas du tout un problème.

— Ouiiiii ! cria Joel. Une soirée-pyjama !

— Tu n'as pas ta console. Tu vas survivre une soirée sans jouer, mon grand ? le taquina Nathan.

— Oui, je peux tenir un jour. Je n'aurai qu'à jouer demain après l'école. J'ai avec moi le livre pris à la biblio-thèque, et tu m'as dit que tu me montrerais des maths qui ne sont pas en base dix.

Nathan lui fit un immense sourire. Il adorait l'esprit

curieux du jeune garçon et son envie de résoudre des problèmes mathématiques avec lui. Et le fait qu'il était surexcité à l'idée de passer la nuit ici. Si cela ne tenait qu'à lui, cette nuit avec Joel et Bailey sous son toit ne serait que la première d'une longue série.

— Allons à la pharmacie avant qu'elle ferme. Puis je te montrerai comment compter en base six. Et si tu comprends vite, je t'apprendrai à additionner et soustraire avec ça.

— Cool, souffla Joel, qui partit chercher ses chaussures, qu'il avait retirées dès qu'il était entré dans la maison.

Dès que Joel se fut éloigné, Nathan se tourna vers Bailey en songeant à son habitation. Elle était modeste, mais de la bonne taille pour lui. De cent dix mètres carrés à peu près, elle disposait d'une cuisine fonctionnelle, d'une pièce de vie, d'une buanderie comportant une entrée sur le côté de la bâtisse, d'une grande chambre, de deux plus petites, ainsi que deux salles de bains... Mais c'était tout. Il avait également un garage pouvant contenir une voiture et un jardin qui donnait sur une prairie. Il avait prévu de le clôturer, mais ne s'y était pas encore résolu, car il appréciait de ne rien voir à perte de vue.

Maintenant que Bailey était entrée dans sa vie, il se rendait compte que la maison n'était pas assez grande. Il lui fallait un bureau pour travailler depuis chez lui, et Joel avait besoin d'une pièce pour jouer. Peut-être faudrait-il une salle multimédia, où ils pourraient regarder des films et Joel faire ses jeux vidéo. Pourquoi pas inviter des amis. Il désirait un garage pour au moins deux voitures, mais trois, ce serait mieux. Il faudrait aussi que Bailey ait la place de travailler sur un véhicule si elle le souhaitait, alors la zone de stationnement supplémentaire lui donnerait la place de stocker les outils dont elle aurait besoin. Un plus grand jardin serait également appréciable. Joel n'était peut-être pas l'enfant le plus attiré par le sport, néanmoins, cela ne lui ferait pas de mal de disposer d'un endroit où il pourrait courir dans tous les sens, afin d'avoir une vie équilibrée.

Plus important encore, il faudrait que la chambre principale soit loin de celle de Joel. Nathan refusait que le petit garçon entende sa sœur en plein ébat... ne serait-ce que pour ne pas raviver de mauvais souvenirs.

Il repoussa ses pensées. C'était bien trop tôt pour envisager un avenir avec Bailey incluant une nouvelle maison. Oui, il semblerait qu'elle veuille sortir avec lui, mais il ignorait si c'était simplement parce qu'il était là tout le temps à ses côtés ou si elle avait des sentiments plus permanents pour lui.

Malgré tout, il allait s'engager à fond dans leur relation et faire en sorte que Bailey l'aime autant qu'il l'aimait déjà.

— Merci de nous laisser passer la nuit ici, lui dit-elle, coupant court à ses méditations silencieuses.

— Avec plaisir, répondit-il, très sincère.

Bailey lui décocha un sourire, léger, plein de promesses, qui fit tressaillir son membre.

— J'ai remarqué que tu avais proposé à Joel d'emprunter l'un de tes tee-shirts, mais à aucun moment tu n'as souligné que je n'avais moi aussi que les vêtements que je porte.

Regardant vers l'endroit où Joel avait disparu pour s'assurer que la voie était libre, Nathan avança dans l'espace personnel de Bailey et la fit reculer jusqu'au comptoir. Il s'appuya dessus à deux mains, emprisonnant la jeune femme, et se pencha si près d'elle que leurs fronts se touchaient presque. Il l'épingla d'un regard intense. Elle posa les mains sur son torse.

— Tu as le choix, Bailey. Tu peux porter l'un de mes tee-shirts, ou dormir dans le plus simple appareil.

— Hum, médita-t-elle, taquine. En règle générale, je

dors nue, mais comme je ne suis pas chez moi et que je vais dormir dans la chambre à côté de celle de mon frère, je ferais mieux de mettre un de tes hauts.

— Pour le cas où ce ne serait pas clair, répliqua-t-il en se redressant, sans bouger les mains pour autant, tu seras dans mon lit. Pas dans la deuxième chambre d'amis. Pas sur le canapé. Dans. Mon. Lit.

Elle resta sidérée quelques instants avant de répondre.

— Et toi, où seras-tu ?

— Où tu me veux. Tu sais que je te désire, que j'ai envie de sentir chaque parcelle de ta peau contre la mienne, que j'ai bien plus besoin de m'enfoncer en toi que de respirer, mais le choix t'appartient. Nous ne sommes pas obligés de faire ça ce soir. Nous irons à ton rythme. Le plus important, c'est que tu sois à l'aise. Mais je te veux dans mon lit. Entre mes draps. Si tu ne me veux pas tout de suite, je prendrai le canapé. Si cela ne te gêne pas de dormir à côté de moi, sans que tu sois pour autant prête à faire plus, ça me va aussi. Je prendrai tout ce que tu voudras bien me donner.

Le souffle de Bailey se bloqua dans sa gorge.

— Je ne te mets pas la pression. Oh que non ! Je n'ai rien à voir avec les connards que tu as connus autrefois. Si nous faisons l'amour ce soir, super. Si nous ne le faisons pas, super aussi. Tant que j'ai la certitude que tu voudras le faire un jour, je peux me montrer patient et dormir sur le canapé jusqu'à ce que tu sois prête.

— Fais-tu ça à cause de Donovan ? Parce que tu crains qu'il vienne ?

Nathan se raidit, mais s'obligea à ne pas bouger. Plus tôt dans la journée, il avait rapporté à Bailey sa conversation avec ses frères concernant Donovan. Elle n'avait pas été ravie de l'apprendre, mais pas surprise non plus. Tous deux savaient que cet enfoiré allait se pointer tôt ou tard.

— Absolument pas. Je ne vais pas te mentir : je suis plus rassuré de vous savoir Joel et toi sous le même toit que moi. Mais ce n'est pas pour cette raison que je te veux.

Il caressa sa joue du dos de la main, avant de glisser celle-ci dans les longs cheveux d'un noir d'encre de la jeune femme pour la maintenir immobile afin qu'elle le regarde dans les yeux.

— Je t'aime, Bailey Hampton. Sans avoir fait l'amour avec toi. Et en sachant que Donovan attend en coulisses de te piéger, d'une manière ou d'une autre. J'aime la femme attentionnée que tu es. J'admire les sacrifices que tu as faits pour ton frère et je sais que tu seras une mère formidable. Je ne sais même pas si tu veux des enfants, mais imaginer ton ventre rond avec mes enfants dedans m'est plus vital que de respirer. Et je tuerai quiconque chercherait à t'enlever à moi.

Voyant qu'elle était sous le choc, les yeux écarquillés, il s'empressa de finir.

— Mon amour pour toi est sans limites et j'espère qu'un jour tu pourras me donner en retour même qu'une fraction du mien, mais il n'y a aucune obligation. Et si tu veux passer à autre chose, avec quelqu'un d'autre, une fois débarrassée de la menace que les Inca Boys font planer sur toi, je m'effacerai.

— Nathan..., commença-t-elle, mais il la fit taire d'un doigt sur ses lèvres.

— Je suis sérieux. Je ne te force pas la main. Mon amour pour toi ne dépend pas de ce que nous ferons ou non dans la chambre, que ce soit coucher ou dormir ensemble ou n'importe quoi. Il existe, c'est tout. Comme l'air dont nous avons besoin pour respirer, l'eau pour boire et la nourriture pour manger.

Elle s'apprêtait à répondre quand Joel déboula dans la cuisine.

— Je suis prêt à partir, Nathan !

Nathan s'écarta rapidement de Bailey, déçu de devoir la lâcher, et alla attraper une bouteille d'eau dans le réfrigérateur – davantage par besoin de s'occuper les mains que par réelle soif.

— Super, mon grand. Il faut juste que ta sœur mette ses chaussures, et nous pourrons y aller.

Il se tourna vers elle et se figea sous son regard. Il était incapable de déterminer les émotions qui y tournoyaient, et ses paroles ne l'aidèrent en rien.

— Plus vite nous partirons, plus vite nous pourrons rentrer et tu pourras commencer à apprendre la base six... ou je ne sais quoi, dit-elle à son frère, qui rit.

— C'est vrai. Allez, viens, traînarde.

Bailey lui ébouriffa les cheveux.

— C'est qui que tu traites de traînard, traînard ?

Nathan regarda le frère et la sœur sortir de la cuisine en se chamaillant gentiment. Il avala une gorgée d'eau et ferma les yeux. Il pensait sincèrement tous les mots qu'il lui avait dits, mais il espérait vivement qu'elle le choisirait. Il n'avait pas menti : il l'aimait. Plus que tout. Rien à voir avec l'amour qu'il ressentait pour ses frères ou ses neveux. C'était plus profond. Plus intense. Et il savait, sans l'ombre d'un doute, qu'il tuerait quiconque s'en prendrait à Bailey et Joel.

Il ignorait ce que cela révélait de lui. Mais il s'en fichait. Il avait l'impression d'avoir trouvé le but de sa vie. Veiller à la sécurité et au bonheur de Bailey et Joel Hampton.

Mais tout d'abord, il leur fallait du dentifrice, une brosse à dents et du shampooing. Il s'occuperait du reste plus tard.

CHAPITRE 19

Bailey eut beau lire cette page dix fois, elle ne parvenait pas à se concentrer sur cette romance. Ils étaient allés acheter le nécessaire de toilette. Nathan avait même fait plus, en prenant du maquillage pour Bailey et un gel douche à l'odeur puissante « que portent tous les garçons » pour Joel, ainsi que de la crème désinfectante, du collyre, des packs de froid, et tout un tas d'autres articles que l'on trouvait normalement dans une trousse à pharmacie.

Lorsqu'elle lui avait demandé ce qu'il faisait, il avait haussé les épaules et affirmé qu'il valait mieux prévenir que guérir, que si l'un d'entre eux tombait malade, il préférait avoir sous la main ce dont ils auraient besoin pour se soigner.

Bailey s'était retrouvée comme deux ronds de flanc au beau milieu de cette allée tandis que Nathan ajoutait toujours plus d'articles dans son panier. Il achetait vraiment trop de choses, mais elle savait pourquoi il le faisait. Ses mots résonnaient encore dans son esprit, même des heures après.

Mon amour pour toi ne dépend pas de ce que nous ferons ou

non dans la chambre, que ce soit coucher ou dormir ensemble ou n'importe quoi. Il existe, c'est tout. Comme l'air dont nous avons besoin pour respirer, l'eau pour boire et la nourriture pour manger.

Elle n'avait jamais ressenti un tel amour. Pas une fois dans sa vie. Elle savait que son père l'aimait, mais en grandissant, elle était devenue plus difficile à gérer et avait surtout éprouvé du ressentiment envers lui. Aucun des hommes avec lesquels elle avait couché ne l'avait aimée de la sorte, encore moins Donovan. Ils ne voyaient en elle qu'une chatte à fourrer.

Nathan, en revanche... *Seigneur.* Elle n'était pas certaine de l'aimer, mais n'était pas sûre du contraire non plus. Que savait-elle de l'amour ? Elle aimait son frère, cependant, ce n'était pas la même chose. Elle l'avait pratiquement élevé.

Assise sur le canapé, elle avait écouté Nathan apprendre les maths en base six à Joel. Cela lui était passé au-dessus de la tête, mais pas à son petit frère, qui avait saisi rapidement et faisait à présent des additions et des soustractions avec. Juste pour s'amuser.

Entendre la patience dont Nathan témoignait envers son frère, leurs rires, lui avait fait monter les larmes aux yeux. Jamais il ne s'agaçait quand Joel ne comprenait pas quelque chose. Jamais il ne le rabaissait ou le faisait culpabiliser. Il expliquait simplement d'une manière différente, jusqu'à ce que Joel saisisse.

Nathan avait beau être un geek, il était un homme bon, l'un des meilleurs qu'elle ait rencontrés. Elle n'était pas certaine de croiser un jour un homme qui soit aussi attentionné envers son frère qu'envers elle.

— Tu es prêt à arrêter pour aujourd'hui, mon grand ? demanda-t-il à Joel.

— Oh, c'est obligé ? gémit son frère.

— Il commence à être tard. Ne t'en fais pas, nous pourrons reprendre une autre fois. Je t'apprendrai peut-être même à compter en base quatre. C'est plus compliqué, puisque c'est une base plus petite.

— Je peux le faire ! s'écria Joel avec enthousiasme.

— J'en suis certain. Mais il faut reposer ton cerveau avant qu'on recommence. Allez, va te laver les dents et te préparer à te coucher.

— Est-ce que tu...

Il hésita, puis reprit rapidement.

— Est-ce que tu vas venir me dire bonne nuit ?

Bailey tourna la tête à ce moment-là et surprit le baiser que Nathan déposa sur les cheveux de son frère.

— Bien sûr, mon grand. Je serai là dans cinq minutes. C'est bon pour toi ?

Joel acquiesça joyeusement puis sauta à bas de sa chaise pour filer dans le couloir.

Nathan la contempla alors, et elle ne put que le fixer pendant plusieurs secondes.

— Ton lit. Nue. Avec toi.

Le sourire qui illumina le visage de Nathan effaça toute gêne qu'elle aurait pu ressentir à s'être montrée aussi directe dans ses désirs.

Quand il se leva de la petite table à manger, toutefois, ce ne fut pas pour venir la voir. Il apporta à la cuisine les verres que Joel et lui avaient utilisés. Elle entendit couler le robinet, puis le bruit de la porte du lave-vaisselle. Elle garda les yeux rivés sur celle de la cuisine.

Quelques instants plus tard, Nathan sortit et appuya sa hanche contre la table. Les bras croisés, il soutint son regard de longues secondes avant de parler tout bas.

— Ne bouge pas. Reste juste ici, comme ça. Je reviens dès qu'il est couché.

— Je peux faire ça, répondit-elle sur le même ton.

— Je me charge de lui.

Son regard s'adoucit, puis ses yeux s'illuminèrent d'une excitation et d'une impatience telles que Bailey les sentit jusqu'entre ses jambes.

— Tu n'imagines pas à quel point je suis heureux de t'avoir chez moi. Sur mon canapé. Et bientôt dans mon lit. Nous serons peut-être fatigués demain, mais les heures de sommeil perdues en vaudront la peine.

Elle se trémoussa sur le canapé tandis que l'humidité se mettait à poindre à son entrejambe. Seigneur, ce type était mortel. Comment se faisait-il qu'aucune femme ne l'ait enlevé jusqu'à présent ? Elle se fichait des inquiétudes qu'il pouvait avoir quant à ses propres performances au lit ; elle était persuadée pour sa part qu'il allait lui faire perdre la tête.

— D'accord. Je t'attends ici.

Il hocha la tête puis se dirigea dans le couloir sans un mot pour rejoindre la chambre où Joel dormait.

Posant son livre, Bailey attendit le retour de Nathan. Tandis qu'elle patientait, elle se rendit compte que c'était la première fois depuis très longtemps qu'elle se sentait excitée et impatiente à l'idée de coucher avec un homme, et non résignée, agacée voire dégoûtée.

Nathan mit plus de temps qu'elle ne le pensait à revenir, mais enfin, il fut de retour. Il s'assit à ses côtés sur le canapé et l'attira immédiatement contre lui, comme d'habitude. Cette fois-ci, cependant, cela lui parut différent, plus intime.

— Pourquoi as-tu été si long ? J'ai failli m'endormir ici, le taquina-t-elle.

Il lui sourit pour lui indiquer qu'il avait compris qu'elle plaisantait, puis il répondit.

— Joel avait quelques inquiétudes.

Le sourire de Bailey s'effaça instantanément.

— Des inquiétudes ? À quel sujet ? Je devrais aller le voir.

Alors qu'elle faisait mine de se lever, Nathan resserra son étreinte autour d'elle.

— Il est bien plus observateur que je ne l'aurais cru, mais vu qu'il a fréquenté Donovan et ses amis, cela ne m'étonne pas. Il a remarqué que je ne te quittais pas du regard, alors il voulait être certain que je n'allais pas te faire des choses contre ton gré.

— Merde. C'est vrai ? souffla-t-elle.

— Oui. Il sait qu'il peut tout me demander et que je lui répondrai sincèrement.

— Que lui as-tu dit ?

— La vérité.

Bailey se mordit nerveusement la lèvre.

— C'est-à-dire ?

Il s'allongea tout à coup et l'encouragea à faire de même. Ils se touchaient au niveau des cuisses, des hanches, du ventre et de la poitrine. Il la fit remonter jusqu'à nicher son membre contre son entrejambe puis laissa ses deux mains sur sa taille.

— Que je t'aime et que je t'ai aimée pratiquement dès l'instant où je t'ai vue. Que je ne te ferai jamais rien contre ton gré. Que je ne te frapperai jamais et ne te ferai jamais de mal.

Bailey l'observa. Elle avait conscience d'écarquiller les yeux, mais elle ne pouvait pas faire autrement. Il lui avait déjà déclaré ses sentiments, pourtant, elle était toujours sidérée de les entendre.

— Comment l'a-t-il pris ? souffla-t-elle.

Nathan l'embrassa sur la tempe, la joue, puis doucement sur les lèvres.

— Il voulait savoir si j'allais t'emmener dans ma chambre. Je lui ai répondu que oui, mais que s'il avait besoin de toi au milieu de la nuit, il pourrait venir n'importe quand. Je lui ai simplement demandé de frapper à la porte avant.

— Donovan lui disait qu'il n'avait pas le droit d'entrer dans sa chambre, jamais. Peu importait ce qu'il entendait ou ce dont il avait besoin.

— Je sais. Joel me l'a dit. C'est pour cette raison que je voulais être certain qu'il sache que non seulement tu seras dans ma chambre de ton plein gré, mais qu'en plus, s'il souhaite s'assurer à n'importe quel moment que tu vas bien, ou s'il a besoin de quoi que ce soit, il est le bienvenu.

Bailey sentit les larmes obstruer sa gorge. Elle les ravala avec peine, puis s'éclaircit la voix et se lécha les lèvres.

— Devrais-je être gênée que nous soyons sur le point de baiser alors que mon frère est à l'autre bout du couloir ?

Nathan secoua immédiatement la tête.

— Non, parce que nous n'allons pas baiser. Je ne peux pas te promettre que nous ne le ferons pas un jour, mais pas ce soir. Bailey, je ne suis pas bête. Je me doute que Donovan devait prendre plaisir à être bruyant pour bien faire savoir à tout le monde ce qu'il faisait... y compris à un gamin de neuf ans. Ce n'est pas mon genre. Je ne serai jamais ainsi. Ce qui se passe entre nous ne regarde que nous. Point barre.

— Je ne crois pas que l'on m'ait déjà fait l'amour une fois dans ma vie, souffla Bailey avant de poser le front contre le cou de Nathan.

Il remonta les bras, glissa rapidement sur le bas de son dos, conscient que cela la mettait mal à l'aise, pour la serrer au niveau des épaules.

— Je suis content d'être ton premier.

Elle sourit, mais ne put ravaler son rire amer.

— C'est amusant, compte tenu de mon passé.

— Ne regarde pas en arrière, Bailey. Pense à aujourd'hui et demain, tu te souviens ?

— Oui.

Elle leva la tête et se souleva pour pouvoir atteindre ses lèvres. Elle l'embrassa doucement.

— Emmène-moi dans ton lit, Nathan, souffla-t-elle contre sa bouche, comme pour insuffler ses paroles en lui. Fais-moi l'amour. J'ai besoin de toi.

Sans un mot, il l'aida à se lever puis lui prit la main et la tira jusqu'à sa chambre. Ils s'avancèrent sans un bruit, et il ferma sa porte de chambre discrètement. Il était si attentionné envers son frère qu'elle était chaque fois reconnaissante de s'être arrêtée pour l'aider le jour où il était en panne.

Il la mena jusqu'à un côté du lit et posa les mains sur ses hanches pour l'enlacer une nouvelle fois. Elle sentait son érection contre son ventre, et le regard qu'il lui adressait faillit la faire brûler sur place.

— As-tu besoin d'utiliser la salle de bains ?

Elle acquiesça.

— D'accord. Je me suis brossé les dents après avoir bordé Joel. Prends ton temps. Je t'attends ici.

Il la serra légèrement contre lui avant de la relâcher.

Elle hocha la tête et se dirigea vers la petite salle de bains attenante à la chambre.

— Bailey ?

Elle se tourna vers lui.

— Merci de me donner ma chance.

Elle ne trouvait pas les mots pour lui expliquer que ce n'était pas l'impression qu'elle avait, mais qu'elle avait au contraire le sentiment que c'était à elle de le remercier lui.

Alors, elle acquiesça simplement, puis entra dans la salle de bains et referma derrière elle.

Cinq minutes plus tard, elle se tenait nue devant le miroir, dos vers la vitre. Elle tourna la tête pour lire les mots terribles gravés dans sa chair.

Propriété des Inca Boys
Pute de D

Cette inscription lui semblait de plus en plus horrible et douloureuse à chaque fois qu'elle la voyait. Elle ferma les yeux et baissa la tête, vaincue. Comment pouvait-elle envisager de laisser Nathan lui faire l'amour ? Le souvenir du jour où elle avait reçu ce tatouage lui revint à l'esprit, et elle eut un haut-le-cœur.

Donovan, Damian, Dominic et le type qui lui avait fait le marquage et dont elle ignorait le nom n'en avaient rien eu à cirer de ses sentiments, du fait qu'elle les supplie de la lâcher. Ils avaient fait ce que Donovan avait voulu sans se soucier de ce qu'elle éprouvait vis-à-vis de ce qui était gravé dans sa chair. L'humiliation ressentie à ce moment-là la terrassa ; elle tomba à genoux.

Puis elle se souvint de l'air incertain de Nathan. Et elle réalisa qu'il était aussi nerveux qu'elle ; qu'il avait autant de complexes physiques qu'elle. Il n'était pas parfait ; pourtant, il faisait tout son possible pour rendre cet instant parfait pour elle. Pour eux. En cachant ses propres insécurités.

Bailey n'était pas encore prête à lui montrer le tatouage, mais elle pouvait se donner à lui. En le faisant, c'était à elle qu'elle ferait un cadeau. Elle souhaitait découvrir à quoi ressemblait le sexe quand il était fait avec quelqu'un se souciant véritablement d'elle, de ses sentiments comme de son plaisir. En retour, elle voulait lui donner confiance en lui. En ses capacités d'amant.

Elle se lécha les lèvres et prit une profonde inspiration. Assez tergiversé. Elle se rendrait dans sa chambre et lui ferait comprendre qu'elle préférait le faire allongée sur le dos. Hors de question qu'elle se retrouve dans une position qui exposerait le tatouage. Elle savait que Nathan respecterait ses souhaits.

Elle enfila le tee-shirt que Nathan avait laissé sur le lavabo à son intention. Le vêtement lui arrivait à mi-cuisse. Elle se dirigea ensuite vers la porte et l'ouvrit avant que son nouveau courage ne l'abandonne.

Nathan était assis sur le côté du lit, l'air mal à l'aise. Quand elle sortit de la pièce, il redressa vivement la tête et se leva. Il avait retiré ses chaussures et ses chaussettes, déboutonné son jean et enlevé sa chemise. Il la fixait en se trémoussant d'un pied sur l'autre.

Bailey le détailla du regard, admirant la vue. Tout comme le jour où elle était entrée dans sa chambre alors qu'il se changeait, elle remarqua son malaise. Pour la première fois de sa vie, elle eut l'impression d'être celle qui avait l'avantage dans cette situation. Elle s'avança lentement vers lui, en ondulant volontairement des hanches.

Le regard de Nathan quitta son visage pour se poser sur les perles de ses seins qui pointaient sous le tee-shirt, puis sur ses hanches. Bailey sourit.

Elle alla directement jusqu'à lui et se mit sur la pointe des pieds. Elle passa les mains autour de son cou et plaqua son corps au sien. La chaleur de sa peau s'infiltra dans la sienne à travers le tissu du vêtement, et jusqu'à son âme.

— Hé, dit-elle tout bas.

— Hé, répliqua-t-il en reposant par habitude les mains sur ses hanches.

Elle avait tout à fait conscience que depuis le jour où elle lui avait parlé du tatouage, il faisait très attention à ne pas lui toucher les reins quand ils s'enlaçaient. Elle était touchée de cette attention.

— C'est moi qui devrais être nerveuse, il me semble, lui dit-elle avec un petit sourire.

Il secoua la tête.

— Je veux tellement que ce soit agréable pour toi. Je refuse de faire quoi que ce soit qui te fasse penser à ce que *lui* t'a fait, et j'ai une peur bleue de tout gâcher.

— Tu ne gâcheras rien, le rassura-t-elle. Je ne peux pas te promettre que de mauvais souvenirs ne vont pas refaire surface, mais je sais que tu n'es pas comme lui. Je ne pourrais jamais te confondre avec Donovan. Jamais.

Elle attrapa une de ses mains, la posa à plat contre son flanc puis la fit remonter lentement jusqu'à l'un de ses seins, pour qu'il le prenne en coupe.

Nathan prit immédiatement le relais ; il serra doucement sa chair, puis effleura du pouce son téton dur comme la pierre jusqu'à ce qu'il ressorte encore plus. Sans un mot, il se pencha pour le sucer à travers le tissu en coton.

Bailey rejeta la tête en arrière en gémissant, et s'agrippa un peu plus fort à son cou quand il la mordilla, la suçota et la taquina sans fin. Lorsqu'il recula, il garda les yeux rivés à ses seins. Baissant le regard, elle remarqua que le tee-shirt blanc était devenu totalement transparent maintenant qu'il était imprégné de salive. Même elle, elle trouva cette vision érotique. Son mamelon rose foncé ressortait sur le blanc qui l'entourait.

Sans un mot, Nathan se décala sur l'autre sein pour le gratifier du même traitement, posant également sa main sur le téton négligé afin qu'il reste érigé pendant qu'il s'occupait de son jumeau.

Enfin, il recula et examina son travail.

— Magnifique, murmura-t-il en passant les pouces sur les deux bourgeons, qui étiraient tant le tissu du tee-shirt qu'ils allaient le déchirer.

Bailey arqua le dos pour s'appuyer contre lui.

Cette fois-ci, ce fut Nathan qui gémit.

— Tu es si belle. De partout.

Elle plissa le nez et indiqua ses bras.

— Mes tatouages sont nazes.

— Non. Ils font partie de toi.

Il entrelaça ses doigts avec ceux de sa main droite et leva son bras. Puis il lui fit perdre la tête.

Il se pencha pour effleurer chaque dessin avec ses lèvres, tout en parlant.

— La première fois que je t'ai vue penchée sur le moteur de Marilyn, je t'ai imaginée ici, dans mon lit. Je n'arrivais pas à détacher les yeux de ces dessins.

Il lécha une rose sur son biceps, puis la caressa du nez.

— Une rose pour une vraie beauté.

Il caressa l'encre qui entourait son bras.

— Des barbelés pour maintenir tout le monde à distance, mais franchir cette barrière, c'est se voir octroyer le plus magnifique des cadeaux.

Sa bouche effleura le pistolet, le couteau et le crâne sur son avant-bras.

— Si dure, et si tendre à la fois.

Il leva les yeux tout en frôlant les initiales de Joel sur son poignet. Puis il passa à l'autre bras et le gratifia de la même tendresse.

Il poursuivit sur chaque tatouage sur son bras. Sans en oublier aucun, même pas le stupide personnage de dessin animé qui était le logo du gang ou les initiales « IB ».

Pendant tout ce temps, il lui murmura des mots magnifiques parlant d'amour et d'adoration.

Lorsqu'il eut terminé, il l'avait transformée en guimauve. Personne ne l'avait fait se sentir aussi chérie et précieuse que Nathan.

Elle posa les mains sur son torse et effleura ses poils épars jusqu'à trouver ses tétons. Il remit à son tour ses paumes sur ses seins sans la quitter du regard. Elle imita ses mouvements. Quand il lui pinça un mamelon, elle lui fit la même chose. Lorsqu'il la caressa légèrement, elle recopia son geste. Bientôt, les bourgeons de Nathan furent aussi durs et érigés que les siens. Sans attendre sa permission, elle s'approcha pour en lécher un. Le frisson qui le parcourut lui donna une gratifiante sensation de puissance. Elle le suça et le taquina de sa langue.

Nathan frotta son aine contre le ventre de Bailey et gémit son nom.

Elle s'écarta en souriant.

— Devrions-nous nous mettre au lit, à ton avis ?

— C'est sans doute une bonne idée. Je ne suis pas sûr de pouvoir rester debout si tu continues à faire ça.

— Tu as aimé ?

— Bailey, rien que te tenir la main, ça me plaît. Sentir ta peau contre la mienne me comble. Alors, te sentir me sucer les tétons ? C'est fantastique.

Encore une fois admirative devant sa franchise, elle lui sourit.

— Si tu trouves que *ça*, c'est agréable, attends que je prenne ton sexe dans ma bouche. Tu vas te croire mort et au paradis.

— C'est déjà l'impression que j'ai. Allonge-toi, ordonna-t-il, d'une voix qui se brisa un peu.

Sans le quitter des yeux, elle recula sur le lit et s'allongea, en prenant soin de garder le tee-shirt bien mis. C'était ridicule, puisqu'ils s'apprêtaient à coucher ensemble, mais elle se sentait extrêmement vulnérable et ne voulait pas que Nathan voie son tatouage. Pas cette fois-ci. Peut-être jamais, mais en tout cas, pas ce soir, clairement.

Il lui sourit avec tendresse et s'installa à côté d'elle. Il se redressa sur un coude et écarta ses mèches de son visage.

— Tu es belle, Bailey. Tes cheveux sont la première chose que j'ai remarquée chez toi. Leur façon de voleter sur ta figure et ta manière de les repousser avec impatience. Ils sont brillants et si doux.

Il entreprit ensuite de tracer chaque trait de son visage.

— Ton nez est mignon, on dirait un bonbon. Tes pommettes te donnent l'air délicate, pourtant, tu as réussi à réparer ma voiture en un tour de main, et ça m'a grandement excité. Et tes lèvres. Bon Dieu, tes lèvres. Chaque fois que tu es nerveuse et que tu t'en mordilles une, j'ai envie d'y passer la langue pour apaiser la morsure.

Il caressa chacune d'elles, avant de s'attarder sur celle du bas. Elle inspira vivement, puis lui lécha le pouce et l'attrapa entre ses dents. D'une main, elle maintint son poignet immobile tandis qu'elle relevait la tête pour pouvoir prendre son doigt entre ses lèvres. Lorsqu'il vit sa langue s'entortiller autour, puis quand elle le suça, il prit une profonde inspiration.

— Bon sang, Bailey. C'est moi qui suis censé te faire du bien. Si tu continues comme ça, ce sera terminé avant d'avoir commencé.

Elle fit sortir son doigt de sa bouche et lui dit quelque chose qu'elle n'avait encore dit à aucun homme de sa vie.

— Si tu jouis le premier, tu pourras tenir plus longtemps quand tu me pénétreras.

— Putain, souffla-t-il, avant de bouger pour s'agenouiller au-dessus d'elle.

Il lui prit les poignets et les releva au-dessus de sa tête.

— Tu es tellement sexy que ça me coupe le souffle, bon sang.

— Tu jures plus quand tu es excitée, commenta-t-elle en souriant.

— Merde, je ne peux pas faire autrement, répliqua-t-il sur un ton absent, car ses yeux étaient rivés sur ses seins toujours durs et humides.

Il lâcha un de ses poignets pour faire glisser ses doigts jusqu'à sa cuisse, où ils se glissèrent sous le tee-shirt pour remonter jusqu'à sa poitrine.

Obnubilée par son tatouage, Bailey tressaillit.

— Pouvons-nous éteindre la lumière ?

Le sentant se figer, elle chercha son regard. Elle vit sa douleur avant qu'il ne la fasse disparaître. Il hocha la tête.

Il se penchait pour atteindre l'interrupteur quand elle l'interrompit.

— Attends.

Il se tourna vers elle.

— Je... Tu ne veux pas éteindre la lumière ?

— Ce n'est pas la première fois qu'une femme veut coucher avec moi dans le noir, commenta-t-il d'une voix sans timbre.

Elle inspira vivement, horrifiée. Elle ne voulait pas dire qu'elle refusait de *le* regarder. Cela lui déplut également qu'il parle de « coucher » et non plus de « faire l'amour ».

— Nathan, je veux te voir. Je veux voir chaque parcelle de ton corps. Je t'ai déjà parlé de mon tatouage... Il est... Il est gros... et passe en partie sur ma taille, si bien qu'il est visible depuis l'avant. Je suis vraiment mortifiée, et tu sais que je n'ai pas envie que tu le voies. Je sais que je ne pourrai pas te le cacher pour toujours, mais pour notre première fois... Je voulais qu'il n'y ait que nous... pas Donovan ou les Inca Boys.

Nathan arrêta d'essayer d'attraper l'interrupteur et retourna au-dessus d'elle, appuyé sur ses coudes et ses genoux.

— Oh, merde. Je suis désolé. Je me suis montré égoïste alors que je t'avais juré que ce ne serait pas le cas. Tu ne veux pas de lumière ? Pas de problème. Je ferai tout ce dont tu as besoin, petite fée. Nous pouvons prendre tout notre temps. Si tu préfères faire l'amour dans le noir ce soir, ce sera aussi parfait que si les lampes nous aveuglaient.

Il l'embrassa sur le front. Puis sur le nez. Puis sur le menton. Puis, enfin, sur les lèvres.

— Tout ce que tu veux, Bailey. Quand tu veux. Où tu veux.

Elle ouvrit les lèvres pour approfondir le baiser. Avec passion. Il lui répondit avec la même fièvre. Ce fut torride, humide, fervent, et tous deux haletaient quand Nathan finit par s'écarter.

— Je veux te faire l'amour dans toutes les positions imaginables, et dans d'autres encore qu'il nous faudra étudier pour comprendre comment les faire fonctionner.

Le désir embrasa les prunelles de Nathan.

Elle poursuivit rapidement.

— Mais ce soir... Si nous gardons les lumières allumées... Il faut que tu me laisses rester sur le dos. Pas parce que je ne te veux que dans cette position, mais parce que ça cachera mon tatouage jusqu'à ce que j'aie le courage de te le montrer. Est-ce que ça te va ?

Nathan l'embrassa en guise de réponse, longuement, une nouvelle fois, et ils avaient le souffle court quand il recula.

— Carrément. Puis-je t'enlever ton tee-shirt ? Ou as-tu besoin de le garder ?

Bon Dieu. Sérieux. Comment cet homme pouvait-il encore être célibataire ? C'était un mystère, tant il était fantastique.

Elle prit une profonde inspiration et glissa les mains entre eux, obligeant Nathan à se redresser pour lui laisser de la place. Elle attrapa le bord du vêtement et, très vite pour ne pas changer d'avis, le passa par-dessus sa tête. Elle le jeta par terre sans se soucier d'où il atterrissait. Elle croisa immédiatement les mains sur le ventre pour cacher les lettres qui pouvaient être visibles depuis l'avant.

Souriant tendrement, Nathan se redressa pour retirer son jean et son sous-vêtement, tirant avec impatience au niveau des chevilles. Elle n'eut qu'un aperçu de son membre avant qu'il ne revienne s'allonger contre elle. Il passa une jambe par-dessus les siennes, prit un sein en coupe et posa l'autre main sur son ventre.

— Voilà, souffla-t-il. Comme ça, nous sommes à égalité.

Avec un regard encore plus chaleureux, ce qu'elle n'aurait pas cru possible, il ajouta :

— Tout ce que je vois, c'est ta beauté. Cela ne me dérange pas du tout de te prendre sur le dos ce soir, petite fée. J'ai hâte de fourrer ma bouche entre tes jambes, de sucer tes tétons à nouveau. Crois-moi, quand je te pénétrerai pour la première fois, ce qui est tatoué sur ton dos sera bien la dernière chose que j'aurai à l'esprit.

Bailey hocha la tête et se lécha les lèvres. Nathan lui donna un rapide baiser, puis il se pencha pour se repaître de ses seins.

CHAPITRE 20

Bailey haleta et attrapa la tête de Nathan à deux mains, en sentant son corps prêt pour un nouvel orgasme.

Nathan sourit quand elle enfonça les ongles dans son crâne. Il avait failli tout gâcher en ne tenant pas compte des sentiments de Bailey concernant son tatouage. Il n'avait pensé qu'à ses propres émotions, ce qui était stupide. Ce n'était pas lui qui s'était fait violer. Ce n'était pas lui qui s'était fait marquer de force dans le dos. Il devait faire en sorte que ce soit agréable pour Bailey. Ses propres désirs et besoins devraient toujours passer à l'arrière-plan, après ceux de Bailey.

Il se concentra sur une des suggestions de ses frères : le contact direct avec le clitoris. Il s'était dit que lécher ses plis intimes lui procurerait du plaisir, et il ne s'était pas trompé, mais il n'avait pas imaginé combien un clitoris était magique.

Chaque fois qu'il y donnait un coup de langue, elle gémissait. Lorsqu'il le suça, elle se trémoussa sous lui et leva les hanches vers sa bouche. Quand il ajouta un doigt, le rentrant et le sortant lentement de son intimité, il sentit ses muscles internes se raidir autour à chaque fois qu'il posait la langue sur son clitoris.

Il alterna entre coups de langue rapides et lents, pour lui laisser le temps de se détendre un peu avant de la faire décoller à nouveau avec des caresses enivrantes. Il ne s'était jamais senti aussi puissant qu'en cet instant. Son membre était dur comme le bois, et il sentait du liquide pré-séminal couler sur les draps, mais il s'en fichait. Donner du bonheur à Bailey était un sentiment exaltant.

Le plaisir de la jeune femme était plus important à ses yeux que sa propre jouissance. Il avait besoin qu'elle savoure l'instant. Décrétant qu'il l'avait taquinée assez long-temps, il tourna un peu la main pour trouver son point G. Ses frères lui avaient dit à quoi il ressemblait sous les doigts et où il se situait en général. Ils l'avaient prévenu qu'il ne le sentirait peut-être pas la première fois et qu'il ne devrait pas s'en vouloir. En revanche, ils lui avaient dit que s'il le décou-vrait, il le saurait à la réaction de Bailey, qui aurait alors le plus puissant orgasme de sa vie.

Il enfonça délicatement son doigt en elle et appuya contre sa paroi intime, quand elle se raidit tout à coup.

Relevant la tête, il appuya à nouveau pour sentir la peau rugueuse à l'intérieur d'elle. Elle eut un soubresaut. Il observa son corps, puis son visage. Elle s'était relevée sur les coudes pour l'étudier.

Un voile de sueur recouvrait sa peau, une mèche de cheveux retombait avec entêtement sur son front et jamais elle ne lui avait paru aussi belle. C'était *lui* qui l'avait mise dans cet état. Il l'avait tellement excitée en lui suçant les seins qu'elle l'avait poussé vers son entrejambe et l'avait supplié de la dévorer.

Il avait obéi avec joie. Elle n'avait pas eu besoin de lui donner beaucoup d'indications, grâce à la discussion avec ses frères qui l'avait grandement aidé. Mais manifestement, elle ne s'attendait pas à cela.

— C'est agréable ?

— Oh mon Dieu, geignit-elle. C'est fantastique.

Nathan la caressa une nouvelle fois et sourit en la sentant tressaillir. Passant l'autre main sous les fesses de Bailey pour écarter sa cuisse, il se baissa à nouveau et, sans la quitter des yeux, lui lécha fort et vite le clitoris au même rythme qu'il apposa sur son point G.

Elle rejeta immédiatement la tête en arrière et retomba sur le dos. Les mains agrippées à la tête de Nathan, elle appuya dessus pour qu'il n'arrête surtout pas. Plus il accélérait le rythme, plus il sentait ses hanches onduler sous lui. Renonçant à lécher, il referma les lèvres autour du clitoris, désormais décalotté, et suça. Fort.

Ce fut ce qu'il fallut pour la faire basculer. Elle tourna la tête et gémit de plaisir contre l'oreiller, pour étouffer les murmures de plaisir qui lui échappaient.

Nathan immobilisa son doigt, fasciné par la sensation de son corps qui l'agrippait alors qu'elle était en proie à l'orgasme. Il lui lécha doucement le clitoris et sourit en percevant ses tressaillements à chaque caresse. Il n'arrêta que lorsqu'elle lui souffla qu'elle était trop sensible.

Il sentait le nectar de la jeune femme sur son visage, sur sa peau. C'était fantastique. Il s'était littéralement baigné dans l'excitation de Bailey, ce qui n'avait fait qu'accroître la sienne.

Elle était allongée immobile sous lui, à respirer fort, un petit sourire sur son visage magnifique. Nathan se redressa pour attraper le préservatif qu'il avait posé sur la table de nuit pendant qu'elle était à la salle de bains.

Pour la première fois de sa vie, il se ficha de son apparence. Était-il trop maigre ? Ses jambes étaient-elles trop longues ? Son membre était-il assez épais ? Assez long ? Toutes ces pensées étaient balayées par son désir de pénétrer la femme qu'il aimait.

Il enfila rapidement la gaine de latex et tressaillit de plaisir en sentant ses doigts sur son membre. Puis il écarta un peu plus les jambes de Bailey et regarda ses plis intimes trempés prêts à l'accueillir. Le clitoris s'était un peu dégonflé, mais il était toujours décalotté. C'était la tache humide sous elle qui lui fit se lécher les lèvres de luxure – il put la goûter sur sa bouche au passage.

Bailey Hampton était dans son lit. Sous lui. Il venait de lui donner deux orgasmes. Il avait presque le sentiment de vivre une expérience extra-corporelle. Il n'avait jamais eu envie de rien autant que de la pénétrer. Mais c'était ses désirs à elle qui comptaient.

— Bailey ? demanda-t-il en lui massant l'intérieur des cuisses.

Son membre palpitait, cependant, il fit appel à toute sa volonté pour l'empêcher de toucher l'endroit où il voulait se nicher.

— Hummm, murmura-t-elle, somnolente.

— Ouvre les yeux.

Il la regarda faire et remarqua son air confus. Puis elle reprit conscience de son environnement et elle baissa le regard. Elle poussa une exclamation de surprise.

— Nathan. Tu es... énorme.

Il pouffa.

— Non, mais merci du compliment.

— Tu n'es pas épais, mais tu es long. Vraiment très long.

Il haussa les épaules.

— Est-ce que je peux ? demanda-t-il poliment.

Il avait très envie d'être en elle, mais il voulait sa permission au préalable.

Elle remonta les genoux et posa les pieds à plat sur le matelas. Puis elle souleva le bassin.

— S'il te plaît. Je vais mourir si tu ne me prends pas.

— Puuutain, s'exclama-t-il, attrapant son sexe d'une main tout en s'accrochant de l'autre à la hanche de Bailey. Si tu as besoin que j'arrête, dis-le-moi et je le ferai. À n'importe quel moment, petite fée. Je préférerais mourir que de te faire souffrir. Physiquement ou mentalement.

— Laisse-moi faire, répliqua-t-elle, les yeux toujours rivés à son sexe et sans tenir compte de ses paroles.

Elle repoussa sa main pour attraper la base de sa verge.

Appuyé sur ses deux bras maintenant, il baissa la tête en gémissant. Plutôt que de le guider jusqu'à son intimité tout de suite, Bailey remonta le caresser de haut en bas, de la pointe à la racine. Elle le fit à deux reprises avant de prendre ses bourses en coupe.

— Pour l'amour du ciel, Bailey, la supplia-t-il, je veux être en toi lorsque je jouirai la première fois. S'il te plaît.

Alors, elle arrêta de le taquiner et ajusta son gland à son intimité mouillée. Il poussa en même temps qu'elle souleva les hanches, les faisant gémir tous les deux.

— Seigneur, petite fée. Je n'avais jamais rien ressenti de tel. Tu es si chaude et humide. Et tu m'aspires comme si tu ne pouvais pas vivre sans ma queue en toi.

— Je ne peux pas. Plus, Nathan. Remplis-moi. Entièrement.

Lentement, il s'enfonça en elle, puis se retira en partie. Il recommença, la pénétrant davantage, puis recula.

— Ça va ?

— Arrête de lambiner et fais-le. Je vais bien.

— Pas de mauvais souvenirs ?

— Non.

— Je ne veux pas te faire de mal, avoua-t-il, les dents serrées.

Il n'avait pas menti. Il n'avait jamais rien ressenti d'aussi agréable que d'être en elle.

— Je ne te ferai jamais de mal.

Elle leva les mains pour prendre son visage en coupe et l'obliger à la regarder.

— Tu. Ne. Me. Fais. Pas. Mal. Maintenant, baise-moi, Nathan. Je veux sentir ta queue contre mon utérus. Vas-y.

Il avait plongé avant même qu'elle n'ait fini de parler. Il s'enfonça de toute sa longueur, puis lui agrippa les fesses pour l'ouvrir un peu plus et pouvoir s'avancer d'un milli-mètre supplémentaire. Il souffla longuement et s'immobi-lisa. Pour graver ce moment dans sa mémoire.

Il avait les bourses contre le petit orifice de Bailey, et il baignait dans l'humidité de son précédent orgasme. Le sang pulsait dans sa verge au rythme des battements de son cœur, et chaque fois qu'elle crispait ses muscles intimes autour de lui, il serrait les dents et pensait à des additions de nombres à trois chiffres en base trois pour s'empêcher d'exploser comme le quasi vierge qu'il était.

— Je te sens entièrement en moi, souffla Bailey, les yeux rivés sur son visage.

— Est-ce que ça va ? Il faut que je recule ?

— Ça va plus que bien. C'est génial. Fantastique. Phéno-ménal. Si tu recules, je te frappe.

Il pouffa, puis haleta, car les parois intimes de Bailey l'enserrèrent davantage dans la manœuvre. Se souvenant de ce que ses frères lui avaient enseigné et de ce qu'il avait éprouvé en la sentant jouir contre ses doigts, il eut tout à coup l'envie puissante de la sentir partir contre son membre.

Il se redressa, toujours fermement planté en elle, et

caressa son clitoris avec son pouce. Il testa d'abord son humidité, pour être certain qu'elle ressentait du plaisir et qu'il ne lui faisait pas mal.

Lorsqu'elle écarquilla les yeux et s'agrippa à ses biceps, il sourit et augmenta la vitesse de son pouce, mais pas la pression.

Très vite, elle recommençait à se tortiller contre lui en essayant de l'obliger à appuyer plus fort.

— Veux-tu jouir à nouveau, Bailey ?

— Bon sang, si tu m'avais demandé ça il y a une minute à peine, je t'aurais dit que c'était impossible. Mais maintenant que tu me remplis, c'est si agréable, que oui, je veux jouir avec toi en moi.

Envahi du désir de lui donner un nouvel orgasme, du plaisir de savoir que c'était lui qui la comblait autant, il fut saisi du besoin de faire des va-et-vient. Son sexe lui faisait presque mal à cause de ses efforts pour retenir sa jouissance.

— J'ai besoin de... bordel... peux-tu...

Sa voix mourut sur ses lèvres et, pour la première fois depuis qu'il l'avait pénétrée, il se sentit hésitant. Était-il censé lui demander de se masturber ? Elle n'aimait peut-être pas faire cela. Sans doute pensait-elle que c'était son boulot à lui de lui donner un orgasme, non ?

Comme d'habitude, elle ne le laissa pas longtemps dans l'incertitude. Elle leva les yeux vers lui et mit immédiatement une main entre leurs corps, repoussant la sienne.

— J'ai compris. Mets un oreiller sous mes fesses, ordonna-t-elle en commençant à se caresser doucement.

Il s'exécuta, et elle l'aida à le placer sous son corps. Elle avait raison : cela lui souleva suffisamment le pelvis pour qu'il puisse la pénétrer avec plus d'aisance.

— Et maintenant ? demanda-t-il, les dents serrées.

— Maintenant, fais-moi l'amour, Nathan. Fais ce qui te

fait plaisir, parce que moi, je suis déjà comblée rien que de t'avoir en moi.

— Je ne te fais pas mal ? demanda-t-il une dernière fois, pour être sûr. J'ai du lubrifiant, si besoin.

— Je suis trempée, le rassura-t-elle. Pas besoin de lubrifiant, vraiment.

Elle entreprit de se caresser plus vite et plus fort.

Nathan n'arrivait pas à détacher le regard de ses doigts. Elle se servait de son index et de son majeur, et se montrait bien plus agressive et brutale qu'il n'aurait osé l'être. Il en prit note pour plus tard.

Il remarqua vaguement les lettres noires sur sa taille, mais il avait d'autres chats à fouetter en cet instant, comme il le lui avait dit. Il se fichait de ce qui était tatoué sur son dos. Vraiment. Tout ce qui lui importait, c'était ceci. C'était eux. Ensemble. Jouissant en même temps.

— Bouge, Nathan, ordonna-t-elle d'une voix rauque.

Il obéit. Il sortit presque entièrement puis s'enfonça le plus loin possible, et recommença, à plusieurs reprises, tout en sentant ses muscles intimes onduler contre son sexe.

Elle posa sa main libre sur son propre sein pour tirer fort sur le mamelon. De nouveau, Nathan prit des notes pour plus tard. Puis, la voir se donner du plaisir, la voir sous lui, lui fit perdre le contrôle pour la première fois de sa vie. C'était plus que ce qu'il pouvait supporter. Il s'enfonça brutalement en elle et grogna en sentant ses testicules frapper son cul. Il recommença, sans se retirer entièrement à présent, mais pour garder une constante friction contre son gland.

Chaque fois qu'il retournait plonger en elle, elle levait les hanches, l'obligeant à la pénétrer plus violemment qu'il ne l'avait prévu. Il se demanda si par hasard il touchait son point G systématiquement ou non, mais elle perdit pied avant qu'il ne puisse répondre à cette question.

— Nathan ! Bon sang, oui ! cria-t-elle, en décollant autour de son membre.

Il parvint à faire quatre nouveaux va-et-vient malgré les muscles qui étranglaient son sexe, avant de s'enfoncer une dernière fois en elle et de se laisser aller.

Jamais il n'avait eu d'orgasme aussi long, puissant et dévastateur que celui-ci. Son sperme lui donna l'impression de jaillir sans fin, remplissant le préservatif au point qu'il crut qu'il allait déborder ou se déchirer. Pas une fois il ne ferma les paupières ni ne quitta du regard le visage de Bailey.

Savoir qu'il lui avait procuré du plaisir rendit sa propre délivrance encore plus agréable.

Il enleva l'oreiller de sous les fesses de la jeune femme puis s'allongea à côté d'elle, sur le flanc, en la faisant pivoter pour qu'il soit toujours en elle tandis qu'ils retombaient de leur orgasme.

— Bordel de merde, murmura-t-elle quand elle eut enfin repris son souffle. C'était un rêve ?

Nathan gloussa.

— Tu as déjà vu le film *Les Tronches* ?

Elle leva la tête et le fixa comme s'il avait perdu l'esprit.

— Euh, oui... Tout le monde l'a vu. Mais quel est le rapport ?

— Betty demande à Lewis si tous les nerds sont aussi doués au lit que lui. Il lui répond que oui, parce que contrairement aux sportifs qui ne pensent qu'au sport, les nerds ne pensent qu'au sexe.

Bailey éclata de rire.

— Si tu me dis que tu as un costume de Dark Vador et

que tu veux faire l'amour en le portant, je vais devoir passer mon tour.

Nathan lui sourit. Il aimait tellement cette femme que son cœur lui faisait mal.

— Je n'ai pas de casque de Dark Vador, mais je serais ravi de m'en procurer un si tu veux jouer.

Elle pouffa de nouveau et blottit son visage contre son torse en passant une jambe par-dessus sa hanche.

— Merci.

— Pourquoi ? répliqua-t-il, sincèrement curieux.

— D'avoir été aussi attentionné. D'avoir rendu cette expérience aussi merveilleuse. De ne pas me traiter que comme un trou dans lequel fourrer ta queue.

Il se raidit, mais s'obligea à se détendre.

— Je t'aime, Bailey. Joel et toi êtes ce que j'ai de plus cher au monde. Toute personne disant du mal sur toi ou te faisant souffrir aura affaire à moi.

Elle leva la tête et l'embrassa sur la mâchoire.

— Et je serai la première à te défendre face à quiconque te traiterait de nerd ou dirait de la merde sur toi, parce que je sais que tu ne le feras pas toi-même.

— Ça ne me dérange pas qu'ils le disent, la rassura-t-il.

— Je sais, mais moi, si, marmonna-t-elle.

Attendri qu'elle tienne suffisamment à lui pour être énervée qu'on dise du mal sur lui, il sourit, puis soupira. Elle ne lui avait pas dit qu'elle l'aimait, mais c'était un bon début.

Son soupir avait fait sortir son membre qui ramollissait. Elle pouffa. Il lui lança un faux regard assassin.

— Ce n'est pas drôle.

Elle roula sur le dos et attrapa le drap froissé sous elle.

— Va t'occuper de ce préservatif. Je t'attends là.

Il s'assit, l'embrassa sur le nez et conclut :

— Tu as intérêt.

Il revint de la salle de bains armé d'un gant de toilette mouillé d'eau chaude. Il s'assit au bord du lit, près de Bailey, et le lui tendit, peu sûr de lui.

— Je t'ai apporté ça... C'est chaud. Je ne savais pas si tu voulais te nettoyer ou non.

Elle le fixa sans un mot.

— Tu n'es pas obligée de t'en servir, marmonna-t-il en faisant mine de se lever.

— Si, s'il te plaît. Je suis désolée, tu m'as prise par surprise. On ne me l'a jamais proposé.

Elle tendit la main, et il y posa le gant. Il disparut sous les draps. Nathan ne la quitta pas des yeux tandis qu'elle se nettoyait. Elle rougit et ressortit la main.

Il récupéra rapidement le gant qui refroidissait et le jeta par terre. Puis il écarta les draps pour s'allonger contre elle, et gémit de plaisir en la sentant venir se blottir contre lui. Elle posa la tête sur son épaule, passa un bras autour de son ventre et cala une jambe entre les siennes.

— Dors bien, Bailey, murmura-t-il.

— Toi aussi, répondit-elle d'une voix à moitié endormie.

Nathan resta un long moment éveillé à écouter la douce respiration de Bailey, allongée entre ses bras, pleine de confiance, et il grava cet instant dans sa mémoire.

Enfin, il ferma les yeux et sombra, plus heureux que jamais.

CHAPITRE 21

À mesure que les jours s'écoulaient, la tension de Nathan croissait. Cela faisait plus de deux semaines qu'il avait parlé de Donovan avec ses frères et qu'ils avaient élaboré un plan. Leur incapacité à trouver le leader du gang les mettait tous sur les nerfs.

Cet homme était là. Quelque part. Aux trousses de Bailey. Nathan le savait. Bailey le savait. Ils avaient longuement discuté quelques jours plus tôt de ce dont Donovan était capable et de ce qu'il était susceptible de lui faire lorsqu'il se montrerait.

Même s'il aurait préféré pouvoir assurer à Bailey que son ex ne poserait pas la main sur elle, il n'était pas en mesure de faire une telle promesse. Ils savaient aussi bien l'un que l'autre que ce n'était qu'une question de temps. Ils s'étaient disputés à propos de Joel si Donovan se pointait. Bailey refusait de lui parler de ce dernier, tandis que Nathan affirmait que son frère devait avoir une idée de ce qui pourrait se passer.

— Il n'est pas assez fort, avait soufflé Bailey. Il fait

toujours des cauchemars, et le psy m'a dit qu'il était encore préoccupé par ce que Donovan lui a fait subir.

— J'en suis conscient, mais veux-tu vraiment que ce connard se pointe sans que Joel soit préparé ? Je pense que si nous lui parlons de nos projets et lui donnons un rôle à jouer, il se sentira responsabilisé. Moins impuissant. Je n'ai pas envie que Donovan le prenne par surprise.

Bailey avait tergiversé, hésité puis finalement cédé. Alors, ils s'étaient assis autour d'une table avec Joel et lui avaient expliqué que d'après eux Donovan allait bientôt venir et qu'ils croyaient savoir ce qu'il comptait faire : se servir de Joel pour faire du mal à Bailey.

Le petit garçon avait semblé accepter les choses, cependant, le lendemain de la conversation, Nathan reçut un appel de sa part, à l'heure du déjeuner.

— Allô ?

— Nathan ?

— Salut, Joel. Ça va ? demanda-t-il, inquiet.

— Oui, je vais bien.

— Es-tu autorisé à utiliser ton téléphone ?

— C'est le repas de midi. J'ai le droit, affirma-t-il.

— D'accord. Qu'est-ce qu'il y a, mon grand ?

Il y eut un silence sur la ligne, puis un aveu précipité :

— Je ne veux pas partir avec Donovan.

Nathan ferma les yeux et soupira discrètement. Il espéra trouver les bons mots pour apaiser Joel.

— Je ne veux pas non plus que tu ailles avec lui. Pas du tout. Mais, mon grand, nous devons être malins. Je peux sans doute le maîtriser à court terme, mais il ne se battra pas loyalement.

— J'ai peur, souffla Joel.

— Je ne suis pas très rassuré non plus, lui dit-il honnêtement. Cependant, je suis sûr qu'à nous trois nous pouvons trouver un plan. J'ai déjà parlé avec mes frères et nous avons quelques idées. L'une d'elles peut marcher, mais ça dépend de toi.

— De moi ? Sérieux ?

Percevant le ton intéressé de l'enfant, Nathan fut soulagé d'avoir réussi à calmer légèrement sa peur pour l'instant.

— Vraiment. Mais c'est délicat et un peu dangereux. D'autant que si Donovan comprend ce que nous faisons, ça va se retourner contre nous.

— On peut y arriver. Il n'est pas très malin. Tu es bien plus intelligent que lui, affirma Joel sans la moindre hésitation.

La confiance de Joel le rasséréna. Il ne pouvait pas laisser tomber le petit garçon.

— Tu es un bon gamin. D'accord, je parlerai à ta sœur tout à l'heure. Nous devons manger ensemble.

Il s'interrompit un instant.

— Tu vas pouvoir finir la journée à l'école ?

— Oui, Nathan, je vais bien.

— D'accord. Dans ce cas, je te récupère dans quelques heures. Essaie de ne pas t'inquiéter. Nous sommes sur le coup.

— Oui. Nous sommes sur le coup. À plus.

— À plus tard.

Nathan raccrocha et serra les dents. Il détestait le fait que Joel ait peur de Donovan. Abhorrait la tension qui planait dans l'air. Et haïssait le fait de devoir impliquer le jeune garçon pour faire tomber Donovan. Malgré ses sentiments à ce sujet, il n'ignorait pourtant pas que c'était ainsi que cela avait le plus de chance de fonctionner.

Il savait aussi qu'il fallait qu'il se passe quelque chose, pour le bien de Bailey. Elle était au bout du rouleau. Il avait appelé Clayson et lui avait demandé si elle pouvait prendre son après-midi. Le vieil homme avait accepté, conscient sans doute qu'elle avait besoin d'une pause.

Cependant, lorsque Nathan entra dans le garage, saluant les mécaniciens à tue-tête, et lui dit qu'il la ramenait chez elle, car elle avait l'après-midi libre, elle ne fut pas ravie, loin de là.

— J'ai des trucs à faire. Je ne peux pas m'en aller comme ça.

— Si, tu peux. J'ai déjà demandé à Clayson et il a accepté, lui expliqua-t-il calmement.

— Hors de question. Mon loyer tombe la semaine prochaine, alors il faut que je travaille. Joel a besoin d'un nouveau jean, parce qu'il pousse comme du chiendent et, franchement, je ne veux pas partir.

Nathan s'approcha d'elle, posa une main sur son cou et son front contre le sien, et lui dit :

— Tu as besoin d'une pause, petite fée. Ça fait plus d'une semaine que tu travailles à fond. Passe l'après-midi avec moi. Juste tous les deux. Nous allons manger, puis nous pourrons parler. Ensuite, nous pourrons passer le temps qu'il nous reste avant de récupérer Joel au lit... sans avoir à être silencieux... d'accord ?

Elle céda, comme si ses mots et son contact étaient magiques, et l'enlaça par la taille. Elle ferma les yeux.

— Je suis tellement fatiguée, murmura-t-elle.

— Je sais. Laisse-moi t'aider. Appuie-toi sur moi.

— D'accord.

— D'accord.

Il posa un bras sur ses épaules et la guida hors du garage, sous le soleil brûlant du Colorado. Adressant un signe à Clayson, qui les observait depuis son bureau, il guida Bailey jusqu'à sa propre voiture.

Il savait qu'elle était irritable, à cause du stress. Et qu'elle était stressée, car elle était sur les nerfs. Et qu'elle était sur les nerfs, parce qu'elle avait conscience que Donovan voulait la trouver, et parce qu'elle s'inquiétait pour son frère.

Il désirait qu'ils prennent un peu de temps ensemble. Pour parler de Joel et Donovan, mais aussi pour se détendre quelques heures.

Il roula jusque chez elle, puisque c'était plus près, et la fit asseoir sur le canapé avec un verre de limonade tandis qu'il leur préparait en vitesse des sandwiches à la dinde et au fromage.

Après le repas, Nathan prit Bailey dans ses bras, dans leur position habituelle sur le canapé, et alla droit au but.

— Ce soir, nous devons parler à Joel de ce qu'il doit faire quand Donovan se montrera.

Elle se raidit et se redressa.

— Non. Je ne veux pas...

— Il m'a appelé aujourd'hui, la coupa Nathan. Il était terrifié à l'idée que Donovan le ramène de force avec lui à Denver. Si nous pouvions le laisser en dehors de ça, je le ferais sans hésiter. Je l'enverrais vivre avec Logan et Blake, mais nous savons l'un comme l'autre que cela n'arrêtera pas Donovan. Il est par ici. Il nous surveille. Je le sens, et je parie que toi aussi. Il attend son heure. Il veut te torturer. Te faire regretter de l'avoir quitté. Il sait que nous sommes ensemble, et c'est ce qui le pousse à se retenir pour l'instant, à mon avis. Il essaie de me jauger et de trouver un plan. Mais nous n'avons plus beaucoup de temps, et je n'ai pas envie que Joel craque quand Donovan arrivera.

Bailey retourna dans ses bras et blottit son visage contre son cou.

— Je déteste ça, dit-elle avec ardeur. Je le déteste *lui*.

— Je sais.

Ils restèrent un long moment silencieux.

— Est-ce que tu as un plan ? demanda finalement Bailey d'une voix hésitante.

— Oui. Logan et Blake m'ont aidé à réduire les failles. Je ne vais pas te mentir : c'est dangereux. Mais vu ce que veut Donovan, à savoir Joel et te torturer, je pense que ça peut marcher. Cela dit, il repose en grande partie sur les épaules de Joel. Et avant que tu ne protestes, il peut le gérer. Je le sais.

Bailey garda si longtemps le silence qu'il crut qu'elle ne répondrait jamais. Enfin, elle reprit la parole d'une voix basse et empreinte de douleur.

— Tout est ma faute.

— Non ! rétorqua-t-il immédiatement, sur un ton si sec qu'elle sursauta. Ne fais pas ça. Tu n'as rien demandé. Tu n'as pas demandé à Donovan de te violer. De te marquer sans ta permission. De te traiter comme de la merde et de corrompre ton frère.

— Mais si je...

— Bailey, non.

Elle s'assit et essaya de quitter son étreinte, mais il ne la laissa pas faire.

— Laisse-moi parler ! Je...

— J'ai dit non, l'interrompit-il une nouvelle fois. Tu vas me sortir des conneries, comme quoi tu étais sa copine et que tu aurais dû le savoir, que tu aurais dû tenir Joel à l'écart de lui. Bla-bla-bla. Mais c'est n'importe quoi. Il a profité de toi, comme il profite de toutes les personnes qui l'entourent. C'est un enfoiré. Pas un homme bien. Tu étais jeune et en proie aux hormones, et plus tard, tu as dû faire face à la perte de ton père tout en essayant d'élever un petit garçon. Ce. N'est. Pas. Ta. Faute.

Bailey s'arracha à ses bras et se leva. Sans un mot, elle retira son tee-shirt et lui tourna le dos.

— Ah oui ? Eh bien, voilà la vérité. J'étais sa pute, Nathan. Une salope des Inca Boys. Je les ai laissés se servir de moi. Je les ai laissés me baiser quand ils le voulaient, comme ils le voulaient. Et j'ai aimé ça... Du moins, au début. Mais ça n'a pas d'importance. J'étais et je serai toujours la sale pute de Donovan.

Nathan fixa les mots obscènes gravés dans le dos de Bailey.

Propriété des Inca Boys
Pute de D

Il aurait aimé que Donovan soit devant lui en cet instant, pour pouvoir le tuer. Lentement. Cet homme était le diable. Le diable incarné.

Nathan ignorait quoi dire. Ignorait quels mots pouvaient aider Bailey à surmonter cela, lui faire comprendre que son passé n'avait aucune importance pour lui, si ce n'est qu'il avait fait d'elle la femme qu'elle était à présent. Celle qu'il aimait de tout son cœur et de toute son âme. Il se mit à genoux et s'approcha d'elle. Haletante, elle avait les bras entourés autour de sa taille, comme pour se protéger.

— Voilà ce que tu me cachais.

Ce n'était pas une question.

— Tu n'es la propriété de personne, petite fée. Et tu n'es certainement pas une pute. Je n'ai jamais été aussi impressionné par quelqu'un que par toi et ta force.

— Je suis souillée, dit-elle tristement. Je n'aurais pas dû te laisser me toucher.

— Les derniers jours ont été les plus heureux de toute ma vie, affirma-t-il, sincère. Et pas seulement parce que nous avons fait l'amour. Ce qui emplit mon cœur de tant de joie, c'est Joel et toi. Passer du temps avec vous. Rire. Aider Joel à faire ses devoirs et voir ses yeux s'illuminer quand il comprend un problème de maths pour la première fois. Te voir assise sur le canapé à lire, simplement. M'endormir à tes côtés. Sentir ta chaleur contre la mienne, t'entendre respirer et savoir que tu as assez confiance en moi pour t'endormir avec moi. Je n'ai jamais connu ça, Bailey. Pas une seule fois dans ma vie.

Il embrassa la peau de son dos, sans se soucier des mots gravés.

— Je ne vais pas te mentir : j'ai très envie de tuer ce connard. Penser à ce que tu as subi entre ses mains me donne envie de le traquer et de lui donner une mort lente et douloureuse. Mais cela ne t'enlèvera pas tes souvenirs, ne reprendra pas ce qu'il t'a fait. En revanche, ce qu'il a fait, fait de *lui* l'enfoiré. Pas toi.

Il s'interrompit pour la laisser assimiler ses paroles et posa le front sur la peau chaude de son dos. Elle frissonna. De dégoût, peut-être. En réaction à son souffle chaud sur sa peau sensible, peut-être. Il n'aurait su le dire, mais il était hors de question qu'il la laisse partir tant qu'ils n'auraient pas réglé cela. Tant qu'elle n'aurait pas compris au plus profond d'elle-même qu'il se fichait de ce que cet enfoiré avait tatoué sur sa peau.

— J'ai peur que, plus tard, tu regrettes de fréquenter la pute d'un gang, avoua-t-elle d'une voix à peine audible et emplie de douleur.

Toujours à genoux, il fit pivoter Bailey jusqu'à ce qu'elle soit face à lui. Il posa les mains sur sa taille, les pouces contre son ventre, et leva les yeux.

— Il n'y a absolument rien à ton sujet que je pourrais regretter. Pas une seule chose. Bailey, nous sommes tous les fruits de notre passé. Nous ne pouvons pas revenir en arrière et le changer. Ma mère a tué mon père. Je suis le fils d'une meurtrière. Est-ce que ça te fait fuir ?

Elle secoua la tête.

— Bien sûr que non.

— Ma mère me frappait. Crois-tu que je vais taper Joel, du coup ?

— Nathan, non, mais ce n'est pas la même chose.

— Notre passé n'est que ça : du passé. Notre avenir, en revanche, c'est ce que *nous* en faisons. Nous pouvons être amers et énervés… ou nous pouvons aller de l'avant. Je veux aller de l'avant avec toi, petite fée. La seule chose que je ressens en voyant ce tatouage, c'est encore plus de rage contre ce connard qui te l'a fait. Tu n'es pas une pute, Bailey. Loin de là.

— Je ne voulais pas qu'il me le fasse, mais il ne m'a pas laissé le choix. Il m'a maintenue et a ri quand je criais. C'était horrible. J'ai détesté.

Nathan se raidit. Il avait à la fois pas envie d'entendre les détails, mais besoin de savoir ce qui lui était arrivé exactement afin de faire payer à Donovan chaque larme, chaque marque sur le corps de Bailey. Cependant, il tempéra son énervement.

— Bailey, lui dit-il en essayant de lui transmettre tous ses sentiments par ses paroles. Je t'aime. Vraiment. Le bon comme le mauvais comme le très moche… Non pas qu'il y ait grand-chose de mauvais ou de moche. Je sais que tu n'es pas parfaite, mais ça…

Il posa la main sur le bas de son dos.

— … ne l'est pas non plus. C'est gravé dans la peau. C'est tout.

— Je veux le faire recouvrir. Felicity m'a dit qu'elle me présenterait à une fille qu'elle connaît et en qui elle a confiance. Je ne sais pas ce que je veux, mais il faudrait que ce soit un dessin symbolisant ma nouvelle vie. Loin de Denver. Loin des Inca Boys.

Elle inspira profondément.

— Avec toi, ajouta-t-elle.

— J'ai envisagé de me faire tatouer, moi aussi. La date de notre rencontre, peut-être, afin de ne jamais l'oublier.

Les larmes que retenait Bailey se mirent à couler, et elle renifla.

— Je ne te mérite pas.

— Si, rétorqua-t-il immédiatement. Nous nous méritons mutuellement. Nous avons vécu l'enfer jusqu'à présent, mais il est temps de mener une vie agréable, tu ne crois pas ?

Elle lui sourit malgré ses larmes et hocha la tête.

— Carrément.

Il lui rendit son sourire et posa la joue sur son ventre pour l'enlacer. Ils restèrent quelques instants dans cette position, à se réconforter.

Lorsque les larmes de Bailey se furent taries et qu'elle semblait avoir surmonté ses émotions, Nathan la regarda.

— Je suis désolé de ce que tu as traversé, mais, à partir de maintenant, plus personne ne te fera du mal. Tu auras la vie que tu aurais dû avoir depuis le début. Je te le promets.

CHAPITRE 22

Deux jours plus tard, Nathan se réveilla avec la bouche de Bailey autour de son sexe. Bien que l'arrivée imminente de Donovan soit comme un nuage menaçant planant au-dessus de leurs vies, sa relation avec Bailey était au beau fixe. C'était comme si le fait de lui avoir montré son tatouage et révélé sa plus grande honte l'avait libérée et lui permettait d'être enfin elle-même avec lui.

Il s'avérait qu'elle était une femme extrêmement charnelle, qui adorait toucher et être touchée. Elle enseignait à Nathan où et comment le faire. Elle n'avait pas menti en avouant aimer le sexe, et il se sentait l'homme le plus chanceux du monde. Non seulement elle était magnifique, mais en plus, c'était son lit *à lui* qu'elle partageait. Elle adorait le réveiller en le suçant, pour voir à quel point elle pouvait le mener au bord du précipice avant qu'il ne soit totalement conscient.

Ce matin-là ne fit pas exception à la règle. Son sexe se retrouva complètement gonflé et à mi-chemin de la gorge de Bailey avant qu'il ne réalise vraiment ce qui se passait. Plutôt que de protester, contrairement aux autres jours, il suivit le mouvement. Il lui maintint la tête pendant qu'elle allait et venait sur lui. En quelques instants, il fut près de basculer ; ses testicules se raidirent, le sperme bouillonnant à l'intérieur, prêt à jaillir au bout de son sexe.

— Je ne tiens plus, petite fée, croassa-t-il, désespéré.

En réponse, elle referma les lèvres autour de lui et suça. Fort. Cela suffit.

— Bon sang ! grogna-t-il, les dents serrées, en faisant tout son possible pour ne pas remonter le bassin et l'étouffer.

Il lui fallut de longues secondes avant de pouvoir à nouveau réfléchir clairement. Quand il y parvint enfin, il se redressa, prit Bailey par la taille et la fit remonter sur lui, jusqu'à ce qu'elle chevauche son visage.

Il ne l'avait dégustée qu'une seule fois dans cette position, mais visiblement, cela lui avait plu, compte tenu de la manière dont elle avait ondulé des hanches sur sa langue et s'était caressé le clitoris sans hésiter. Ce matin-là ne fut pas différent. Le faire jouir dans sa bouche l'excitait, si on en jugeait l'humidité de son entrejambe.

Il ne lui fallut pas longtemps pour convulser sur lui en poussant des cris suraigus. Elle trembla et frémit lorsqu'elle bascula, et Nathan suça et lécha chaque goutte de plaisir qu'il pouvait atteindre avec sa langue.

Elle retomba sur le côté, sa tête près de la hanche de Nathan et un bras passé autour de ses cuisses. Elle haletait.

— Bonjour, petite fée, lui dit-il tout bas, conscient que son immense sourire s'entendait dans sa voix.

Quand elle rit, il sentit la chaleur de son souffle sur sa jambe.

— Bonjour.

— Je pourrais m'habituer à commencer toutes mes journées comme ça, commenta-t-il pince-sans-rire.

Elle releva la tête et haussa un sourcil.

Il explosa de rire et la saisit sous les bras pour la faire remonter jusqu'à lui. Puis il l'embrassa, sans se soucier de son goût dans sa bouche ou du fait qu'elle pouvait elle-même se sentir sur ses lèvres. Ce fut un baiser léger et tendre, si parfait que son cœur se serra. De longues secondes plus tard, elle s'écarta et posa la tête sur son épaule, en passant les doigts dans ses poils épars.

— Je ne peux pas manger avec toi à midi, lui dit Nathan. Mais Grace aimerait beaucoup sortir un peu de chez elle et te retrouver chez *Clayson*. Je crois qu'elle devient un peu folle avec Nate et Ace et qu'elle a besoin de changer d'air.

Bailey leva la tête et lui lança un regard mauvais.

— Tu sais très bien que, présenté comme ça, je ne peux pas refuser.

— Je sais, acquiesça-t-il, les yeux pétillants.

— Très bien. Mais seulement parce que ça fait trop long-temps que je n'ai pas vu ces adorables bébés.

Nathan l'embrassa sur le front.

— Va prendre ta douche, je vais réveiller Joel.

Pendant un long moment, elle se contenta de le dévisager, puis elle reprit la parole d'une voix douce.

— T'ai-je dit récemment combien je t'appréciais ?

— Oui, Bailey.

— Eh bien, je le redis. Merci.

— Je t'en prie. Mais tu sais, je le fais parce que j'ai envie.

— Je le sais.

— Bien. Maintenant, debout. À la douche. Et habille-toi. Je vais réveiller Joel et préparer le petit déjeuner.

Elle l'embrassa avec passion.

— D'accord.

Il la regarda sortir du lit et rejoindre la petite salle de bains. Ils passaient de plus en plus de temps chez lui, en partie parce qu'il disposait de sa propre salle de bains, et en partie parce que Bailey s'y sentait plus en sécurité. Il fut encore plus fier d'elle que d'habitude en la voyant se déplacer nue sans se soucier du fait qu'il voyait son tatouage.

Celui-ci était horrible. Hideux. Mais il ne la définissait pas. Non, il décrivait seulement ce que Donovan avait essayé de faire d'elle. Cependant, elle était une femme tellement meilleure que ne le serait jamais son ex que Nathan faisait à peine attention aux mots haineux gravés dans sa chair. Il ne vit que ses fesses, sa taille mince et l'étincelle dans son regard quand elle lui lança un regard par-dessus son épaule.

Elle ne lui avait pas avoué son amour, mais il le sentait ; dans sa manière de le regarder ; dans sa façon de lui faire l'amour ; dans celle de le remercier. Chaque jour, elle lui exprimait sa reconnaissance d'être entré dans sa vie. Il espérait, bêtement peut-être, que chaque fois qu'elle disait « Merci », elle voulait en réalité dire « Je t'aime ».

Conscient qu'il avait assez traîné au lit, il en sortit et démarra sa journée.

Bailey lança un regard noir à Ozzie. Son seul œil pétilla d'humour.

— Je me demande pourquoi tu paies encore ton loyer alors que tu vis pratiquement chez Nathan.

— Ferme-la, Oz. Ce n'est pas vrai, protesta-t-elle.

Elle venait d'appeler Nathan pour lui dire qu'elle devait s'arrêter chez elle avant de le retrouver chez lui, car Joel et elle avaient besoin de vêtements propres. Ozzie avait manifestement entendu sa conversation et en profitait pour la taquiner.

Il leva une main.

— Hé, ne te méprends pas, je trouve ça génial. Je l'aime bien... même s'il ne sait pas faire la différence entre équipementier et fournisseur de pièces détachées.

Bailey leva les yeux au ciel.

— Il n'y a pas que les réparations de voiture dans la vie, Ozzie.

Il devint sérieux.

— Tu n'aurais pas dit la même chose il y a quelques mois. Ce type n'est pas un mannequin bodybuildé, mais il est parfait pour toi, Bailey. C'est ce que je voulais te dire.

— Il n'y a rien qui cloche chez lui, protesta-t-elle immédiatement.

— Ce n'est pas ce que je voulais dire. Mais ce n'est pas Mister Univers non plus.

— Et alors ?

— Et alors rien. Écoute, il est évident que ce type tient à toi, et c'est tout ce qui compte.

— Il me dit qu'il m'aime, avoua-t-elle tout de go, avant de fermer les yeux, gênée.

Elle n'avait pas du tout eu l'intention de le dire à Ozzie.

— S'il te dit qu'il t'aime, alors, c'est qu'il t'aime.

Elle plissa le nez.

— C'est trop tôt. J'ai peur qu'il se retrouve embarqué dans mes problèmes et reprenne ses esprits dès que c'est terminé.

— Je ne dis pas ça pour le critiquer, mais des types comme lui... reçoivent rarement l'attention de femmes comme toi. Et aussi surprenant que ça en ait l'air, les hommes tombent en général amoureux plus vite et ce sont eux, statistiquement, qui sont les plus prompts à dire « je t'aime » en premier.

Bailey serra les dents. Elle en avait sa claque qu'on critique son copain parce qu'il était un nerd.

— Ozzie, tu es comme un frère pour moi, je te le jure. Mais si tu dis une seule autre parole désobligeante sur Nathan, je vais te frapper. Oui, c'est un geek. Et alors ? Il y a en lui un mâle alpha qui sort aux moments les plus inattendus. Et, ces deux dernières semaines, sa confiance en lui a beaucoup grandi. Je ne sais pas pourquoi, mais c'est hyper sexy. Il se contrefout de ce que les autres peuvent dire de lui, mais pas moi. Alors, je t'interdis de le critiquer à nouveau. Compris ?

Face à l'immense sourire qu'arborait Ozzie, elle posa ses mains sur ses hanches.

— Qu'est-ce qui t'amuse comme ça ? demanda-t-elle d'une voix autoritaire.

— Rien.

Il n'arrêta pas de sourire pour autant. Elle leva les yeux au ciel.

— O.K., je m'en vais. Dis à Clayson que l'Accord est terminée. Elle n'a pas besoin de nouveau filtre à air.

— Ça marche. Amuse-toi bien ce soir avec ton copain.

Elle leva la main et lui fit un doigt d'honneur sans se retourner.

— J'en ai bien l'intention, répliqua-t-elle, souriant quand elle entendit Ozzie éclater de rire.

Alors qu'elle démarrait sa Chevelle, elle pensa à la soirée qui l'attendait. Nathan et Joel avaient prévu de jouer à *This Is War*. Même si Nathan était nul à ce jeu, il disait qu'il voulait s'améliorer. Et que, comme il enseignait les maths à Joel, ce n'était que justice que ce dernier essaie de lui apprendre comment mieux jouer aux jeux vidéo. C'était mignon, et elle savait que Joel se sentait important à l'idée d'être un expert dans un domaine que Nathan ne maîtrisait pas du tout.

Bailey lui avait dit qu'elle se rendrait chez lui après avoir fait un détour par chez elle pour récupérer quelques vêtements, mais il avait insisté pour la retrouver à sa maison.

— Tu m'as trop manqué aujourd'hui, lui avait-il dit. Ça fait huit heures que je ne t'ai pas vue. Alors trente minutes de plus, c'est trop long. Je vais aller chercher Joel et nous te retrouverons chez vous.

Que pouvait-elle répondre à part « d'accord » ? Nathan aussi lui avait manqué.

Le fréquenter était génial. Elle en apprenait beaucoup sur lui juste en le regardant interagir avec les autres. Il restait beaucoup en retrait, surtout en présence de ses frères, mais il était un très bon observateur. Il remarquait ce que la plupart des autres personnes ne voyaient pas. Son esprit d'analyse ne cessait jamais de fonctionner.

Elle avait dit la vérité à Ozzie. Depuis qu'ils se fréquentaient vraiment, elle l'avait vu sortir de sa coquille. Il se montrait plus ouvert avec les inconnus, plus protecteur envers Joel et elle, aussi, et il se rabaissait moins qu'autrefois. Elle aimait se dire qu'elle avait sa part de responsabilité dans sa nouvelle confiance en lui.

De plus, une fois qu'il avait oublié sa timidité au lit, il avait largement dépassé ses attentes. Elle avait toujours été une femme charnelle, cependant, au fil du temps, Donovan avait réduit sa libido en miettes, au point qu'il ne lui restait plus rien. Mais l'enthousiasme de Nathan et son évident amour pour elle avaient fait renaître sa libido, plus forte que jamais. Cela faisait longtemps qu'elle n'avait plus songé aux choses affreuses que Donovan lui avait fait faire. Nathan et elle avaient fait l'amour tous les soirs depuis une dizaine de jours, et elle adorait lui faire découvrir de nouvelles positions et activités.

Par le passé, elle tolérait les queues dans sa bouche sans y prendre de réel plaisir. Toutefois, l'enthousiasme de Nathan, le plaisir qu'il ressentait quand elle le lui faisait... et le fait qu'il jouisse plus vite quand elle le prenait entre ses lèvres lui avait fait reconsidérer sa position. Elle adorait pouvoir lui faire perdre le contrôle aussi vite.

Elle n'avait jamais été aussi heureuse, dans aucune de ses relations. Elle se sentait parfois coupable ; Nathan lui disait sans cesse combien elle comptait pour lui, et jamais elle ne lui retournait la faveur. Mais elle n'était pas sûre de ses propres sentiments. Elle appréciait sa compagnie, le respectait, l'aimait beaucoup, cependant, elle ignorait ce qu'était le véritable amour pour un homme. Elle refusait de le faire souffrir ; or, si elle lui disait qu'elle l'aimait, puis plus tard déclarait s'être trompée, il souffrirait à coup sûr.

Pendant tout le trajet jusqu'à chez elle, certes pas très long, elle ne pensa qu'à Nathan. Elle devenait impatiente tous les jours, en fin d'après-midi, quand elle savait qu'il allait venir la chercher ou qu'elle allait bientôt le revoir. C'était ridicule, mais agréable.

Elle se gara dans sa petite allée et sourit en voyant le tas de ferraille de Nathan déjà là. Elle sortit précipitamment de sa voiture et trottina jusqu'à sa porte, impatiente de voir l'homme qui avait rapidement occupé une place centrale dans son monde – d'une manière saine, cette fois-ci, et non destructrice, comme autrefois.

Elle ouvrit la porte et s'écria joyeusement « Salut, les garçons ! »

Son sourire disparut de son visage quand elle remarqua la scène qui l'attendait. Nathan était assis sur l'une des chaises de la cuisine, les mains attachées dans le dos et les chevilles liées aux pieds du siège.

Joel était debout non loin et avait l'air sur le point de craquer complètement.

Et Donovan, ce putain de Donovan, se trouvait juste à côté de son petit frère. Il avait une main sur sa nuque. Et il arborait un immense sourire narquois.

— On t'attendait, Bailey. La fête peut commencer.

CHAPITRE 23

Bailey referma lentement la porte, prit une grande inspiration pour se donner du courage, puis regarda son ex.

Donovan ne ressemblait à rien. Oh, il était encore musclé et arborait toujours ce sourire arrogant qui lui était propre, persuadé qu'il était que ce dernier lui permettrait d'obtenir tout ce qu'il désirait. Cependant, sa peau était pâle et il semblait débraillé. Elle ignorait à quand remontait sa dernière douche, mais cela devait faire un moment. Son jean était sale, taché de noir et de poussière. Il semblait avoir perdu du poids, et il se trémoussait d'une jambe à l'autre comme s'il était incapable de rester immobile.

Bailey se tourna vers son frère.

— Ça va ? lui demanda-t-elle d'une voix ferme et résolue.

Elle savait que ce jour allait venir, et bien qu'elle ait tout de même été surprise, elle ferait exactement ce dont Nathan et elle avaient discuté. Elle espérait que Joel était prêt également.

— Oui, confirma-t-il tout bas, avant de tressaillir quand Donovan lui serra la nuque.

— Tu pensais quand même pas pouvoir t'éloigner de moi, si ? demanda-t-il sur un ton nonchalant.

Elle haussa les épaules.

— Je pensais que tu serais prêt à aller de l'avant, quand tu sortirais de prison.

— Pas vraiment. Tu étais la chatte la plus chaude des Inca Boys. Et même si j'avais voulu aller de l'avant, t'as pas le droit de le faire, toi. D'autres Boys attendent leur tour.

Elle se força à ravaler la bile qui lui remontait dans la gorge. Malheureusement, il continua à parler.

— Depuis le jour où tu t'es pointée à l'une de nos fêtes, à quatorze ans, tu étais marquée. Je savais que tu serais à moi. J'ai laissé d'autres gars jouer avec toi quelque temps. Pour t'apprendre comment sucer des queues et te faire mettre. T'es qu'une moins que rien et tu seras qu'un jouet toute ta vie. Ta place est avec les Inca Boys et c'est tout.

— Euh... excusez-moi... c'est de Bailey que vous parlez ? demanda Nathan d'une voix docile et tremblante qu'elle ne lui avait jamais entendue.

Donovan se tourna vers lui et, sans un mot, le frappa au visage. Bailey poussa un cri en voyant sa tête partir violemment sur le côté sous la violence du choc et le sang se mettre à couler de son nez.

— Aïïïïïïïïe, ça fait mal, geignit Nathan.

— Arrête de poser des questions connes et je te frapperai plus, répliqua Donovan calmement.

Joel, les yeux écarquillés, garda le silence.

— Je ne savais pas qu'elle était à toi, mec. Elle ne m'avait pas dit qu'elle était dans un gang.

— Il veut dire quoi le tatouage dans son dos d'après toi, connard ?

— Quel tatouage ?

Donovan leva à nouveau le bras, frappant Nathan sur la joue. Sa tête partit une nouvelle fois sur le côté.

— Bon sang, arrêtez ! cria-t-il.

— Bailey, me dis pas que tu baises cette chochotte, si ? Franchement, c'est dégueu. Regarde-le. Il est maigrichon et ressemble à un naze. Je parie que vous passez votre temps à regarder *Star Wars* et des conneries de ce genre. Où sont ses lunettes de geek ?

— Laisse-le tranquille, le supplia-t-elle.

Elle savait que cela faisait partie du plan, mais elle détestait voir le sang qui coulait sur le visage de Nathan. Elle *abhorrait* cette vue. Nathan et elle en avaient discuté, il fallait que Donovan ne le considère pas comme une menace. Ils avaient même évoqué le fait qu'il puisse recevoir quelques coups au passage, mais cela semblait tellement plus... vrai... de voir le sang.

Donovan lâcha Joel pour s'approcher d'elle, toujours près de la porte d'entrée. Il la saisit violemment par le bras et la traîna jusqu'à Nathan. Elle refusa de regarder ce dernier. Elle en était incapable. Elle souffrirait trop, et cela ruinerait le plan.

Donovan la fit pivoter, l'obligea à se baisser en appuyant brutalement sur sa tête, et remonta son tee-shirt pour révéler son dos.

— Ce tatouage, enfoiré, aboya-t-il à l'intention de Nathan. C'est *ma* pute. Je la baise quand je veux, où je veux, comme je veux. Et quand j'ai fini, je la file à qui je veux. Elle accepte sans se plaindre, en plus. Parce qu'elle n'est qu'une pute stupide. Une salope bonne à rien. Les femmes ne sont bonnes qu'à baiser et sucer. C'est tout. Elles sont faibles et emmerdantes.

Il conclut sa déclaration en la repoussant le plus fort possible. Elle leva les mains pour se rattraper, mais ne fut pas assez rapide. Elle cogna le sol la tête la première et cria à la douleur qui explosa dans sa joue. Allongée par terre, elle regarda l'homme qu'elle avait un jour cru aimer.

Elle serra les dents. Donovan ne gagnerait pas ce soir. Il y avait bien trop de choses en jeu. Sa relation avec Nathan. L'avenir de Joel. Son propre bien-être. Non, leur plan allait marcher. Il le fallait.

— Allez, mec. Je n'ai jamais vu ce tatouage, déclara Nathan d'une voix pathétique qu'elle ne lui avait jamais entendue. Elle était toujours allongée sur le dos quand nous l'avons fait. Elle refusait de le faire différemment. Je suppose que c'est sa seule manière de jouir.

Donovan explosa de rire. Il rejeta la tête en arrière et se moqua de Nathan comme s'il avait dit la chose la plus amusante au monde.

— Jouir ? Abruti. Inutile de faire jouir une femme. Pour-quoi tu perds ton temps à ça ? Non, mec. Une nana, ça se baise comme *toi*, tu le veux, pas comme elle le choisit.

Bailey était énervée que Joel entende tous ces mots horribles, mais elle ne pouvait rien y faire pour l'instant. Elle gérerait le problème plus tard.

Son ex se tourna à cet instant vers son frère, comme si, en pensant à lui, elle le lui avait rappelé. Il retourna près du petit garçon et lui serra fort le bras.

— Joel. Je t'ai manqué ?

Il acquiesça avec frénésie.

— C'est vrai ? À quel point ?

— Beaucoup, murmura Joel.

— Hum. Je suis pas sûr de te croire, rétorqua Donovan en se renfrognant.

En un clin d'œil, il était passé de joyeux à soupçonneux.

Bailey lui avait souvent vu ces changements d'humeur

imprévisibles par le passé. Elle observa les bras de Donovan et remarqua les bleus à l'intérieur de ses coudes et sur le dos de ses mains. De la drogue. Elle comprit qu'il avait franchi cette ligne qu'il avait juré de ne jamais dépasser. Il avait toujours dit que les drogues foutaient les gens en l'air, leur faisaient prendre de mauvaises décisions. Il semblait avoir changé d'avis.

— J'ai... J'ai trouvé sur Internet un film comme ceux que tu m'as montrés. Je l'ai r... regardé, balbutia Joel.

Le cœur de Bailey se brisa, et elle maudit Donovan de faire ça à son frère.

— Bon garçon, le félicita-t-il en lui ébouriffant les cheveux comme s'il était un chien.

— Écoutez, je ne savais pas que c'était votre copine, intervint Nathan d'une voix pressée. Détachez-moi et je vous laisse tranquille. Vous pouvez la garder. Je ne veux pas me retrouver mêlé à un gang.

Bailey se tourna vers lui et tressaillit. Il la fixait comme s'il ne la connaissait pas. Elle savait qu'il jouait simplement le jeu. Elle le *savait*. Cela fit quand même mal.

— Tu me prends pour un imbécile ? Je vais pas te laisser partir. Déjà, parce que tu vas appeler les flics. Ensuite, parce que je sais qui t'es. Si tu contactes pas la police, c'est tes frères que tu vas appeler. Les costauds. Ceux qui se sont sans doute battus à ta place depuis tes trois ans. Tu es le maillon faible. Et enfin, je vais pas te laisser t'en aller, parce que c'est trop drôle de voir ton cul de geek attaché à cette chaise et que j'adore frapper les nerds. Ils sont si marrants quand ils gémissent.

Pour illustrer son propos, il leva le pied, se tourna sur le côté sans lâcher Joel, et le balança le plus fort possible dans le genou de Nathan.

Quand celui-ci cria de douleur, Bailey détourna les yeux.

Donovan rigola. Puis il recommença avec l'autre genou. Nathan hurla de nouveau. Puis il se mit à supplier.

— S'il vous plaît, arrêtez. Laissez-moi partir. Je n'appellerai personne. Vous pouvez la garder. Elle m'a dit que je craignais au lit, de toute façon. Je vous en supplie, détachez-moi. S'il vous plaît.

Donovan rit encore plus fort.

— Oh, mec, c'est trop fort. Quoi ? Tu veux m'offrir quoi en échange ? Ta collection de bidules de science-fiction ? Tes tickets pour la Comic-Con ?

— Tout. Tout ce que vous voulez, s'écria-t-il sur un ton pathétique.

Bailey ouvrit la bouche pour intervenir. Le plan ne fonctionnait pas. Donovan allait vraiment faire du mal à Nathan. Ils devaient changer de stratégie en attendant que la police et les frères de Nathan arrivent. Cependant, son frère parla avant qu'elle n'ait l'occasion de le faire.

— Donovan ? demanda Joel avec hésitation.

— Quoi ? aboya-t-il, visiblement contrarié d'être interrompu.

— Je dois aller pisser.

— Oh bordel, jura Donovan.

Il prit Joel par le bras, si fort que le petit garçon dut se mettre sur la pointe des pieds pour soulager la pression sur ses muscles, puis il indiqua Bailey et dit :

— Ne bouge pas, salope. Si tu bouges d'un centimètre, je lui ferai du mal.

Il secoua Joel pour illustrer son propos.

Bailey acquiesça avec frénésie.

— Je ne le ferai pas. Promis. Ne lui fais pas de mal, Donovan.

Celui-ci eut un sourire narquois.

— Je ne vais pas toucher à ton précieux frère, Bailey. J'ai

jamais voulu lui faire du mal. Je voulais juste qu'il devienne un Inca Boy. Pourquoi je t'ai gardée aussi longtemps, d'après toi ? T'en fais pas, il est entre de bonnes mains avec moi. Tu devrais plutôt t'inquiéter de ce que je vais te faire à toi.

Sur ces mots, il traîna Joel jusqu'à la salle de bains. Il ouvrit la porte d'un coup de pied et jeta un rapide coup d'œil à l'intérieur pour s'assurer que le garçon ne pourrait pas ramper par une fenêtre. Ne remarquant rien sortant de l'ordinaire, il poussa Joel à l'intérieur et lui ordonna de se dépêcher. Joel ferma la porte très vite ; Bailey aperçut à peine son visage pâle et effrayé.

Donovan retourna dans le petit salon et se dirigea droit vers elle. Il la souleva du sol et la pressa contre lui, dos à lui. Puis il la lécha, de l'épaule jusqu'au cou, puis sur le visage. Il prit son menton de l'autre main et lui tourna la tête sur le côté pour fourrer de force sa langue dans sa bouche. Elle se débattit, refusant de le laisser entrer en elle, de quelque manière que ce soit. En plus, il avait très mauvaise haleine. Elle eut un haut-le-cœur, et il recula immédiatement.

Pendant quelques secondes, il se contenta de la regarder d'un air indéchiffrable. Elle se souvenait de cette expression, qui n'augurait rien de bon pour elle. Rien du tout.

— Tu veux savoir comment cette chère Bailey ici présente aime se faire mettre ? Regarde et apprends, mauviette, dit Donovan à Nathan, qui baissait la tête d'un air vaincu.

Comme il n'obéit pas, Donovan rugit.

— Regarde-moi, connard.

Nathan leva lentement la tête, et tout ce que vit Bailey sur son visage, ce fut la douleur et la peur. Il n'avait pas l'air bouleversé. Il n'avait pas l'air énervé. Elle était relativement sûre qu'il jouait la comédie... mais tout à coup, elle n'en fut plus certaine à cent pour cent.

Donovan passa les mains sur son corps et saisit l'un de ses seins. Le cœur de Bailey se serra. Bon sang, c'était un cauchemar, non ? Donovan allait-il la violer sous les yeux de Nathan – voire de Joel ? Elle s'était montrée courageuse, quand ils avaient discuté de ce que Donovan pourrait lui faire quand il la trouverait, mais la réalité était bien pire que dans ses souvenirs.

— Donovan..., commença-t-elle à le supplier, mais il ne la laissa pas poursuivre.

Il la fit pivoter et la frappa.

Il l'avait déjà cognée, cependant, cela fit plus mal cette fois-ci. Peut-être parce qu'elle s'était habituée à la gentillesse de Nathan. Peut-être parce qu'elle ne s'y attendait pas. Ou peut-être parce que cela faisait longtemps qu'elle n'avait pas reçu de coup. La douleur explosa autour de son œil, et elle tourna sur elle-même, se rattrapa à l'accoudoir du canapé et se retrouva à moitié affalée dessus.

Exactement dans la position voulue par Donovan. Il lui posa une main sur la nuque et serra très fort pour la garder penchée, pour l'obliger à le faire même davantage. Il pressait tant son visage contre les coussins qu'elle avait de la peine à respirer. Elle lui donna un coup de pied, mais il se contenta de s'approcher d'elle, de s'appuyer sur elle pour lui enlever tout équilibre.

— Tu regardes bien, sale geek ?

Bailey ne vit pas la réaction de Nathan. Il dut toutefois acquiescer, puisque Donovan poursuivit sa leçon sur la meilleure manière de violer une femme.

— Voilà le topo. Les salopes veulent des queues, même si elles veulent pas l'admettre. C'est meilleur pour elle et toi si elle est sèche. Ça fait plus de friction, tu vois.

Il s'interrompit pour remonter le tee-shirt de Bailey,

retira sa main de sa nuque le temps de le lui enlever, puis la remit en place

Elle geignit. Bon sang, cela ne faisait pas partie du plan. Cette possibilité était restée dans un coin de son esprit, mais elle n'en avait pas parlé à Nathan. Elle ne pouvait pas le supporter.

— Si j'ai voulu tatouer cette pute sur le dos, c'est pour pouvoir voir mon nom quand je la baise par-derrière.

— J'ai fini ! cria Joel d'une petite voix.

Non, Seigneur, non. Il ne devait pas venir ici. Ne devait pas la voir ainsi. Ne devait pas regarder Donovan la violer.

— Très bien, viens ici, Joel. Je veux que tu voies de plus près ce que ça fait de baiser une nana.

Bailey se débattit avec plus d'énergie, se tortillant entre les bras de Donovan comme si sa vie en dépendait. Elle n'en avait plus rien à cirer du plan.

— Putain, jura-t-il en essayant de la tenir encore. Reste tranquille, salope, ou ce sera pire pour toi.

— Va te faire foutre, rétorqua-t-elle en bougeant et donnant des coups de pied.

Plusieurs choses se produisirent en même temps.

Donovan la lâcha et cria de fureur.

Elle ne sentit plus son poids sur son dos.

Joel hurla.

Nathan grogna.

Elle se redressa en vitesse et remit son tee-shirt pour se couvrir, puis elle se retourna.

Conformément à leur plan – d'accord, pas tout à fait de manière aussi conforme, mais pas loin –, Nathan traîna Donovan vers la salle de bains. Toutefois, le gangster n'était pas coopératif. Elle ignorait si c'était dû à la drogue dans son sang ou à un instinct qui lui disait qu'il courait de gros ennuis s'il ne se libérait pas très vite, toujours est-il que

Nathan allait clairement perdre la bataille contre son ex si elle ne faisait rien pour l'aider.

Regardant autour d'elle, elle se précipita à la cuisine et attrapa le premier couteau qu'elle trouva. Cela ne faisait pas *du tout* partie du plan de départ, mais rien à cirer. Elle n'allait pas laisser Nathan gérer Donovan seul. C'était un couteau à viande qu'elle avait trouvé. Pas le plus grand de tous ceux qu'elle possédait, mais il devrait faire l'affaire. Elle courut vers l'endroit où les deux hommes se battaient et entailla Donovan. Elle ne voulait pas le poignarder, ne voulait pas le tuer ; elle avait assez de soucis à l'heure actuelle sans ajouter une accusation de meurtre qui n'arrangerait pas sa situation.

Il cria et balança son pied, la touchant à la tête. Elle grogna, pourtant elle ignora la douleur et revint s'en prendre à lui. Elle lui donnait des coups de couteau dès que Nathan n'était pas à proximité. Ensemble, ils parvinrent à lui faire traverser le couloir et, avec une force surhumaine, Nathan réussit à le pousser dans la salle de bains et à verrouiller la porte, sur laquelle il s'appuya de tout son poids.

— Aide-moi, dit-il avec urgence.

Elle lâcha immédiatement le couteau ensanglanté et se jeta contre la porte, pour ajouter son poids à celui de Nathan.

— Joel, tu as fait ce que nous avons dit, n'est-ce pas ? demanda-t-il, bien plus calme que Bailey.

— O... Oui, balbutia l'intéressé.

— Et ça a marché ?

— Carrément, acquiesça Joel.

Tournant la tête, Bailey vit le sourire qui illumina le visage ensanglanté de Nathan.

— Génial. Allez, va chercher ton portable, mon grand. Il

doit toujours être dans ton sac à dos. Assure-toi que les autres arrivent, puis reste dehors. Nous te rejoignons très vite.

Sans un mot, Joel fit volte-face et se rua dans l'entrée.

— Bande d'enfoirés ! Quand je sortirai d'ici, je vous tuerai. Vous m'entendez ? Je vous tuerai ! s'énerva Donovan depuis l'intérieur de la pièce dépourvue de fenêtre.

Il toussa, puis la porte frémit quand il se jeta de tout son poids contre.

— Je suis sérieux ! ajouta-t-il, toussant toujours. Je vais planter ce geek de mes deux puis t'enfoncer le couteau dans la chatte, salope !

D'autres toussotements se firent entendre.

— Et puis, quand tu me supplieras d'arrêter, je forcerai ton précieux petit frère à t'égorger.

Il y eut de nouvelles poussées puissantes contre la porte, que Bailey sentit se répercuter dans tout son corps, mais à eux deux, Nathan et elle tinrent bon et le bois ne céda pas. Ils entendirent ensuite tousser, jurer, puis une respiration sifflante.

— Respire doucement, petite fée, lui conseilla doucement Nathan, d'une voix si tendre qu'elle faillit briser la faible maîtrise qu'elle gardait encore sur ses émotions.

Elle l'observa. Du sang lui coulait sur le visage à cause d'une coupure sur la joue. Son nez saignait également et il avait des hématomes sur la figure. Pourtant, il la regardait et lui parlait comme s'ils dînaient tranquillement chez *Scarpetti*.

— Ça marche. Joel a réussi. Mais nous ne devons pas bouger tant que nous ne serons pas sûrs, la rassura Nathan.

— Tes frères vont arriver ?

— Bien sûr, affirma-t-il. J'ai vu Joel appuyer sur le bouton de l'alarme silencieuse quand Donovan s'est introduit dans la maison. Comme nous le pensions, il s'est d'abord inquiété de me maîtriser et n'a pas prêté attention à ce que faisait Joel. Mes frères devraient être là d'une minute à l'autre.

Il se mit à tousser. Elle se rendit compte que ses propres yeux la brûlaient. Regardant sous la porte, elle remarqua le petit nuage qui dérivait. Elle se tourna vers Nathan, paniquée.

— Tout va bien. Reste calme.

Il toussa avant de poursuivre.

— Plus qu'une minute, puis nous rejoindrons Joel dehors.

— Je t'aime, avoua-t-elle tout à coup.

Elle le vit écarquiller les yeux, mais continua avant qu'il ne puisse ajouter quoi que ce soit.

— C'est la vérité. Je sais que je ne te l'ai jamais dit. Ce n'était pas juste de ma part, mais je voulais être sûre.

— Et tu l'es maintenant ? demanda-t-il entre deux quintes de toux.

Ses yeux pleurant à cause des vapeurs toxiques qui émanaient de la salle de bains, Bailey acquiesça.

— Quand je t'ai vu prendre ces coups pour laisser à la police et à tes frères le temps d'arriver, j'ai su. Tu es le seul que je veux à mes côtés quand l'enfer se déchaîne. Tu es plus malin que n'importe qui, et je n'ai jamais rien vu d'aussi sexy.

— Allons-y, ordonna-t-il en se redressant.

Il lui prit la main et la guida rapidement vers le salon, qui semblait avoir été dévasté par une tornade, puis dehors. Il ferma à clé derrière eux, enfermant Donovan et les vapeurs de chloramine toxiques que Joel avait créées dans la salle de bains.

Il s'agenouilla tout de suite pour enlacer le petit garçon, qui s'était jeté dans ses bras. Bailey s'accroupit à son tour.

Ils restèrent ainsi une ou deux minutes avant d'entendre les sirènes.

— La cavalerie arrive, murmura Nathan, qui se redressa et posa les mains sur les épaules de Joel. Bien joué, mon grand.

Joel avait toujours l'air effrayé et loin de sourire, mais il parvint à hocher la tête. Nathan le prit dans ses bras et le souleva. Joel passa immédiatement les jambes autour de sa taille et blottit son petit visage contre le cou de Nathan.

— Ça va, toi ? Tu es sûr de pouvoir le porter ? s'inquiéta Bailey, qui sentait les douleurs se réveiller dans son propre corps, sachant que Nathan avait été bien plus brutalisé qu'elle.

Cela devait lui faire souffrir le martyre de porter ainsi son frère. Ce dernier n'était pas vraiment un poids plume.

— Honnêtement ? Ça fait un mal de chien. J'ai l'impression qu'on m'enfonce des clous dans les genoux et j'ai la figure si douloureuse que j'arrive à peine à parler. Mais sentir Joel contre moi et savoir qu'il va bien est l'une des deux choses qui m'aident à me sentir mieux.

— Quelle est l'autre ? demanda-t-elle en posant une main sur lui.

— Toi, dans mes bras. Viens là, petite fée, ordonna-t-il en levant le bras.

Elle se blottit sans tarder contre l'homme qu'elle aimait et son frère adoré.

CHAPITRE 24

Bailey, nerveuse, était assise à côté de Nathan au commissariat de Castle Rock. Ils n'étaient pas en état d'arrestation, ils devaient juste faire une déposition. Blake et Logan étaient présents également. Debout contre le mur, les bras croisés, l'air renfrogné. Si elle ne les avait pas connus, ils l'auraient effrayée, mais puisque leur air féroce était dû au fait que leur frère avait servi de punching-ball, ils avaient parfaitement le droit de faire la grimace.

Joel se trouvait dans une autre pièce, en compagnie de Felicity, Grace et ses bébés, ainsi que d'Alexis. On avait assuré à plusieurs reprises à Bailey qu'il ne serait pas interrogé hors de sa présence. Néanmoins, elle s'inquiétait toujours que les services de protection de l'enfance lui retirent sa garde pour toujours.

Des secouristes les avaient examinés chez elle et les avaient soignés. Bien que blessés tous les deux, Nathan et Bailey avaient décidé de ne pas aller à l'hôpital.

Donovan n'avait pas eu autant de chance.

Le moment était maintenant venu de raconter leur

version de l'histoire. Elle espérait vraiment que ni Nathan ni elle ne se feraient arrêter au bout du compte.

— Nous savons que vous surveillez Donovan depuis longtemps, déclara gentiment l'inspecteur. Reprenez depuis le début et racontez-nous ce qui s'est passé ce soir.

Nathan posa la main sur la sienne, sur la table, et répondit immédiatement, sans lui laisser la chance de parler. Soulagée, elle s'adossa à son siège et l'écouta raconter les deux dernières heures de leur vie.

— Nous savions que Donovan traquerait Bailey. Il était énervé qu'elle ait rompu avec lui pendant qu'il était en prison. Quand il en est sorti, comme vous l'avez dit, mes frères et moi l'avons surveillé. Il a essayé de remettre les Inca Boys sur les rails, comme avant le décès de ses frères. Notre contact dans la brigade antigang de Denver, Ross Peterson, nous a indiqué, il y a quelques semaines, que Donovan avait disparu de leur radar. Il ignorait où il se trouvait et ce qu'il avait prévu. Vous pourrez tout vérifier avec lui, bien sûr.

Nathan inspira profondément, regarda Bailey, lui serra la main et poursuivit.

— Comme nous savions qu'il viendrait s'en prendre à Bailey, nous avons mis quelques plans au point avec mes frères. Juste au cas où.

— Pourquoi n'êtes-vous pas allé voir la police ? intervint l'inspecteur.

— Parce que nous avions seulement un pressentiment. Vous n'auriez rien pu faire à partir de ça.

— La semaine dernière, nous avons informé quelques membres du SWAT que nous pensions que Donovan était dans le coin et qu'il comptait se venger de Mlle Hampton, s'immisça Logan.

L'inspecteur le dévisagea quelques instants puis acquiesça.

— D'accord. Poursuivez.

— Donc, nous avions mis des plans au point, si jamais il kidnappait Joel à l'école et contactait Bailey, ou s'il se pointait chez elle et menaçait ses collègues. Nous avions également un plan pour le cas où il viendrait chez eux ou chez moi, expliqua Nathan.

— Et quel était ce plan ? voulut savoir le policier en se penchant, les yeux plissés.

Bailey répondit avant Nathan.

— Il faut que vous compreniez ce qu'il a fait à mon frère. Il lui a montré du porno ! Et l'a obligé à fumer un joint ! lança-t-elle. Il essayait de le transformer en membre de gang. C'est en grande partie pour cette raison que j'ai quitté Denver. Ce n'était pas ce que je voulais pour Joel. Ça lui a retourné le cerveau. Il voit un psy, maintenant, grâce auquel il s'en sort mieux.

L'inspecteur s'adoucit et se tourna vers elle.

— Je suis navré que vous ayez eu à traverser tout cela. Les adultes font parfois de très mauvais choix, qui ne devraient jamais impacter les enfants innocents.

Elle tressaillit comme s'il l'avait frappée. Elle savait sans l'ombre d'un doute qu'il parlait de son implication avec les Inca Boys et Donovan en premier lieu. Elle aurait voulu se défendre, mais elle en fut incapable. L'inspecteur d'un certain âge avait raison.

— Vous dépassez les bornes, grogna Nathan. Ne vous avisez pas de juger Bailey, et si jamais vous continuez avec cette attitude condescendante, cette déposition s'arrête là.

Le policier leva la main.

— Je suis désolé. Poursuivez.

Il n'avait pas vraiment l'air sincère, mais Nathan s'empressa de terminer son histoire, visiblement pressé d'en finir.

— Nous savions que, dès qu'il me verrait, Donovan ne me considérerait pas comme une menace. Quand je suis entré avec Joel, il s'est glissé derrière nous. Je me suis battu avec lui, tandis que Joel appuyait sur le bouton de l'alarme silencieuse.

Blake intervint à ce moment-là.

— Logan et moi avons reçu le signal sur nos portables et avons immédiatement appelé le SWAT.

L'inspecteur se tourna à nouveau vers Nathan, qui reprenait son récit.

— Nous savions qu'il leur faudrait environ trente minutes pour arriver. Nous devions juste gagner du temps. Donovan m'a maîtrisé et attaché à une chaise. Je gardais un petit couteau dans ma poche arrière, juste au cas où. Donc, j'ai joué les pauvres victimes effrayées en faisant semblant d'être toujours attaché, alors que j'avais déjà coupé les cordes et que je ne faisais que les retenir. J'ai laissé Donovan me frapper avec ses airs supérieurs, pour essayer de détourner son attention de Bailey et Joel.

Les larmes qui étaient montées aux yeux de Bailey se mirent à couler. Bon sang, cela lui avait fait mal de le regarder supplier Donovan.

Elle posa la tête sur la table et pleura en silence. Sans interrompre son récit, Nathan passa un bras autour de ses épaules et l'attira contre lui, pour la maintenir pendant qu'elle craquait.

— Joel était la clé de l'histoire pour affaiblir Donovan. Je crois que c'est Logan qui a suggéré le mélange de Javel et d'ammoniaque.

— Quoi ? s'écria l'inspecteur, surpris.

— Je crois que c'est à l'armée qu'il a entendu parler de la chloramine. C'est un gaz. Alors, Joel et moi nous sommes entraînés à faire des mélanges. Une fois celui-ci maîtrisé, nous avons rangé des bouteilles de Javel et d'ammoniaque sous le lavabo, chez Bailey et chez moi, expliqua Nathan.

— Que s'est-il passé, alors ?

— Joel a demandé à aller aux toilettes. Et là, il a bouché le lavabo et y a versé les deux produits. Puis il a fait la même chose dans les w.c., est sorti et a refermé derrière lui.

— La vache, jura le policier.

Nathan hocha la tête.

— Il est revenu dans le salon, où Donovan essayait de violer Bailey. Il voulait que Joel voie ça. Heureusement, j'avais coupé mes liens depuis longtemps, donc j'ai pu lui sauter dessus. J'ai essayé de pousser Donovan jusque dans la salle de bains, mais il m'avait frappé assez fort, alors je m'affaiblissais. Bailey est venue m'aider et lui a donné des coups de couteau, non pas pour le blesser sérieusement, mais pour le distraire. Ça a fonctionné. Nous avons réussi à l'enfermer dans la pièce et avons attendu le temps qu'il soit inconscient.

— C'est là que nous sommes arrivés, déclara Blake.

— Et le SWAT, ajouta Logan, serviable.

— Et l'ambulance, dit Blake.

Le policier dévisagea les hommes tour à tour, puis Bailey, qui avait depuis levé la tête. Elle s'agrippait à Nathan comme si on allait l'arracher à son étreinte d'un instant à l'autre. Enfin, l'inspecteur reprit la parole.

— Donovan est à l'hôpital de Denver, dans un état critique. Il souffre de pneumopathie chimique, une maladie incurable. Si les secours étaient arrivés cinq minutes plus tard, il se serait noyé dans le fluide présent dans ses poumons.

Elle tressaillit et répondit.

— Nous n'avons agi que pour nous défendre. Donovan s'apprêtait à me violer devant mon frère et mon copain.

Ensuite, il allait sans doute m'enlever au fer rouge les tatouages que j'ai sur le corps. Je crois qu'il prend de la drogue depuis sa sortie de prison.

L'inspecteur le confirma.

— Les analyses toxicologiques ont révélé la présence d'héroïne dans son sang. Ce qui ne lui rend pas vraiment service à l'heure actuelle.

— S'il vous plaît, souffla-t-elle. Je savais qu'il viendrait s'en prendre à moi, qu'il refuserait de me laisser partir. Il me l'a répété plus d'une fois. Je savais qu'il me tuerait s'il me trouvait. L'enfermer dans la salle de bains était mon idée. J'ignorais que le gaz pourrait le tuer, mais je savais que cela le ralentirait et me donnerait une chance de fuir.

Sans tenir compte de Nathan, qui serrait très fort sa main sous la table, elle poursuivit.

— S'il meurt et que vous comptez accuser quelqu'un, c'est moi la responsable. C'est ma faute. C'est moi qui suis sortie avec lui. C'est moi qui l'ai quitté. Et c'est après moi qu'il en avait.

L'ambiance était électrique. Elle n'osa pas regarder Nathan, qui la fixait, elle le savait. Sans oublier Logan et Blake. Ils n'irradiaient pas vraiment de bonheur. Cependant, il était hors de question qu'elle laisse un Anderson porter le chapeau de ce qui arrivait à Donovan. Il était temps qu'elle s'interpose et prenne enfin les bonnes décisions.

Le policier poussa un immense soupir.

— Il est plus qu'évident que ce qui s'est passé ce soir n'était que de l'autodéfense. Les preuves sur la scène corroborent vos déclarations. Je ne dis pas que vous avez fait ce qu'il fallait, mais ça a été efficace. Nous avons retrouvé la voiture de Donovan à près de deux kilomètres, sur Wolfensberger Road. Il avait avec lui une lampe torche, d'autres cordes, une pelle, des sacs-poubelle, de la soude et une carte.

— Bordel de merde, souffla Logan.

— Seigneur ! jura Blake en même temps.

Nathan ne dit rien, mais, quand elle le regarda, elle vit tressauter sa mâchoire comme s'il serrait les dents.

L'inspecteur poursuivit.

— Nous pensons que son plan consistait à vous tuer, vous enterrer dans la montagne, puis ramener votre frère à Denver pour faire de lui un Inca Boy, comme vous l'avez dit.

Bailey soutint son regard. Elle avait peur d'espérer.

— D'après ce que j'ai vu ce soir et ce que j'ai découvert auprès de la brigade antigang de Denver, vous avez beaucoup de chance d'être en vie. Je vous demande de ne pas quitter la ville et de rester disponible pour d'autres questions. Le procureur va vous contacter.

Bailey ferma les yeux et soupira. Elle savait qu'elle n'était pas totalement tirée d'affaire, mais tant qu'elle n'allait pas en prison à cause d'un type comme Donovan, cela lui allait. Elle se tourna vers Nathan et l'enlaça.

Il passa immédiatement ses bras autour de sa taille pour la serrer contre lui.

— Ils sont libres de partir, alors ? demanda Logan. La soirée a été longue. Nous aurions tous bien besoin de sommeil.

— Bien sûr. J'ai votre numéro, si jamais j'ai besoin de vous contacter demain.

— Nous serons chez moi, si nécessaire, précisa Nathan.

Le policier hocha la tête puis se leva.

— Je suis navré pour tout ce que vous avez traversé.

— Merci, dit Nathan en lui adressant un signe de la tête.

Puis il se redressa avec Bailey toujours dans ses bras.

Blake et Logan serrèrent la main du policier, puis Nathan la conduisit jusqu'à son petit frère.

Nathan et elle étaient couverts de bleus, mais ils allaient bien.

Plus tard, allongée dans les bras de Nathan, elle tourna la tête pour regarder son frère, couché de l'autre côté, profondément endormi. Ils s'étaient affalés ensemble sur le lit de Nathan. Aucun d'eux n'avait voulu être séparé des autres. Ils l'avaient échappé belle, ils le savaient pertinemment.

— Je suis libre, souffla-t-elle dans l'oreille de Nathan.

Il ne lui répondit pas verbalement. Mais le baiser sur sa tempe et la petite pression qu'il appliqua à sa taille étaient tout ce dont elle avait besoin.

<h1 style="text-align:center">ÉPILOGUE</h1>

— Tu te sens bien ? lui demanda Nathan pour la dixième fois cet après-midi-là.

Il savait qu'il se montrait surprotecteur, mais Bailey avait passé quatre heures sur le fauteuil d'une tatoueuse, donc elle devait avoir mal.

Le lendemain de la mort de Donovan, Felicity l'avait emmenée à Colorado Springs pour lui faire rencontrer l'artiste qu'elle lui avait recommandée.

La femme avait jeté un seul coup d'œil aux mots horribles sur le dos de Bailey, pincé les lèvres, puis regardé Bailey dans les yeux et lui avait promis :

— J'en ferai le tatouage le plus grandiose que tu n'aies jamais vu. Je te l'offre.

Bailey avait protesté, mais l'autre femme était restée inflexible.

Ce jour-là était le premier d'une longue série à travailler sur le tatouage. Les mots tatoués par Donovan avaient disparu, remplacés par des arabesques et l'ombre de trois sommets montagneux. On apercevait le haut d'un lumineux coucher de soleil derrière les montagnes et Bailey avait demandé à faire ajouter de petits oiseaux comme ceux que Grace et Logan avaient fait graver dans leur chair.

— Je vais bien, Nathan. Sincèrement, lui assura-t-elle en souriant.

Ils étaient assis dans les gradins du gymnase de Castle Rock et regardaient l'équipe de Joel participer à une compétition de robot. Au cours des trois mois qui avaient suivi leur nuit infernale, Joel avait continué à voir son psy, qui trouvait qu'il s'en sortait remarquablement bien, en grande partie parce qu'il avait pu aider à sauver sa sœur. Sur les encouragements de Nathan, Joel avait rejoint le club de robot. À la surprise de tout le monde, il y avait excellé, gagnant sa place dans le club du collège.

Bailey avait fait des cauchemars pendant plusieurs semaines, mais cela faisait plus d'un mois à présent qu'elle ne s'était pas réveillée en pleine nuit en hurlant le nom de Nathan, terrifiée.

Il fit la grimace en se souvenant de son impuissance à faire cesser ses cauchemars. Cependant, elle se blottissait très vite contre lui, en toute confiance, ce qui avait apaisé sa propre douleur. Cela aidait aussi qu'ils se répètent chaque jour combien ils s'aimaient.

« Je t'aime ». Les mots sortaient des lèvres de Bailey aussi facilement que de celles de Nathan. Et la veille, pour la première fois, Joel avait dit à Nathan qu'il l'aimait.

Bailey avait très clairement fait comprendre sa position vis-à-vis du mariage. Elle ne pensait pas avoir besoin de la permission du gouvernement pour être officiellement liée à la personne qu'elle aimait. Nathan s'en moquait. Tant qu'elle l'aimait et qu'il lui rendait la pareille, il n'avait pas besoin d'aucun document. Il avait déjà fait le nécessaire pour qu'elle soit désignée comme son parent le plus proche. Il n'avait pas eu le cœur d'avouer à Bailey que, d'après les lois de l'État du Colorado, c'était à peu près comme s'ils étaient mariés.

La première fois qu'ils avaient dû payer leurs impôts sur le revenu, elle avait découvert qu'ils étaient en concubinage et pouvaient remplir le document ensemble, comme un couple. Puisqu'ils vivaient ensemble et qu'ils portaient une bague, et qu'il ne faisait aucun doute qu'ils avaient consommé leur union, tout le monde croyait qu'ils étaient allés se marier en douce.

Nathan sourit. Bailey était à lui. Il avait une surprise de plus pour elle aujourd'hui. Une qui lui plairait, espérait-il. Revenant au sujet qui l'inquiétait – à savoir, son dos, et si oui ou non elle souffrait après son passage chez le tatoueur, il reprit :

— Tu es sûre ?

— Certaine. Mais merci de t'inquiéter.

— Je fais plus que m'inquiéter pour toi, petite fée, répliqua-t-il en souriant tendrement.

Nathan savait qu'ils n'étaient pas parfaitement assortis. Bailey avait les cheveux noirs et des tatouages sur les bras ; lui était un grand geek élancé. Mais il s'en fichait. Bailey était amoureuse de lui. Il était amoureux d'elle. C'était tout ce qui comptait.

Des applaudissements et des cris retentirent dans les gradins, et ils reportèrent leur attention sur la compétition. Les membres de l'équipe de Joel se topaient dans les mains et se souriaient. Leur robot se tenait immobile au centre d'un cercle, entouré de ce qui devait être les morceaux de celui de leurs adversaires.

Bailey sauta sur ses pieds pour encourager son frère à l'instar des autres parents présents. Nathan resta assis, une main sur la cuisse de la jeune femme pour lui permettre de garder l'équilibre, et adressa un grand sourire à Joel.

Lorsque Bailey se rassit, elle se pencha pour lui murmurer à l'oreille.

— J'imagine que tous ces jeux vidéo n'ont pas servi à rien, hein ? Il a un sacré esprit de compétition.

Nathan lui rendit son sourire et l'embrassa en vitesse.

— On dirait bien.

Il souriait toujours.

— Qu'est-ce qui te fait sourire comme ça ? demanda Bailey, soupçonneuse. Qu'est-ce que tu me caches ?

Se disant que le moment était aussi bien choisi qu'un autre, et incapable de garder sa surprise secrète plus long-temps, Nathan attrapa son permis de conduire dans sa poche arrière. Il le tendit à Bailey sans un mot.

Elle fronça les sourcils, perplexe, en baissant la tête vers le morceau de plastique.

— Je ne comprends pas. Quel est le...

Elle s'interrompit brusquement en voyant ce qu'il avait fait.

— Comme je trouvais ça irrespectueux vis-à-vis de ton père et de Joel de changer ton nom en Anderson... j'ai décidé, en guise de non-cadeau de mariage, de changer le mien. J'adorais mon père, mais être l'un des trois Anderson n'a pas toujours été une promenade de santé. On m'a comparé à mes frères toute ma vie, et j'avais sans arrêt l'impression de ne pas leur arriver à la cheville. Ils n'y sont pour rien, mais malgré tout. Alors, je me suis dit que devenir un Hampton, ce serait plutôt cool.

Elle le regarda, sous le choc, et porta une main à ses lèvres tremblantes tandis que ses yeux s'emplissaient de larmes.

Nathan lui posa une main sur le cou et glissa ses doigts dans ses cheveux.

— Je t'aime, Bailey. Le plus beau jour de ma vie, c'est

celui où tu as pris pitié de moi et de ma pauvre voiture et que tu es venue à mon secours. Non, le plus beau, c'est celui où tu m'as permis de passer la journée avec Joel et toi pour son anniversaire. Non, rectifia-t-il en secouant la tête, le plus beau, c'est celui où tu m'as dit, allongée dans mes bras, que tu étais libre. Nous ne pouvons pas regarder vers le passé, seulement en direction de l'avenir. Et tout ce que je veux contempler, c'est une longue vie à tes côtés. Est-ce que ça te dérange que je sois désormais Nathan Hampton ?

— Est-ce que ça me dérange ? répéta-t-elle incrédule, en l'enlaçant pour le serrer fort contre elle. Je suis scotchée. Abasourdie. Choquée. Excitée. Survoltée.

Elle recula sans le lâcher.

— Je t'aime. Tu ne pouvais pas me faire un plus beau cadeau de non-mariage. Merci.

— Je t'en prie, petite fée.

— J'ai quelque chose pour toi, moi aussi, lança-t-elle d'une voix faussement timide.

Son membre se mit automatiquement à pulser d'excitation.

— Ah oui ?

— Oui. Mais tu devras attendre ce soir. Après que Joel sera couché.

— Est-ce que mon cadeau inclut de t'avoir nue dans notre lit et de me laisser faire ce que je veux de toi ?

— Peut-être, répondit-elle d'une voix traînante avant de reprendre son sérieux. J'ignorais que j'avais besoin d'un homme comme toi avant que tu ne m'assièges. Tu étais satisfait de n'être qu'un ami, au moment où c'était ce dont j'avais le plus besoin. Merci d'avoir été patient. Merci d'aimer Joel autant. Et merci d'avoir fait de moi la femme la plus heureuse au monde.

Ils se sourirent, ignorant les autres couples et la nouvelle étape de la compétition qui débutait. Ils étaient heureux d'être simplement ensemble.

* * *

Le lendemain, un homme descendit de sa Mustang noire racée et remonta calmement le trottoir du centre-ville de Castle Rock. Plusieurs personnes se retournèrent sur son passage. Il mesurait plus d'un mètre quatre-vingt et possédait des cheveux châtain clair. Sa barbe de trois jours masquait ses lèvres pleines. Il portait un jean noir et un tee-shirt de la même teinte. Bien qu'il eut aux pieds des chaussures à bout renforcé, il se déplaçait presque en silence. C'était un homme en mission, et personne n'avait intérêt à se placer entre lui et son but.

Devant *Ace Sécurité*, il marqua une hésitation. Il fourra une main dans la poche avant de son jean et, de l'autre, serra le poing. Dix minutes plus tard, il n'avait pas bougé.

Grace Mason s'approcha de lui et lui dit tout bas.

— Si vous attendez encore, vous allez prendre racine.

Sursautant, il se tourna vers elle et lui fit un signe de la tête.

— Bonjour.

— Bonjour. Vous entrez ?

— Oui.

— Super. Moi aussi.

Alors, l'homme bougea. Il attrapa la poignée de la porte et la maintint ouverte pour Grace, à qui il fit signe de passer devant. Puis il inspira profondément et la suivit.

— Logan ! s'écria Grace. Il y a un monsieur !

Quelques secondes plus tard, l'intéressé sortit de la zone du fond, où se trouvaient les bureaux, et salua l'homme.

— Bonjour et bienvenue chez *Ace Sécurité*. Logan Anderson, enchanté. Que puis-je faire pour vous ?

— Ryder Sinclair, mais mes amis m'appellent Ace.

Le silence fut si assourdissant qu'il aurait pu entendre une punaise tomber sur le sol. Il poursuivit.

— Ma mère est Patricia Sinclair et je suis votre demi-frère. Ace Anderson était mon père.

— La vache, souffla Logan.

Il dévisagea l'homme qui lui faisait face.

— J'aimerais vous envoyer au diable, vous dire de déguerpir au plus vite, mais la ressemblance est frappante. Vous avez des preuves, j'imagine ?

— J'en ai, oui, acquiesça Ace.

— Grace ? Ferme la porte. Nous allons finir tôt aujourd'hui. Je vais appeler Blake et Nathan. On dirait que nous allons avoir une réunion de famille.

* * *

Plus tard ce soir-là, Felicity ignora la sonnerie de son téléphone. Ce devait être Grace, encore. Elle l'avait contactée plus tôt dans la journée pour lui dire qu'Ace Anderson avait manifestement eu une aventure, et que le résultat de ce batifolage venait d'arriver en ville pour parler à ses demi-frères. Même si Felicity aurait voulu en savoir plus, elle avait plus important à l'esprit. Elle savait que se rendre à Chicago quelques mois plus tôt avait été une erreur, pourtant, elle l'avait fait. Assise sur son lit dans son petit appartement, elle regarda dans le vide. Elle se fichait du fait qu'elle n'avait allumé aucune lumière et qu'elle était dans le noir. Elle était perdue dans les souvenirs d'une époque qu'elle avait tenté d'oublier si désespérément.

Elle apercevait la lettre, qu'elle avait lue quelques heures plus tôt, posée par terre, au pied du lit. Les mots inscrits sur cette simple feuille blanche étaient comme une raillerie aux progrès qu'elle avait faits ces dernières années. Une raillerie au sentiment de sécurité qu'elle commençait à éprouver à Castle Rock, avec ses amis. Tout ce pour quoi elle avait travaillé si dur s'effondrait à cause de ces quelques mots. La moindre once de paix intérieure qu'elle avait réussi à retrouver. Et tous les souvenirs qu'elle avait bannis de sa mémoire lui revinrent en pleine couleur.

« Salut, ma douce. Tu croyais pouvoir me fuir ? Je t'avais dit que j'étais un expert à cache-cache, mais tu as oublié, visiblement. Je viendrai te voir très vite. »

Ne ratez pas le prochain tome de la série *Ace Sécurité : Au Secours de Felicity*

NOTES

Chapitre 11

1. Jeu d'extérieur consistant à envoyer un sachet rempli de grains de maïs (*corn* en anglais) dans un trou (*hole*).

DU MÊME AUTEUR

Autres livres de Susan Stoker

Ace Sécurité

Au Secours de Grace

Au Secours d'Alexis

Au Secours de Bailey

Au Secours de Felicity

Au Secours de Sarah

Mercenaires Rebelles

Un Défenseur pour Allye

Un Défenseur pour Chloé

Un Défenseur pour Morgan

Un Défenseur pour Harlow

Un Défenseur pour Everly

Un Défenseur pour Zara

Un Défenseur pour Raven

Forces Très Spéciales Series

Un Protecteur Pour Caroline

Un Protecteur Pour Alabama

Un Protecteur Pour Fiona

Un Mari Pour Caroline

Un Protecteur Pour Summer

Un Protecteur Pour Cheyenne

Un Protecteur Pour Jessyka

Un Protecteur Pour Julie

Un Protecteur Pour Melody

Un Protecteur pour l'avenir

Un Protecteur Pour Les Enfants de Alabama

Un Protecteur Pour Kiera

Un Protecteur Pour Dakota

Delta Force Heroes Series

Un héros pour Rayne

Un héros pour Emily

Un héros pour Harley

Un mari pour Emily

Un héros pour Kassie

Un héros pour Bryn

Un héros pour Casey

Un héros pour Wendy

Un héros pour Mary

Un héros pour Macie

Un héros pour Sadie

En Anglai

Delta Force Heroes Series

Rescuing Rayne

Rescuing Emily

Rescuing Harley

Marrying Emily (novella)

Rescuing Kassie

Rescuing Bryn

Rescuing Casey

Rescuing Sadie (novella)

Rescuing Wendy

Rescuing Mary

Rescuing Macie (novella)

Delta Team Two Series

Shielding Gillian

Shielding Kinley

Shielding Aspen

Shielding Jayme (novella) (Jan 2021)

Shielding Riley (Jan 2021)

Shielding Devyn (May 2021)

Shielding Ember (TBA)

Shielding Sierra (TBA)

SEAL of Protection: Legacy Series

Securing Caite

Securing Brenae (novella)

Securing Sidney

Securing Piper

Securing Zoey

Securing Avery

Securing Kalee (Sept 2020)

Securing Jane (Feb 2021)

<u>**SEAL Team Hawaii Series**</u>

Finding Elodie (Apr 2021)

Finding Lexie (Aug 2021)

Finding Kenna (Oct 2021)

Finding Monica (TBA)

Finding Carly (TBA)

Finding Ashlyn (TBA)

Finding Jodelle (TBA)

<u>**Ace Security Series**</u>

Claiming Grace

Claiming Alexis

Claiming Bailey

Claiming Felicity

Claiming Sarah

<u>**Mountain Mercenaries Series**</u>

Defending Allye

Defending Chloe

Defending Morgan

Defending Harlow

Defending Everly

Defending Zara

Defending Raven

<u>**Silverstone Series**</u>

Trusting Skylar (Dec 2020)

Trusting Taylor (Mar 2021)

Trusting Molly (July 2021)

Trusting Cassidy (Dec 2021)

SEAL of Protection Series

Protecting Caroline

Protecting Alabama

Protecting Fiona

Marrying Caroline (novella)

Protecting Summer

Protecting Cheyenne

Protecting Jessyka

Protecting Julie (novella)

Protecting Melody

Protecting the Future

Protecting Kiera (novella)

Protecting Alabama's Kids (novella)

Protecting Dakota

Badge of Honor: Texas Heroes Series

Justice for Mackenzie

Justice for Mickie

Justice for Corrie

Justice for Laine (novella)

Shelter for Elizabeth

Justice for Boone

Shelter for Adeline

Shelter for Sophie

Justice for Erin

Justice for Milena

Shelter for Blythe

Justice for Hope

Shelter for Quinn

Shelter for Koren

Shelter for Penelope

À PROPOS DE L'AUTEUR

Susan Stoker est une auteure de best-sellers aux classements du New York Times, de USA Today et du Wall Street Journal. Elle a notamment écrit les séries Badge of Honor: Texas Heroes, SEAL of Protection et Delta Force Heroes. Mariée à un sous-officier de l'armée américaine à la retraite, Susan a vécu dans tous les États-Unis, du Missouri jusqu'en Californie en passant par le Colorado, et elle habite actuellement sous le vaste ciel du Tennessee. Fervente adepte des fins heureuses, Susan aime écrire des romans où les sentiments laissent place au grand amour.

http://www.StokerAces.com

facebook.com/authorsusanstoker

twitter.com/Susan_Stoker

instagram.com/authorsusanstoker

goodreads.com/SusanStoker